Sur l'auteur

Né en 1947 en Ontario, Trevor Ferguson arrive à Montréal à l'âge de trois ans, plus précisément dans le quartier multiethnique de Parc-Extension où aboutiront à leur tour plusieurs de ses personnages. Il est l'auteur de plusieurs romans, traduits en français aux Éditions de la Pleine Lune dont : *La Vie aventureuse d'un drôle de moineau*, *Onyx John*, *Train d'enfer*, *La Ligne de feu*, *Le Kinkajou* et *Sous l'aile du Corbeau.* Il est également l'auteur de plusieurs pièces de théâtre et a publié des thrillers sous le pseudonyme de John Farrow. Trevor Ferguson vit actuellement à Montréal et se consacre entièrement à l'écriture.

TREVOR FERGUSON

TRAIN D'ENFER

Traduit de l'anglais (Canada)
par Ivan Steenhout

10
18

PLEINE LUNE

La Pleine Lune remercie le Conseil des arts du Canada pour l'aide financière accordée à son programme de publication et de sa contribution à la traduction de cet ouvrage ; la Pleine Lune remercie aussi la Sodec et le ministère du Patrimoine canadien pour leur soutien.

Titre original :
The Timekeeper

Publié par HarperCollins Publishers, Toronto, 1996.

ISBN 978-2-264-06864-4
Dépôt légal : novembre 2018

Je dédie ce livre
à la mémoire de mon père

1

LA TAÏGA

PREMIER JOUR

Ils montaient vers le nord dans le noir de la nuit. La lumière errante des phares obstrués de poussière scannait la gravelle[1] et l'aiguille sur le cadran vert oscillait au-dessus des cent milles à l'heure. L'homme le regard écarquillé buvait en bâillant des paupières le café que le jeune versait d'une Thermos. Les camions qu'ils dépassaient leur envoyaient de la pierraille dans le pare-brise et l'homme roulait à tombeau ouvert sans ralentir dans le blanc des tourbillons de poussière et le jeune ne voyait que le nuage et n'entendait que le fracas du vent la violence des poids lourds et les vroum vroum de l'air puis l'auto émergeait de la poussière puis dans le noir de nouveau et le jeune toussait et l'homme continuait de rouler sans cesse et sans cesse et à tombeau ouvert.

Tu as dit que c'était quoi ton nom déjà ? demanda le conducteur au jeune.

Je ne l'ai pas dit, répondit le jeune.

Appelle-moi Super, dit l'homme. Mon nom c'est Stratton. Tu peux m'appeler Super. La plupart des hommes m'appellent Super.

1. Le vocabulaire québécois est explicité dans un lexique en fin d'ouvrage.

Super, dit le jeune.

Pour superviseur, dit l'homme.

Le jeune ne répondit pas.

C'est quoi ton nom, mon gars ? demanda l'homme qui conduisait. Comme un vieil oncle il avait de grosses touffes de poils noirs dans les sourcils et dans les cheveux de fines mèches grises d'intellectuel.

Martin Bishop.

Tu as dit que tu venais d'où déjà ?

Je ne l'ai pas dit, répondit le passager.

Dieu tout-puissant ! C'est pire que t'arracher les vers du nez, toi.

Le jeune ne dit rien. Puis il dit : Là d'où on est parti.

Quelle ville ?

D'aucune ville à vrai dire, répondit Martin Bishop.

De la campagne alors, déduisit le superviseur.

Ouim'sieur, acquiesça Martin Bishop.

Ils roulaient vers le nord sous les clartés de la nuit polaire.

Le superviseur arrêta sur le bord de la route et coupa le moteur. Les deux voyageurs sortirent de l'auto pour se soulager. Une terrible paix enveloppait et occupait le ciel. Stratton était debout dans le noir près du pare-chocs avant et Bishop près du pare-chocs arrière. Il y avait le bruit des jets d'urine et les craquements du moteur qui refroidissait et l'imaginaire crépitement des aurores boréales déployées beaucoup plus haut. Stridulations d'amour des cigales. Et les bruits de la forêt aussi vaste ici que le ciel et ceux de la terre dans son hérétique ronde.

Ça c'est quelque chose de vraiment splendide, dit Stratton.

Il y en a plein ce soir, renchérit Martin Bishop, et les deux hommes se rezippèrent. Debout cou tendu ils contemplèrent le ciel et les brises sidérales qui agitaient doucement les rideaux célestes.

Rare en été, dit Stratton. Il s'étira et poussa un grognement sonore puis se mit à courir sur place en levant et en baissant les bras. Je fais le trajet environ une fois par semaine. Parfois deux. Aller retour si tu es capable d'imaginer. Des fois je parierais que je vais descendre de voiture aussi raqué et plié que le siège.

Le jeune s'étira les bras droit devant lui et bâilla. Il ne répondit pas.

Tu conduis ? lui demanda Stratton.

Non, monsieur.

Un gars de la campagne qui ne conduit pas ?

Ben je sais conduire un attelage de chevaux.

Stratton l'observa à la lueur de l'aurore polaire.

De quelle planète tu tombes, toi ? lui demanda-t-il.

Mon papa ne croyait pas du tout aux tracteurs et pas du tout aux camions.

Il n'y croyait pas hein ? demanda Stratton. Et il attendit une réponse dans la nuit sereine. Il n'a pas changé d'idée ?

S'il en a changé il est mort avant, dit le jeune.

Ils se glissèrent chacun de son côté dans l'auto.

Condoléances, dit Stratton. Il démarra la voiture et quitta doucement l'accotement instable puis reprit de la vitesse sur la pierraille huilée compactée au centre de la chaussée. Il poussa le moteur à fond. L'aiguille de la grosse Pontiac bondit pour retrouver sa position au-dessus des cent milles. Qu'est-ce qui est arrivé à la ferme ? Pourquoi tu n'y es pas ? Ce serait pas mal mieux que sur cette maudite route.

La banque l'a saisie, lui dit Martin Bishop. Il ne pouvaient pas se fier sur moi comme propriétaire, qu'ils ont dit, vu que je n'ai que seize ans. Ils ont dit que je leur devais plus d'argent que ce que valait la ferme. J'en suis venu à comprendre ce que ça veut dire. Ça veut dire que je peux en tirer moins que rien.

Ils continuaient de rouler. La lumière perçait dans un quadrant du ciel. La montre du tableau de bord marquait trois heures une du matin et le soleil se levait. M'a tout l'air que tu as beaucoup perdu.

Il est difficile de savoir de façon sûre ce qui est bien, se plaignit le jeune. Il y avait encore de la nuit par-delà le cône des phares et c'est cette zone qu'il étudiait. Mon frère et ma sœur sont plus jeunes que moi. Il a fallu les séparer. Des parents les ont pris. J'ai envoyé l'un dans l'Est et l'autre dans l'Ouest. Dans le Sud tous les deux. Mon papa pensait que c'était moi son assurance. Il ne croyait en aucune autre sorte d'assurances. Il n'y croyait pas plus qu'il ne croyait aux camions. On ne va pas miser sur la mort, qu'il m'a dit, et Dieu sait qu'on ne va pas miser contre non plus. C'était ce qu'il croyait et mon papa menait une vie conforme à ce qu'il croyait. Je ne sais plus ce qui est bien, dit Martin Bishop, et il se tapota le poing contre la rotule. Mon papa m'a appris à distinguer le bien du mal. Il a essayé en tout cas. Il voulait s'assurer que je connaisse la différence. Nous avons été élevés pendant longtemps sans notre mère. Alors il a essayé de nous apprendre ce qu'elle aurait pu nous apprendre. Distinguer le bien du mal. Ce qui est bien et ce qui est mal dans chaque acte chaque geste chaque façon de penser. Perdre notre ferme est mal. C'est mal. Tout à fait mal. Mais la seule façon pour moi de la garder aurait été d'avoir des assurances. Mais si les assurances c'est mal est-ce que du coup perdre la ferme c'est bien ?

Comme je disais, dit Stratton qui continuait de conduire, tu as beaucoup perdu.

Le soleil se levait tôt sous ces hautes latitudes et la poussière revolait derrière eux dans un tumulte de bataille. Stratton arrêta prendre de l'essence à Meander River. Un vieil Indien remplit le réservoir. Le jeune flâna dans le poste de la Baie d'Hudson et y acheta un Coke et par la fenêtre d'en arrière regarda les enfants aux yeux noirs qui jouaient entre leurs chiens jusqu'à ce que le tonitruant coup de klaxon de Super les disperse. Le jeune sortit. Ils reprirent la route et les enfants les regardèrent partir. Les conversations matinales sur la CB s'échauffèrent : verbiage discussions requêtes et niveaux divers d'inquiétude entrecoupés par l'interminable incompréhensible mélopée du crépitement des parasites. La route Mackenzie prenait la direction nord et maintenant le chemin de fer se frayait un chemin dans une taïga de tourbières de marais et d'arbres rabougris.

Comment s'appelle ce chemin de fer ? C'est le jeune qui sous les assauts du soleil posait à présent les questions.

Grand Lac des Esclaves, dit Stratton.

Chaque mille ressemblait à celui qu'ils venaient de franchir et les camions mettaient autant de violence à les poursuivre qu'à battre en retraite.

Ton camp se trouve à l'embranchement de Pine Point, dit Stratton.

J'ai entendu dire qu'il y avait des mines là-haut.

Du plomb du zinc. Des tonnes. C'est pourquoi on pose des rails. Qu'on essaie en tout cas. Pour sortir tout cet or.

De l'or ?

Pour toi et pour moi c'est de l'or.

Vous travaillez pour le chemin de fer, vous-même ?

Entrepreneur indépendant, dit l'homme. Il se déplaça les mains du bas vers le haut du volant et se recala les fesses sur son siège. Un projet comme celui-là pour le construire une entreprise gouvernementale avec ses normes ses règlements ses exigences ne fait pas l'affaire. C'est inefficace. L'entreprise gouvernementale n'est pas assez implacable et parfois il faut l'être. Pour construire ce chemin de fer on va chercher les hommes derrière les murs des asiles de fous. On les sort des cellules où la police les met à dessoûler. On a dépeuplé quelques bas-fonds dans le Sud. Si on veut que le travail soit bien fait faut un sous-traitant qui a les couilles de le faire. Pour deux raisons. Stratton levait le pouce de la main droite et regardait le jeune pour avoir une réponse.

Plus d'efficacité j'imagine.

Bravo pour toi. Ça c'est un point. Pourquoi d'autre ? Il levait le pouce et maintenant l'index.

Des salaires plus bas.

Ça fait partie du numéro un.

On peut engager et débaucher qui on veut.

Ça aussi ça fait partie du numéro un.

Ben alors je ne sais pas.

Plus de chance de s'en mettre plein les poches. Il agitait l'index. Souviens-toi de ça. Voilà pourquoi on est ici la plupart d'entre nous. Plus de chance de s'en mettre plein les poches. Aussi bien que tu apprennes quelque chose sur le monde maintenant que tu es dedans.

Martin Bishop resta un bout de temps pensif et silencieux dans l'auto.

C'est une ruée vers l'or, dit Stratton comme pour lui remonter le moral. Une ruée vers l'or où il n'y a pas d'or.

Du plomb du zinc, dit le jeune.

Aussi bon que de l'or en ce qui nous concerne toi et moi.

Ils fonçaient sur cette route au milieu de nulle part avec les arbres rabougris de chaque côté et ils traversèrent à toute vitesse le village appelé Indian Cabins. Stratton allait faire son tour là où travaillaient des équipes de canton. Il bavardait un peu puis revenait et ils reprenaient la route. Et parfois ils s'engageaient sur des chemins de terre et Stratton s'arrêtait et parlait aux hommes qui travaillaient et le jour ainsi se passa et le jeune attendait fatigué dans son siège et fumait.

Au soixantième parallèle des convois de dix-huit roues étaient stationnés de chaque côté de la route.

Ils échangent les plaques, dit Stratton. Les semi-remorques d'Alberta s'arrêtent ici et échangent avec les semi-remorques qui descendent des Territoires. C'est pas légal mais ça permet de sauver pas mal de cash. C'est ce que je te dis. Aussi bien que ce soit moi qui te l'apprenne. C'est une ruée vers l'or. Maintenant sors-nous ces sandwiches, dit Stratton, et lui aussi se rangea sur le côté. On va manger et jaser un peu avec les gars de camion et on montera après.

La conversation terminée ils continuèrent de rouler dans les Territoires du Nord-Ouest. Ils quittèrent la route Mackenzie pour la nouvelle route vers Pine Point. C'était une piste cahoteuse. L'auto sautait dans tous les sens et le jeune se cramponnait à deux mains au tableau de bord. Stratton s'arrêta un moment près des chutes Alexandra pour que le jeune y jette un coup d'œil. Bishop descendit et regarda par-dessus le précipice. Plus hautes que les chutes du Niagara, lui cria Stratton. Le jeune revint à l'auto pris de vertige et frappé de stupeur. La gorge était étroite et la chute à pic. Il ne s'était jamais trouvé à une aussi effroyable hauteur. C'est la rivière Hay, dit l'homme. Ils continuèrent de rouler dans les cahots et le vacarme. Ta gang est postée au bord de la Buffalo. Il y a une chute là-bas aussi.

Je n'ai jamais rien vu de pareil, dit Martin Bishop.

C'est à peu près tout ce qu'il y a d'intéressant à voir à cinq cents milles à la ronde, dit Stratton. À moins que tu aimes contempler la roche les pins rabougris et encore la roche. À moins que tu sois ce genre de type.

C'est encore loin ? demanda Bishop au superviseur.

Je planifie mes arrivées pour qu'elles coïncident avec les heures de repas. On y sera pour souper. Écoute. Je devrais te mettre en garde. À propos de ton contremaître. Je veux que tu gardes la tête droite devant ce gars. Comprends-moi bien. Il est régulier. Il est correct. Il fait bien son travail. Mais c'est un gars de l'ancien temps. Il ne plaisante pas avec le travail. Avec lui l'essentiel c'est de ne jamais refuser de nourrir son chien.

Le ciel était encore très clair quand ils arrivèrent au camp. À temps pour manger.

Le contremaître s'appelait Fisk et le superviseur fit les présentations quand la gang épuisée affamée débraillée revint pour le repas. Des files se formèrent devant les bécosses et des hommes dans leur furieuse envie de repos prirent d'assaut leur couchette comme pour emmagasiner du sommeil. Certains se lavaient et certains ne se lavaient pas et ceux qui n'avaient pas envie de faire un somme traînaient à l'extérieur et se repompaient en se lançant des blagues et en riant tout bas. Ils attendaient que sonne la cloche du souper pour aller à la cantine et ils regardaient le superviseur traverser à grands pas le carré du terrain du camp avec le jeune collé à ses talons et la poussière tourbillonnant consciencieusement autour de leurs chevilles. C'est le nouveau contrôleur, dit Stratton au contremaître.

Tu penses ? dit Fisk sans regarder le jeune et en se roulant les manches. Un autre homme arriva et déposa un petit bol de porcelaine sur les marches de la roulotte du contremaître. Ses bras étaient courts velus gros et le muscle faisait saillir ses veines.

Il s'appelle Martin Bishop et même ça j'ai eu de la misère à le lui soutirer, dit Stratton. Il est orphelin. Ça aussi j'ai réussi à l'apprendre.

Le contremaître se pencha le visage et les mains vers l'eau puis s'aspergea et cracha et quand il se redressa un autre homme attendait avec une serviette. Fisk se sécha avec force gesticulations puis demanda à Stratton : Est-ce qu'il a compris comment je suis payé ?

Fisk avait les épaules et la poitrine larges. Le jeune se dit que sa tête avait été sculptée dans le granit tant elle lui paraissait énorme et forte. Le front du contremaître était dégagé et ses cheveux poivre et sel flottaient librement vers l'arrière. Il les tapota de sa main mouillée. Le jeune regarda Stratton qui le regardait.

Nous avons notre manière de faire, dit Stratton.

Laquelle ? demanda le jeune.

J'ai droit à vingt-six heures par jour, lui dit Fisk. Sept jours par semaine. Sept semaines de suite. Puis je prends une heure de congé.

Le regard du jeune passa d'un homme à l'autre et il ne dit rien.

Fisk fait un travail pour nous, dit Stratton. Nous le rémunérons en conséquence. Nous sommes obligés de nous conformer à certaines normes et nous les contournons en augmentant son nombre d'heures de travail par jour.

Vingt-six, dit Fisk. Vingt-neuf le dimanche parce que ce devrait être mon jour de repos. Si je dois faire pénitence dans l'au-delà je compte bien qu'on me paie ce que je fais ici et tout de suite. Cent quatre-vingt-cinq heures par semaine exactement. C'est ce que tu consignes dans ton livre.

Le jeune haussa les épaules. Il ne voyait pas comment il pourrait consigner un chiffre tout à la fois impossible et faux.

Est-ce qu'il sait comment les hommes sont payés ? demanda Fisk. Il se curait le dedans d'une oreille avec la serviette et un doigt.

Dis-le-lui, dit Stratton.

C'est toi qui l'as amené, dit Fisk. Tu aurais déjà dû l'informer. Tu sers à quoi, Super ?

Stratton regarda le jeune. Fisk va te dire combien d'heures les hommes travaillent.

Il est possible qu'on soit parti du camp pendant seize heures mais tout ce qui compte c'est un mille de rail. Quand mes hommes posent un mille de rail ils sont payés leurs seize heures. Quand ils posent plus qu'un mille ils sont payés plus que seize heures et je te dirai combien. Quand ils ne posent pas leur mille ils sont payés moins que seize heures et encore une fois c'est moi qui te dirai combien. Voilà comment un contrôleur consigne le temps de travail de mes équipes.

Est-ce que tu comprends ça, mon gars ? demanda Stratton à Martin Bishop.

Je crois bien, dit le jeune. Même si là d'où je viens un homme est payé pour le nombre d'heures qu'il travaille. Ça c'est une chose.

Fisk s'essuya les mains dans la serviette. Ce n'est même pas ton premier jour sur la job et tu fais déjà l'effronté avec moi. Il fait l'effronté avec moi, dit-il à Stratton.

Non, monsieur, dit Martin Bishop. J'exprimais une opinion.

Ne pense pas tout haut par ici, dit Fisk. J'entends pas.

Ouim'sieur, dit Martin Bishop.

Alors le jeune vit le chien. Le chien traînait derrière lui celui qui le promenait et celui qui le promenait s'accrochait à la laisse et enfonçait chacun de ses pas dans le sol pour ralentir et retenir la bête et à chaque pas les bottes de l'homme étaient arrachées de la poussière des roches et des racines et le chien avançait haletant vers son maître. Stratton recula et toucha l'épaule du jeune et le jeune recula avec lui. Fisk accepta la laisse puis le contremaître et le chien se frottèrent nez contre museau puis Fisk caressa la bête sous la gueule et gratta les grandes oreilles du molosse.

C'est Rex, dit Fisk au jeune.

Salut, Rex, dit le jeune, et il regarda Fisk flatter le paillasson touffu du poitrail du chien. La bête avait l'air d'un méchant mélange de berger alsacien et de chien esquimau. Ou de chien esquimau et de loup.

Voici le nouveau contrôleur, dit Fisk au chien, et ce fut comme s'il lui avait donné l'ordre de le dévorer. Le chien bondit vers Martin Bishop et gronda en montrant les dents et jappa sans bon sens. De la bave lui coulait de la gueule et la seule protection du jeune fut que le contremaître tenait solidement la laisse. Fisk riait pendant que le chien aboyait et Martin Bishop recula de quelques pas encore.

On y va, dit Stratton.

Un jour je le lâcherai sur toi, Super, dit Fisk.

Ne sois pas comme ça, dit Stratton.

Fisk riait et se payait la traite. La cloche du souper sonna et les hommes du camp se dirigèrent vers leur repas. La cloche du souper continua de sonner. Certains marchaient vite et d'autres désintéressés traînaient les pieds comme si ce repas ne leur apporterait aucun soulagement particulier.

Super et Martin Bishop s'assirent à la bonne table près de la porte. Huit couverts y avaient été mis. Aux autres tables il y en avait douze. Fisk arriva et se joignit à eux. Ses opérateurs de machine entrèrent à pas lourds derrière lui et les talons de leurs bottes griffaient le plancher et les hommes prirent leurs places habituelles. Par deux fois le jeune dut déménager.

Stratton lui passa un bol de bois rempli de purée. Martin Bishop s'en servit une copieuse portion et regarda les mains tremblantes de l'aide-cuisinier qui apportait un plat d'épaisses côtelettes badigeonnées de sauce tomate. Il vit les hommes se servir généreusement et fit pareil. Le brouhaha de voix l'entrechoc des ustensiles les bruits de bouche de quatre-vingt-dix hommes en train de se nourrir et leurs cris grossiers rendaient futile tout espoir de conversation suivie. Le jeune observa les hommes derrière lui. C'était une bande de pouilleux hagards dans leurs vêtements fripés avec leurs yeux injectés de sang leur peau terreuse et dans le désespoir de leur exil là-haut. Pour un visage qui avait l'air joyeux il y en avait un autre tout près l'air déprimé. Et quand il repérait un regard avisé il en repérait un autre d'abruti ou de débile confiné dans ses capacités intellectuelles limitées. Bishop mangea et la chaleur des aliments était en soi nourrissante. Il se sentit bien vite bourré à craquer.

Les hommes quittaient la cantine dès qu'ils avaient fini mais Stratton Fisk et le jeune restèrent et burent leur café et fumèrent dans le calme relatif. Le couque emergea de sa cuisine et s'assit avec eux et but du café aussi.

C'est le couque, dit Stratton. Il s'appelle Prud'homme.

Comment va ? dit le couque. Il tendit le bras vers le jeune par-dessus la table et il se serrèrent la main. La paume de l'homme était douce et froide dans la main du jeune.

C'est le nouveau contrôleur, dit Stratton. Martin Bishop.

Qu'est-il arrivé à l'ancien ? Le jeune posait la question par intérêt personnel et avec circonspection. Fisk fit la grimace.

Tu as aimé ton repas ? demanda le couque qui avait choisi de s'asseoir à califourchon sur le banc plutôt que de se coincer contre la table.

Ouim'sieur, dit Martin Bishop. J'ai aimé.

Alors je me dis que ton prédécesseur était bon et qu'il a servi à quelque chose au moins, décréta le couque.

Stratton gloussa et Fisk pouffa d'un rire bruyant. L'aide-cuisinier affligé de tremblote débarrassa les plats. Prud'homme attrapa un os. C'était son cou, dit-il.

Le rire secoua de nouveau Fisk et cette fois le jeune comprit et se rendit compte qu'on le taquinait. Il rit lui-aussi pour leur montrer qu'il était un homme digne de leur compagnie.

Prie pour qu'il ne neige pas, l'avertit Prud'homme. Quand on est coincés ici on sort la liste de nos préférences. D'abord on mâchouille de l'aide-cuisinier barbecue. Après on dévore du contrôleur rôti.

À moins que Super ne soit là, dit Fisk.

À moins que Super ne soit là, acquiesça Prud'homme.

S'il est là c'est Super le plat principal.

Ne soyez pas comme ça, dit Stratton ennuyé d'être mis sur le même pied que le jeune.

On sert sa tête sur un plateau, déclara Prud'homme.

Tu lui arraches les yeux d'abord, exigea Fisk. Ils ne me semblent pas très ragoûtants.

Tu aimes la chair humaine ? demanda Prud'homme. C'est ma specialité.

D'accord, dit le jeune, et il sortit une jambe pour s'en aller.

Crue ? le harcela le couque.

Cuite, répliqua le jeune au grand amusement des hommes.

Martin Bishop se leva pour s'en aller.

Le couque le regarda droit dans les yeux et le jeune dit : Qu'est-ce qu'il y a ?

Je suis un oracle, mon garçon. Je suis un prophète de malheur. Il est facile en vérité d'être un prophète de malheur. Prophétise le malheur et il est sûr que tu auras raison dans quatre-vingt-dix-neuf pour cent des cas. Je suis ici pour te prophétiser que le soleil se lèvera de nouveau et que la lune luira de nouveau et que la rivière qui passe près de nous ce soir inondera de sang les océans du monde. Les hommes chercheront à se noyer dans cette rivière. Elle est la rivière de leur propre sang. Mais ils ne parviendront pas à s'y enfoncer tant cette eau s'épaissira des cœurs arrachés à d'autres hommes. Les cœurs extirpés des corps continueront de battre la chamade tant sera grande leur frayeur – et tellement stupéfiante l'horreur. C'est ce que je prophétise ici ce soir.

Stratton ne riait pas. L'hilarité secouait le corps de Fisk et le jeune esquissant un sourire quitta la table.

Reviens ici, dit Prud'homme. Le jeune revint et attendit debout l'air soumis. Le couque s'essuya la bouche. Il tendit le bras vers la table puis saisit le plat qui contenait les dernières côtelettes que les hommes n'avaient pas mangées et le tira devant lui. Ses yeux étaient enfoncés dans son visage bouffi. Va nourrir le chien, dit le couque.

Le jeune se pencha pour prendre le plat mais le couque lui tapa sur la main pour qu'il la retire. Les plats ne quittent jamais la cantine, dit-il. D'une main le couque attrapa trois côtelettes dans leur sauce et de l'autre tint le poignet du jeune. Il lui planta les côtelettes dans la paume ouverte. Le couque essuya sa main rouge sang sur son tablier et il répéta : Va nourrir le chien.

Enlève d'abord les os, dit Fisk. Si tu lui donnes les os moi je lui donnerai les tiens.

Le jeune salua de la tête et quitta la cantine la main dégoulinante de sauce rouge comme si elle était en sang.

Les hommes qui remarquaient les gouttes qui coulaient de la main du jeune lui emboîtaient le pas. Le jeune se retourna pour faire face à l'attroupement en train de grossir et dit : Vous désirez ?

Tu vas nourrir le chien, dit quelqu'un. C'était un homme plus âgé maigre comme un fouet et le dos voûté. Il avait une barbe de plusieurs jours. Il frotta ses poils blancs d'abord d'un air songeur puis tout à coup parce qu'ils le démangeaient.

Et alors ? lui demanda le jeune.

Alors on va aller voir, dit le vieil homme. Quelques-uns dans le groupe s'esclaffaient ou souriaient. Il y en avait autant qui le regardaient sans manifester ni plaisir ni réprobation.

Je vais juste nourrir le chien, dit le jeune.

On sait ça, dit le vieil homme.

Le jeune secoua la tête puis se retourna et continua de marcher vers le chien qui maintenant le regardait s'approcher. Le chien était attaché à la roue de la remorque du contremaître. La vue du jeune et le déplaisant spectacle de cette troupe qui s'approchait et l'encerclait suscitèrent ses grognements.

Pourquoi vous ne reculez pas ? dit le jeune. Vous le dérangez.

On veut être bien placés pour voir, dit le vieil homme qui continuait de se gratter la barbe à deux mains maintenant.

Est-ce que tu sais comment faire ? lui demanda une autre voix.

Ben je vais lui jeter un peu de nourriture, dit Martin Bishop.

Sa réponse lui valut des murmures et souleva une brise de rires qui passa sur les hommes assemblés.

Non tu ne le feras pas, dit le vieil homme.

Oui je le ferai, dit le jeune.

Ce n'est pas ainsi qu'on fait, dit le vieil homme.

Je peux bien nourrir ce chien comme je veux, dit le jeune.

Non tu ne peux pas.

Oui je peux.

Non tu ne peux pas.

Regardez-moi faire.

Le jeune sépara la viande des os et jeta les os derrière lui. Il déchira un bout de côtelette et le lança entre les pattes du chien. Rex interrompit son grognement continuel. Le chien recula pour mieux contempler le morceau de viande puis regarda le jeune d'un air perplexe.

Vas-y, dit Martin Bishop. Mange.

Le chien ne mangeait pas.

Mange, dit le jeune.

Le chien attaqua.

Le jeune avait mesuré dans sa tête la longueur de la chaîne et il se tenait hors de portée de la colère de l'animal. Les crocs essayaient de mordre. Le chien tirait sur sa longe et grondait et aboyait et de la bave coulait de sa gueule. Quand il se fatigua il s'assit et se contenta de grogner en montrant les dents.

Qu'est-ce qui lui prend ? demanda le jeune. Il avait reculé jusqu'à la ligne des hommes attroupés et ils ne le laissaient pas reculer plus.

Il veut qu'on le nourrisse, dit le vieil homme.

Je le nourris.

Il n'acceptera la nourriture que directement de ta main.

Le jeune regarda le vieil homme. Le vieil homme haussa les épaules et un autre dans le groupe confirma. Il a été dressé. Il ne mange pas la nourriture sur le sol. Tu dois le nourrir comme il faut. De ta main. Et espérer qu'il ne te l'arrache pas.

Le jeune regarda le chien et le chien attendait.

Quelle sorte d'entourloupette c'est ça ? dit le jeune.

La seule entourloupette qu'il connaisse.

Le contrôleur précédent y a laissé un pouce, dit un homme. Martin Bishop le regarda pour évaluer s'il mentait. D'autres hochaient la tête comme pour confirmer que c'était vrai.

Il faut que tu nourrisses ce chien de ta main, dit le vieil homme. C'est la seule façon.

Ben j'aimerais mieux pas, dit le jeune.

Le dernier gars qui a refusé de le nourrir, dit le vieil homme sans achever sa phrase et en secouant la tête de commisération.

Entendu, dit le jeune.

Il plia les genoux et s'accroupit à hauteur du chien.

Je ne ferais pas ça, dit le vieil homme.

Mieux vaut qu'il t'arrache la main que la tête, dit une autre voix.

Hé, Rex, dit Martin Bishop. Le chien grogna plus fort et attaqua de nouveau. Le jeune restait impassible et accroupi. Il avança doucement jusqu'à la limite de la portée du chien. Il avança encore un peu et le chien s'assit. Le jeune tendit sa main pleine de viande. Le chien l'observait de ses yeux jaune et brun foncé et regardait la viande. Le jeune retira la viande et tendit sa main vide couverte du reste de sauce et imprégnée d'odeur.

Qu'est-ce que tu fais ? demanda le vieil homme. Je ne ferais pas ça.

Le jeune ne lui répondit pas mais continua de parler juste au chien. Hé, Rex. Hé, Rex. Hé, mon chien. Le jeune fit des petits bruits de lèvres.

Le chien tournait sur sa longe et marchait à pas lents. D'un coup il bondit vicieux et imprévisible et retomba vers l'arrière tiré d'un coup sec par la tension de la chaîne. Il avait le pelage noir et gris sale avec le ventre blanc la tête noire et un étroit museau gris.

Le jaune fielleux de la cornée signalait la colère.

Le jeune tendait sa main vide.

Le chien rampa vers l'avant un tout petit peu.

Le jeune avança un tout petit peu.

Le chien grondait et sentait tout à la fois.

Le jeune faisait des petits bruits.

Le chien cessa de gronder et les pattes prêtes à se sauver d'un bond il lécha hésitant effrayé la main offerte et la sauce qu'il y avait dessus.

Le groupe d'hommes était silencieux dans la lumière de fin de soirée.

Le jeune plaça une côtelette sur son genou plié et le chien s'approcha. Le jeune attendit. Le chien bondit vola la côtelette s'enfuit et la dévora avec un féroce appétit.

Les hommes murmuraient et le jeune regarda le chien manger. Il plaça une côtelette sur sa main et posa sa main sur son pied. Hé, Rex, dit-il. Hé, Rex.

Le chien s'approcha en rampant le ventre à terre. Il s'étira la gueule et enleva la côtelette. Il la dévora plus vite encore que la première.

Hé, Rex, dit le jeune.

Le chien se leva et approcha.

Hé, Rex.

Le chien renifla l'odeur tout autour du jeune.

Le jeune tint une autre côtelette hors de portée du chien et amena la bête à tourner en rond. La chaîne s'enroula autour du chien. Le jeune ramena le chien en sens inverse et le chien se déprit lui-même. Le jeune s'immobilisa et tint la côtelette en l'air et le chien courut droit sur lui et attrapa la nourriture. Il mangea et le jeune lui caressa la tête et le jabot de poils sur le poitrail.

La plupart des hommes étaient silencieux. Ils s'écartèrent quand le jeune traversa le groupe et s'éloigna à grands pas. Martin Bishop se baissa et récupéra les os qu'il avait détachés de la viande. Puis il continua son chemin.

Le jeune continua son chemin avec les os sur le sentier aplati à force d'avoir été piétiné. Le sentier serpentait par-delà les bécosses et menait là où le jeune avait pensé qu'il mènerait. Il lança les os dans le dépotoir aménagé à cet endroit et resta immobile un moment sous l'arc de cercle lent de la lumière du soleil qui sous ces hautes latitudes s'étirait le soir jusque loin dans la nuit. Il se retourna lentement quand il entendit des bruits de pas dans son dos.

Un homme arrivait. Le jeune reconnut l'aide-cuisinier qui avait la tremblote. L'homme le regarda et continua jusqu'au bord du dépotoir avec ses deux chaudières. Il y déversa ses eaux sales et des déchets de cuisine. Le vieil homme qui avait suivi le jeune quand il était allé nourrir le chien l'avait suivi ici aussi. Il s'approcha dans la clarté blafarde sans se gratter cette fois. Le vieil homme était absorbé. Les pouces repliés dans ses bretelles il observait le jeune.

Qu'est-ce qu'il y a ? demanda le jeune au vieil homme.

L'aide-cuisinier vida sa deuxième chaudière et revint vers eux. C'est lui qui répondit à la question.

Il faut que tu sois prudent dans le coin, murmura-t-il. L'homme avait dans les cinquante ans. Il avait pris un sérieux coup dans la journée, présuma le jeune. Ses vaisseaux sanguins éclatés étaient aussi visibles que les nervures d'une feuille. Il avait un nez rougeaud. Ses yeux vacillaient dans leurs orbites. Ses mains tremblaient.

C'est mon intention, dit le jeune.

Ils se turent un moment. Les deux hommes l'étudiaient. Le vieux dit : Il ne parle pas du camp.

De quoi parle-t-il alors ? demanda le jeune. Il n'était pas disposé à recevoir leurs conseils.

D'ici, dit le vieil homme. Il fit claquer ses bretelles. Sois prudent dans ce coin-ci.

Exactement où on se trouve maintenant, dit l'aide-cuisinier.

Ne viens jamais te promener tout seul au dépotoir, lui conseilla le vieux.

Pourquoi pas ? demanda le jeune avec un ton de bravade évident.

Il y a des ours pour commencer, dit l'aide-cuisinier.

Je m'en doute, dit Martin Bishop. Je sais comment m'y prendre avec les ours.

Comme tu sais comment t'y prendre avec les chiens, acquiesça le vieil homme.

J'ai le tour avec les bêtes.

Il n'y a pas que les bêtes qui viennent ici, dit l'aide-cuisinier d'une voix maintenant presque éteinte et qui ne laissait rien présager de bon.

Les craqués total, dit le vieil homme.

Des bouffeurs d'ordures, dit l'aide-cuisinier.

Des hommes, murmura le vieux d'une voix rauque en jetant un coup d'œil autour de lui.

J'ignore qui vous croyez faire marcher, dit le jeune. Et il s'en alla.

Les deux autres le regardèrent partir. Ils restaient debout sans rien dire et écoutaient les bruits de la forêt immense éternelle à jamais là-haut et que dérangeait maintenant l'industrie des hommes et pour la première fois dans ce pays depuis l'embrasement des feux de la création la piqûre irritante de la misère humaine. Quelque chose effrayait le vieil homme et l'aide-cuisinier. Ils pressèrent le pas sur le sentier ralentis chacun par un handicap physique mineur. Les chaudières de plastique de l'aide-cuisinier s'entrechoquaient et émettaient un son pareil à un battement lointain feutré de tambour.

Le soleil se montra blafard et froid comme une lune dans sa lente progression circulaire au-dessus des cimes des arbres. Martin Bishop revint au camp. Les hommes embarquaient dans des camions ouverts pour retourner au chantier. Le jeune était à côté de Prud'homme. Il les regardait qui partaient l'air épuisé. Je pensais qu'ils avaient fini leur journée, dit le jeune.

Ils ont encore du rail à poser, dit le couque. Aussi longtemps qu'il y a de la clarté dans le ciel ils posent du rail. Le soleil reste debout la moitié de la nuit par ici. Ils reviendront me voir pour la collation de minuit.

Déjà les camions étaient partis et la poussière continuait de flotter où ils avaient été comme si les hommes s'étaient évanouis dans une lézarde du temps et que la rapidité de leur mort eût soulevé la poussière. Le camp avait été bâti en carré et les roulottes en aluminium blanc qui servaient de dortoirs formaient les murs d'enceinte. L'endroit semblait désolé maintenant que les hommes étaient partis.

Est-ce que c'est une bonne équipe ? demanda le jeune.

Impossible à dire, vaticina Prud'homme.

Comment ça ?

C'est quelque chose qui n'existe pas. Il n'y a pas de mesure pour la mesurer. Comme tu t'en rendras compte quand tu travailleras dans tes papiers une équipe toute seule ça n'existe pas ici. Ici il faut trois équipes pour construire un chemin de fer.

Ils attendirent le regard fixé sur le talus où il n'y avait pas encore de rail. D'accord, dit Martin Bishop. Je donne ma langue au chat. Pourquoi trois ?

Une qui se rend au chantier. Une qui en revient. Et une qui travaille. Quelle équipe veux-tu que j'évalue ? Celle qui est ici aujourd'hui celle qui sera là demain ou celle qui était là hier ?

Elles ne changent pas aussi vite, dit le jeune.

J'ai la réputation d'exagérer, dit Prud'homme. Et il ajouta : Super te cherchait.

Vous savez ce qu'il voulait ?

Il a quitté le camp.

Il est parti ?

Super est toujours en mouvement. Il ne reste jamais trop longtemps à la même place pour que personne ne puisse se rendre compte qu'en réalité il ne fait rien. Il ne s'arrête jamais. Comme ça les gens pensent qu'il est occupé. Super est un sous-fifre galonné. Un tire-au-flanc pensionné. Que veux-tu que je te dise de Super ? demanda le couque.

Mes affaires sont dans le coffre de son auto, dit Martin Bishop, démoralisé juste d'y penser. Toutes mes bébelles y sont. Les yeux du jeune captaient les couleurs du soleil et des arbres : des gris et le vert des feuilles et une touche d'ocre.

J'ai une bonne et une mauvaise nouvelle pour toi, dit le couque.

Martin Bishop soupira. Commencez par la bonne d'accord.

On a sorti tes affaires de son coffre.

Ah ouais ?

Ouais.

Alors c'est quoi la mauvaise nouvelle ?

On les a mises sur ta couchette.

Sa chambre était remarquablement étroite et adjacente aux cuisines qui se trouvaient au bout de la roulotte. Elle était meublée de lits superposés disposés en travers de la fenêtre d'un placard blanc à l'une des extrémités et d'un bureau vert à l'autre. Pas pire, dit Martin Bishop.

Une porcherie, dit le couque.

Ainsi ça me rappellera ma ferme, dit le jeune.

La volumineuse personne de Prud'homme trembla de rire mais sans émettre aucun son. Un paradis de coquerelles, dit-il. Je ne logerais pas ici. C'est le couque qui est censé loger ici mais j'ai installé une paillasse à l'extérieur du garde-manger. Là-bas j'ai mes aises. J'ai mon espace. J'ai besoin d'espace. Je deviendrais claustrophobe dans un endroit pareil.

C'est pas pire.

Tu peux bien penser que c'est le Taj Mahal pour ce que j'en ai à ficher.

Prud'homme semblait désolé que le jeune ne soit pas consterné par sa chambre. Quelqu'un avait dormi dans la couchette du haut. Celle du bas n'était pas faite. Des draps et des couvertures propres étaient bien pliés sous l'oreiller et le sac contenant les effets personnels du jeune l'attendait sur son lit. Je partage l'endroit ? demanda le jeune.

Ah. Une lumière commence à s'allumer. Oui tu partages l'endroit. Tu es en dessous. Lomacki dort au-dessus. Vous allez régulièrement trébucher l'un sur l'autre. Vous allez sentir la puanteur de vos pieds. Vous allez partager vos poux. À côté de cette chambre une cellule de prison semble immense. Elle est infestée.

Qui est Lomacki ?

Un de mes aides-cuisiniers. Tu l'as rencontré. Tu as rencontré l'homme à tout faire aussi. Je vous ai vus revenir tous les trois du dépotoir. Alors ne me raconte pas que vous ne conspiriez pas contre moi parce que je ne suis pas dupe.

Je ne conspirais pas, déclara le jeune.

Boulechitte, dit le couque. Ne me niaise pas. Je n'ai jamais rien demandé d'autre à qui que ce soit. Ne me niaise pas.

Ils étaient debout dans l'étroite roulotte que le couque emplissait en grande partie et le jeune se sentait mal à l'aise. Jusqu'à quelle heure les hommes vont-ils travailler ? Il examina avec attention les papiers et le grand livre sur sa table de travail. C'était son bureau maintenant. Sa chambre à coucher. Sa maison. L'endroit où il travaillerait recommencerait sa vie et d'où il se frayerait un chemin dans le monde.

C'est le personnel de cuisine qui travaille le plus longtemps. Jusqu'à minuit. Puis de retour au boulot. Quatre heures du matin. Les hommes mangent à cinq heures. Partent à six heures. Finissent à onze heures. Une heure pour luncher. Une heure pour souper. Quinze heures par jour.

Martin Bishop s'assit sur sa chaise. Combien d'heures par jour vous attendez-vous à être payé, couque ?

Prud'homme lui fit un clin d'œil. C'est ça la beauté de la chose quand on est prophète de malheur, mon garçon. Il n'y a plus le moindre atome en moi qui reste à corrompre parce que j'ai tout vu. Même ce qui n'est pas encore advenu je l'ai vu et je suis ici pour te dire que ce qui s'est passé avant n'est rien. Juste le préambule de ce qui reste à venir.

Qu'est-ce que c'est censé vouloir dire ? demanda Martin Bishop.

Le couque se dirigea vers la porte ouverte et s'immobilisa puis se retourna vers le jeune. Entre autres choses ça veut dire que j'ai été engagé à salaire fixe. Je ne suis pas payé à l'heure. Ça veut dire que tu dépends de moi pour la nourriture et aussi pour mes prophéties mais que je ne dépends de toi pour rien du tout. Chienne de vie. Bonne nuit là, Bishop.

Je viendrai pour le repas de minuit, lui cria le jeune dans son dos.

Prud'homme refit un pas dans la chambre. Non tu ne viendras pas, décréta-t-il.

Qu'est-ce que voulez dire : je ne viendrai pas ?

Tu seras endormi. C'est ce que je prophétise ici ce soir.

Le couque ferma la porte derrière lui en sortant.

Le jeune était assis dans l'obscurité grandissante. L'exiguïté du lieu et l'ameublement rudimentaire n'atténuaient en rien la sensation de victoire et de soulagement qui l'envahissait. Il avait un travail. Il était investi d'une auguste responsabilité. L'avenir allait s'ouvrir devant lui dans un mystérieux miraculeux peut-être majestueux déploiement. Bishop commença à faire son lit et en borda les coins. Les draps étaient aussi propres que le plancher. Il revint au bureau. Il ouvrit le grand livre et examina le labeur des chiffres sur les pages. Il ne savait pas si dans le passé les hommes avaient travaillé les heures qui s'y trouvaient consignées mais il était conscient que c'était lui dorénavant qui contrôlait le temps et c'est pourquoi les hommes seraient payés leur légitime dû. À côté de chaque nom il écrivit dans la colonne du jour le chiffre quinze. La journée n'était pas terminée mais il ne put s'en empêcher. Il transcrivit le chiffre environ quatre-vingt-dix fois avec révérence et le sentiment que son geste était irrévocable. Si ce n'était pas le temps exact il réajusterait demain. Martin Bishop concédait que Fisk avait des tâches et des responsabilités qui dépassaient le temps que le contremaître passait au chantier. Il écrivit seize à côté de son nom. Ce qui mettait un terme à une enfilade de jours à côté desquels vingt-six heures étaient consignées et trois de plus les dimanches. Ce temps-là était révolu.

Martin Bishop était bien satisfait de son travail. Il se leva et une fois debout sentit qu'il avait envie de dormir. La fatigue du voyage la nuit blanche et l'effervescence de la journée sur la grand-route eurent alors raison de lui. Il s'allongea sur le lit. La collation de minuit était prévue pour onze heures. Fisk disait que les hommes travaillaient seize heures alors qu'ils n'en travaillaient que quinze et la conception qu'avait cet homme du nombre d'heures dans une journée était absurde. Martin Bishop allait rétablir les choses et c'est sur cette idée qu'il concéda la victoire au couque et aux prédictions du couque et qu'il acheva de faire son lit. Il se déshabilla rangea ses vêtements sur la chaise ôta sa montre la plaça sur le bureau se pelotonna sous les couvertures et s'appliqua à dormir. Cette nuit il s'abstiendrait du banquet nocturne comme l'avait si justement prédit le couque.

DEUXIÈME JOUR

Martin Bishop savoura son premier sommeil sur cette terre en dépit de ses mauvais rêves et des mouvements convulsifs qui agitaient ses muscles. Une crampe à la jambe le réveilla. Le noir derrière la fenêtre conférait un air spectral à la nuit. Au-dessus de sa couchette un invisible locataire ronflait et le jeune crut qu'il errait dans la demeure d'un fantôme. Il tomba dans une miraculeuse hébétude et dans un sommeil cerné de toute part par l'épuisement.

Pendant un moment le jeune tangua entre le sommeil et l'éveil – entre le rêve et la lucidité – et résista à la main qui lui secouait doucement l'épaule. Il dansait sur une mer et tendait lui-même la main pour implorer du secours et une lampe de poche brillait sur lui.

La lumière crue au-dessus de sa tête contraria le jeune. Il détourna le visage de cette cruelle agression. Une voix l'informa : Fisk te demande. Martin Bishop s'étira et tituba depuis les profondeurs de son extrême fatigue. Il se couvrit les yeux et regarda avec déplaisir l'intrus qui avait parlé. Mieux vaut t'habiller, suggéra la voix. Dans la torpeur de son demi-sommeil Martin Bishop arqua le cou puis il étira les muscles de ses jambes de son ventre de ses épaules et de sa nuque et leva de nouveau les yeux vers l'homme à tout faire qui avait repris son ménage. Le vieil homme promenait une vadrouille de l'avant vers l'arrière dans la roulotte exiguë. Martin Bishop lui demanda : Que faites-vous ?

Je nettoie.

Quelle heure est-il ?

L'homme vérifia sa montre de poche pour être précis. Je dirais qu'on approche d'une heure trente-sept.

Le jeune refoula toutes les questions qui lui montaient aux lèvres mais en retint une qui lui semblait valoir la peine d'être posée : Est-ce que vous devez vraiment faire ça maintenant ?

Le vieil homme fit des signes du menton pour indiquer que dans le schéma global des choses il le devait probablement. Fisk te veut, répéta l'homme à tout faire.

Je dors. Le jeune referma les yeux.

Tu ne peux pas dormir maintenant, dit le vieil homme.

C'est quoi votre problème ? rouspéta le jeune.

Tous les hommes du camp sont réveillés sauf toi et c'est toi qui es le plus près de la source du problème.

Le jeune s'endormait de nouveau et les remarques de l'homme à tout faire prenaient du temps à s'enregistrer.

Quel problème ?

Vaudrait mieux que tu te lèves et que tu te renseignes.

Martin Bishop se redressa. Il s'assit puis poussa un long bâillement et rejeta les couvertures.

Ne mets pas les pieds à terre, l'avertit le vieil homme qui cessa de passer la vadrouille un moment. Je vais chercher tes bottes.

Le jeune regarda le plancher et constata qu'il était couvert d'une eau grise savonneuse mêlée de sang. Des éclats de verre étincelaient comme des diamants dans le liquide. Il vit mieux à mesure qu'il se réveillait et remarqua des morceaux de vitre éparpillés sur son lit.

Hé…

À ce moment Prud'homme jeta un coup d'œil par la porte et émit un bruit de dégoût et de répulsion qui interrompit le jeune. Le couque plaça une main sur son ventre soulevé de hoquets. Son teint était livide et il disparut de la porte pour ne pas en voir plus.

Certains sont incapables de supporter la vue du sang, dit l'homme à tout faire. Tu t'imagines. Un chef délicat. Il découpe du bœuf pendant des heures et puis sans raison il vomit.

Ils l'entendirent à l'extérieur avoir des haut-le-cœur.

Et entendirent s'élever d'atroces hurlements.

Qu'est-ce que c'est ? demanda Martin Bishop. Qu'est-ce qui se passe ici, le vieux ?

La routine, dit l'homme à tout faire. Il tordit sa vadrouille et le liquide était plus rouge que gris. La vadrouille vira au bordeaux foncé.

Le jeune retira de scintillants éclats de verre de ses chaussettes avant de les mettre et d'enfiler ensuite ses bottes. Qu'est-il arrivé ? demanda-t-il. Allons. Dites-le-moi.

Tu ne le sais vraiment pas ?

Dites-le-moi.

Lomacki... il a pogné le delirium tremens, dit l'homme à tout faire. Il s'est planté un bras dans la fenêtre au-dessus de toi et s'est coupé une artère bien net. Pissait du sang comme un boyau d'incendie. Il hurlait à la lune laisse-moi te dire. A réveillé tout le camp et tout le monde sauf toi ça a l'air et tu étais juste en dessous. Tu as le sommeil profond, toi, mon gars. Je n'ai jamais rien vu de pareil.

Le jeune avait entendu un hurlement dans son rêve maintenant qu'il s'en souvenait mais le tapage ne l'avait pas réveillé. Comment va-t-il ?

Il est un peu dans la merde je dirais. Je lui ferai savoir que tu as demandé.

Le contremaître apparut dans l'embrasure de la porte à bout de souffle après tant d'ennuis. Lève-toi, ordonna Fisk. Habille-toi. Sors d'ici. Et il était parti.

Martin Bishop et l'homme à tout faire se regardèrent. Mieux vaut faire ce qu'il dit, conseilla l'homme à tout faire.

J'en ai l'intention, dit le jeune.

Les braillements de l'aide-cuisinier avaient diminué au moment où Martin Bishop arriva dehors et le bruit maintenant était celui des aboiements du chien qui restait invisible. Lomacki était assis par terre au milieu d'un cercle d'hommes qui braquaient leurs lampes de poche sur lui. Il tenait son bras droit emmailloté dans un bandage épais comme une cuisse. Les bouts frêles de ses doigts dépassaient des bandes de gaze et son visage dans la lumière était blême comme celui d'un fantôme. Il avait les traits tirés et était assis par terre en caleçon et en camisole et ses vêtements comme ses jambes étaient couverts de sang et de poussière.

Bishop, dit Fisk.

Ouim'sieur, dit le jeune.

C'est ton compagnon de chambre.

Ouim'sieur.

Amène-le à Hay River. Fisk fouilla dans ses poches et en sortit un trophée. Le pick-up rouge, dit-il.

Martin Bishop dit : Mais…

Il n'y a pas de mais. Ici tu fais ce qu'on te dit.

Le jeune tourna les clés entre ses doigts. Ouim'sieur, dit-il.

Un homme dans le cercle sortit ses cigarettes et les distribua. À la lisière de cette communion les yeux des hommes tirés de leur sommeil précoce discernaient des étincelles de lumière réfractée et d'autres traînaient leur ennui dans le crépuscule et certains s'éloignaient pour retourner au pâturage de leurs rêves. Debout, dit Fisk à l'aide-cuisinier. Il lui donna un coup de pied à la cheville. Fais quelqu'un de décent de toi. Ne t'en va pas te montrer en ville comme un déchet pourri même si tu en es un.

Les hommes qui fumaient se mirent à rire.

Petit, dit Fisk. Va chercher ses habits. Coupe la manche d'une de ses chemises et passe-la lui. Va chercher ses bottes. Va chercher ses chaussettes. Trouve son pantalon et mets-le-lui.

Martin Bishop retourna à sa chambre et ramassa les vêtements de l'aide-cuisinier empilés en tas sur son bureau. Il prit les bottes sur le plancher. Les chaussettes étaient fourrées dedans. Il les secoua pour ôter les morceaux de verre et emporta le tout à l'extérieur où l'odeur était moins forte. Quand il revint l'aide-cuisinier était debout. Il l'aida à enfiler son pantalon. C'était une besogne difficile et assez embarrassante pour les deux.

Les hommes qui les observaient pouffaient de rire. Il les regarda fixement sans sympathie et déchira la manche de la chemise de l'aide-cuisinier. Dans la faible lumière nocturne des larmes luisaient dans les yeux de l'homme pendant que le jeune attachait ses boutons. Je n'ai jamais demandé que cela arrive, dit-il tout bas.

Venez, lui dit Martin Bishop. On va vous conduire à l'hôpital.

C'est une bonne pensée, dit Lomacki. Je ne crois pas que j'y arriverai.

Vous êtes debout. Vous y arriverez.

Je suis debout tout étourdi. J'ai perdu du sang. J'ai perdu plus de sang qu'aucune personne considérée vivante n'a le droit d'en perdre.

Cela semble pire que c'est. Vous n'avez même pas rempli la chaudière de l'homme à tout faire. Si vous aviez rempli cette chaudière alors je m'inquiéterais.

Je ne l'ai pas remplie ?

Pas du tout.

Tu as raison. Je suis debout. Je suis debout.

Ils ont du sang pour vous à Hay River. J'en suis sûr.

Du sang sec ? demanda Lomacki. Il s'appuya sur le contrôleur et ensemble ils se dirigèrent vers le plateau où étaient stationnés les camions.

Pardon ?

Ils ont du sang sec pour moi à Hay River, je parie.

Qu'est-ce que vous voulez dire ?

La volumineuse personne du couque leur barra le chemin sans plus de formalités. Prud'homme titubait sous la lumière des étoiles et son visage n'était pas visible dans le noir même si sa silhouette était manifeste suivie bien vite de sa voix. La rivière se gonflera de sang et de bile, prophétisa-t-il. Des vies d'hommes se tordront dans la tourmente. Des femmes se baigneront dans la pestilence de nos souffrances et ce temps est proche de nous advenir.

Excusez-nous, couque, dit Martin Bishop.

Se tournant sur le côté Prud'homme appuya une main sur la roulotte qui se trouvait là et régurgita les restes de son repas. Il vomissait et son ventre se soulevait et la puanteur amenait ses haut-le-cœur à persister. Lomacki et le jeune continuèrent. Le couque penché cria dans leur dos : Je ne sais pas de quoi tu penses t'échapper, Lomacki. Il n'y a pas de place où se cacher. Tu me laisses tomber, Lomacki. Tu me laisses tomber. Qui va peler mes patates ?

Je suis navré, lui cria Lomacki par-dessus son épaule. Je me suis blessé.

J'ai vu ton sang, cria le couque. Ce n'est que le début. C'est ce que je prophétise ici ce soir.

Martin Bishop continuait de conduire son blessé et Lomacki cria de nouveau : Combien de sang il y avait ?

Ne vous en occupez pas, dit Martin Bishop. Ne demandez pas.

Des chaudières, cria le couque. La rivière est rouge de ton sang et ce n'est que le début.

Combien de chaudières ? demanda Lomacki. Il se retourna et attendit la réponse même si son compagnon de route voulait qu'il continue.

L'homme à tout faire m'a dit quatre, dit Prud'homme. Tu sais qu'il ne ment pas. Et le couque hurla pour que tout le monde entende : Ce n'est que le début.

Martin Bishop éloigna Lomacki et jeta un regard en arrière au couque appuyé contre la paroi de la roulotte et qui portait une bouteille à ses lèvres. Contentez-vous de continuer à marcher, dit Bishop.

Quatre chaudières, dit Lomacki. Je n'y arriverai pas. Je n'ai aucune chance.

Il vous niaise.

Je le crois.

Quand on a perdu quatre chaudières de sang on ne marche pas et sûr comme l'enfer on ne parle pas.

Tu penses ?

Je le sais.

Ils gravirent le sentier abrupt. Le blessé tomba à deux reprises. Le jeune le releva et l'encouragea et veilla à ce qu'il continue d'avancer. Sur le plateau il y avait plusieurs gros camions et un seul pick-up. Le jeune installa Lomacki du côté du passager. Il fit le tour et grimpa à son tour dans le véhicule puis plaça ses mains sur le volant et regarda par la vitre.

Allons-y, murmura Lomacki d'une voix faible.

On a un problème, dit Martin Bishop.

Lequel ? Il t'a donné la mauvaise clé ?

Ben non. Ce n'est pas ça.

Quoi alors ?

Ben. Je ne sais pas conduire, dit le jeune.

Lomacki resta sans rien dire un bout de temps. Puis il dit : Sainte Bénite de doux Jésus de bonsoir.

Je ne me suis jamais trouvé derrière un volant.

Lomacki gémit quand il mit son bras sur ses genoux.

Ben je l'ai vu faire. J'ai observé des gens. Ça ne doit pas être si difficile.

Que le Seigneur ait pitié de nous.

Tout ce qu'il faut que je fasse c'est apprendre le jeu des pédales. Quand j'aurai compris ça je serai correct.

Mon Dieu ayez pitié.

À part ça, dit Bishop.

À part ça quoi ? murmura Lomacki en regardant son chauffeur.

Vous êtes là pour prier pour nous. Vous semblez connaître les mots par cœur.

Que le Seigneur ait pitié de nous et qu'il nous donne Sa paix.

Bravo. Ça c'est parler. Pouvez-vous me donner un coup de main ?

Je n'ai pas l'intention de conduire, mon gars. Je suis trop occupé à mourir.

Je pense que je sais comment ça marche conduire mais je ne sais pas comment démarrer.

Sainte Bénite de doux Jésus de bonsoir. Tu mets la clé dans le contact, dit Lomacki d'une voix plus ferme. Maintenant tu pèses sur l'embrayage et tu tournes la clé.

D'accord, dit le jeune.

D'accord.

C'est quoi l'embrayage ?

La pédale à ta gauche, niaiseux. Celle du milieu c'est le frein. Tu te sers de ton pied droit pour celle-là. Et celle à côté c'est le gaz. Tu te sers aussi de ton pied droit sinon tu vas t'enfarger les pieds.

Le jeune appuya sur la pédale d'embrayage. Vous ne le direz à personne n'est-ce pas ?

Dire quoi ? Lomacki était affalé sur sa banquette et sa tête pendouillait contre le dos du siège. Ses instructions l'avaient épuisé et la transpiration perlait sur son front.

Vous ne leur direz pas que je ne sais pas conduire.

Les morts ne racontent pas d'histoires et mon temps achève.

On va vous conduire à l'hôpital.

J'apprécie ton enthousiasme juvénile, mon gars, mais cela ne me semble pas vraisemblable. J'ai toujours su que je mourrais d'une manière pitoyable dans quelque endroit pitoyable mais je n'ai jamais pensé que ce serait de façon aussi dérisoire et avec un tel manque de dignité. Quelle lamentable façon de quitter ce monde.

Vous y arriverez.

Traite mon cadavre avec dignité, mon gars. C'est tout ce que je te demande. Ne me donne pas en pâture aux charognards. Creuse-moi une maudite belle sépulture décente.

Alors je tourne cette clé ?

C'est ça, mon gars. Garde la pédale d'embrayage enfoncée.

Martin Bishop suivit les instructions. Le moteur démarra et l'aide-cuisinier lui cria de sa voix frêle et sèche de lâcher la clé.

Une fois qu'on a démarré on a démarré, dit Lomacki.

Je conduis, dit Martin Bishop. Je conduis !

Ne sautons pas aux conclusions tout de suite, mon gars, dit lentement Lomacki. On n'avance pas encore.

Ben qu'est-ce que je fais maintenant ?

Le blessé se débattit dans son siège et se poussa plus près du jeune. Je vais te faire démarrer, dit-il. Il se rapprocha encore. Le jeune pouvait sentir son sang et la sueur de ses frasques récentes et la peur qui le hantait. Je vais peser sur les pédales juste pour qu'on démarre. Toi, conduis. Maintenant passe-nous en première.

Ça j'ai vu du monde le faire, dit le jeune. Il parvint à déplacer le bras de vitesse sur la colonne de direction et à mettre la camionnette en prise. Et maintenant quoi ?

Maintenant conduis.

Ils démarrèrent lentement et traversèrent le remblai dépourvu de rails. Le jeune actionna le piton qui allumait les phares et la nuit s'étendit devant eux lugubre prodigue et immuable dans ses ténèbres d'un noir de jais.

Maintenant je conduis, dit Bishop.

Plus ou moins, dit Lomacki.

Le jeune poussa le pick-up en troisième et Lomacki se laissa retomber sur la banquette. Il glissait sur le côté quand ils passaient dans des cahots et se retrouva bien vite coincé contre la portière. Son heure était arrivée, pensait-il. Il se sentait défaillir et poursuivait dans son sommeil une conversation lointaine et hallucinée. Le jeune ne conduisait pas trop vite et frôlait assez souvent les bords de la piste de fortune même si rouler dessus ou à côté ne changeait pas grand-chose au confort de leur voyage. Il continua de conduire et Lomacki remuait dans l'angoisse de ses rêves et marmonnait et dans l'espace clos de la cabine la réverbération de son délire effrayait le jeune. Il conduisait et n'osait pas regarder l'homme. Il donna un violent coup de volant pour éviter un arbre qui se dressait au centre de la route et maintenant Lomacki était éveillé. Les yeux écarquillés il hurlait de peur et de pitoyable détresse. Le jeune n'avait jamais entendu d'adulte proférer un tel cri. Lomacki agitait son bras bandé et l'autre aussi et le jeune appliqua son pied droit sur la pédale du frein et le pick-up s'arrêta net et le moteur cala.

Le jeune était penché sur le volant et l'homme assis droit sur son siège respirait bruyamment d'un souffle court et rapide.

Martin Bishop voulait savoir : Qu'est-ce qui vous prend ? Êtes-vous fou ?

L'aide-cuisinier continuait de respirer avec difficulté et à grand bruit. Il dit : Je suis sec. Oh je suis sec. Je n'ai jamais été aussi sec de toute ma vie. Tu n'as pas idée. Oh, disait-il. Oh. Et il se serrait le ventre et les côtes et grognait et se tordait sur le siège comme si c'était son estomac et non son bras qui était le plus blessé. J'ai besoin d'un peu de sang sec, dit-il. C'est mon dernier espoir. Du sang sec et si ça ne marche pas alors il me faudra ma boisson. Du vin rouge. Ce sera parfait. Le whisky c'est ma poire pour la soif. Tu me paierais-tu une tournée, petit frère ? Tu me paierais-tu une tournée ?

Le jeune regarda l'homme plongé dans sa douleur et son malaise et il tourna la clé de contact mais omit cette fois de peser sur l'embrayage et la camionnette fit un bond en avant et cala de nouveau. Il était assis désemparé dans le véhicule parce qu'il avait l'impression que son compagnon était un fou qui avait perdu tout bon sens et parce qu'il avait moins confiance maintenant de savoir conduire. Il entendit la portière s'ouvrir et Lomacki tomba de la camionnette. Bishop cria : Hé ! Puis il ouvrit sa propre portière pour aller le récupérer.

Lomacki se dirigeait vers l'avant de la camionnette. Il s'écroula sur la route dans la lumière des phares. Il serrait son ventre et ses côtes et poussait des gémissements et basculait puis se mit à labourer la route avec ses ongles comme s'il pouvait creuser assez pour y déterrer du secours. Martin Bishop essaya de l'aider à se relever mais le blessé se débattait et refusait toute aide.

L'homme gémissait et la litanie de ses plaintes se poursuivait. Il rampait droit devant lui comme s'il avait une destination en tête puis retombait sur le dos et le jeune le tenait là où il gisait. J'ai mal, dit-il.

Je m'en doute, dit le jeune. Il tenait les épaules de Lomacki pendant que le pire des crampes se passait. Venez. Retournons dans le camion. Il faut qu'on vous amène à cet hôpital.

Je t'ai dit que je mourrais en route.

Je vous ai dit que je ne le croyais pas. Pouvez-vous vous lever maintenant ?

Non.

Pouvez-vous essayer au moins ?

Non.

Doux Jésus.

L'aide-cuisinier se releva de lui-même et se maintint dans une position plus verticale et respira plus profondément en reprenant le contrôle de soi. J'ai la tête dans la graisse de bines. Je ne suis vraiment pas en forme.

Je vais vous aider à marcher, proposa le jeune.

Tu es un chum, dit l'homme, et il prit appui sur lui et avec difficulté et force grimaces et gémissements se déplia sur ses jambes et ils progressèrent vers la camionnette. Lomacki plaça ses mains sur le capot et se traîna le long du véhicule. Le jeune l'aida à ouvrir la portière et le poussa dans son siège de nouveau. Bishop pressa le bouton de la portière et enferma le blessé. Il repassa devant les phares et y apparut aux yeux de l'aide-cuisinier qui l'observait comme la silhouette d'un fantôme. Le jeune se précipita dans le pick-up. Lomacki dit : Partons d'ici. Le ciel nous presse. Assez de tergiversations, mon gars.

Vous avez eu le delirium tremens, dit Martin Bishop.

L'homme rit et sa voix avait la texture du papier sablé. Il t'est facile de dire ça, dit-il. Tu ne sais pas de quoi tu parles.

L'homme à tout faire a dit que vous aviez eu le delirium tremens.

Ce que j'ai eu, mon gars, c'est du mélange de sang sec dans les veines. Je suis incapable de vivre un seul jour avec une dose de sang sec dans les veines. Pour ne pas dire deux semaines. Chaque os en moi ne fait que se plaindre. Chaque muscle chaque veine chaque particule chaque goutte de sang veut un peu de jus. Abreuve-moi ! hurle mon cerveau. Où est mon jus ? Mon vieux crâne revêche me harcèle sans cesse. Va nous chercher notre jus. Conduis ce camion, mon gars. Conduis-le. Il faut que je me pompe plein de sang sec et que je voie si ça fait l'affaire sinon c'est de nouveau le jus. C'est ça qui sera ça. Maintenant conduis ce camion, mon gars. Ce corps souffre mais il ne me laissera pas mourir. Je le sais maintenant. Il ne me laissera pas mourir sobre. Alors conduis ce camion.

Ben je ne sais pas comment.

Conduis-le simplement, mon gars. Vas-y simplement.

Le jeune fit ce qu'il était censé faire. La camionnette bondit et il donna un coup de volant. La camionnette gagna de la vitesse et il changea de vitesse et la camionnette hésita regimba se lamenta et le blessé dans la cabine était ballotté sans bon sens et il évitait le tableau de bord et le pare-brise et le jeune continuait de conduire.

Je conduis, dit-il. Je conduis sans l'aide de personne.

Sainte Bénite de doux Jésus de bonsoir, se lamenta Lomacki.

Le tourbillon de poussière que la camionnette charriait dans son sillage tout au long de la route de gravelle et ensuite jusqu'à la bâtisse basse de l'hôpital de l'autre côté de la ville balaya les fenêtres quand Bishop arrêta. La camionnette cala et la poussière s'éleva et se dispersa autour de lui quand il sortit à toute vitesse de la cabine. Il franchit en courant les portes de l'hôpital. Son blessé n'avait plus parlé depuis très longtemps et n'avait pas non plus ouvert les yeux depuis le lever du soleil et une tache rouge sang était apparue à travers la gaze épaisse qui lui bandait le bras. Des brancardiers sortirent avec le jeune et tirèrent l'homme endormi de la cabine. Lomacki s'affala sur la civière à roulettes et on le roula dans le bâtiment tandis que le jeune tenait les portes battantes ouvertes. Il suivit la civière aussi loin que le personnel médical le lui permit puis attendit dans un réduit et se fit du mauvais sang pour la vie de cet homme et se demanda si Lomacki survivrait maintenant ou s'il allait bientôt mourir.

Martin Bishop se souvenait de son père et il en avait encore du chagrin. Quatre mois plus tôt il l'avait amené à l'hôpital dans une charrette tirée par un cheval. Le trajet avait été long parce qu'ils avaient voyagé lentement. Au moment de le sortir de la maison et de l'étendre dans la charrette il était persuadé que son père était déjà mort et il l'avait emmitouflé pour le protéger de la fraîcheur du matin et l'avait installé confortablement et sa sœur avait tenu la tête de leur papa sur ses genoux et ils étaient partis et avaient voyagé sans se presser comme pour ne pas le déranger dans son dernier repos. Ils avaient attendu que le docteur confirme que leur père était mort ce dont ils se doutaient déjà et ce n'est qu'à ce moment-là qu'ils avaient éclaté en sanglots. Sa sœur avait demandé au milieu de leur crise de larmes : Que va-t-il nous arriver maintenant ?

Un médecin sortit voir Martin Bishop et lui posa quelques questions sur l'incident et l'avisa que la police était en route pour faire enquête. Les policiers arrivèrent sur-le-champ. Les deux officiers étaient grands et n'inspiraient rien de bon au jeune qui était lui-même costaud et musclé mais plus petit que la moyenne. Il répondit avec franchise à leurs questions et révéla tout ce qu'il savait. Il dit que le blessé avait eu une crise de delirium tremens et que Lomacki était aide-cuisinier et lui-même contrôleur et qu'ils travaillaient sur un des chantiers du chemin de fer.

Très facile à vérifier, dit l'un des policiers. Le jeune hocha la tête. Les policiers posèrent d'autres questions car son évidente nervosité les intriguait mais ils ne lui demandèrent pas son permis de conduire. La seule chose qui le tracassait. L'un des policiers partit contacter le chemin de fer par CB et le chemin de fer pouvait contacter le chantier et l'autre entra dans la zone réservée au personnel médical pour voir comment allait Lomacki. Il revint et dit à Martin Bishop : Il s'est fait ça tout seul ? C'est ça ta version ?

Je dormais, répéta le jeune. Mais j'ai vu la fenêtre brisée. Il dormait aussi quand il s'est fait ça.

C'est ça ta version ?

Ouim'sieur.

L'autre policier revint assez vite et déclara que le jeune était bien celui qu'il prétendait être et que sa version des faits avait été vérifiée.

O.K., mon gars, dit l'autre policier, et il lui tapa l'épaule avec son écritoire à pince comme s'ils étaient devenus des copains maintenant. Il dit : Bon travail de l'avoir amené. Le trajet n'a pas dû être agréable. Ça a l'air qu'il va s'en sortir.

C'est vrai ?

Ça s'annonce bien.

Martin Bishop souffla entre ses lèvres. C'est bon, dit-il. Il m'a fait peur la dernière fois qu'il s'est évanoui.

Que vas-tu faire maintenant ? lui demanda le policier. Retourner ?

Je ne sais pas, dit Martin Bishop.

Le policier regarda la porte par où Lomacki avait été amené. Il dit : Peut-être tu devrais attendre un peu. Voir comment il se débrouille. Il aura peut-être envie de voir un visage ami quand il se réveillera. Puis va déjeuner. Après ça tu partiras.

Ouim'sieur, dit Martin Bishop.

O.K. d'abord, dit le policier. Son partenaire et lui se dirigèrent vers la sortie. As-tu de l'argent sur toi pour déjeuner ? demanda le policier en se retournant vers le jeune. Tu as peut-être dû partir trop vite.

Martin Bishop réfléchit. Ben j'ai pris un gros souper hier soir, dit-il.

Le policier hocha la tête. Ta route a été longue et c'est une longue route pour rentrer, dit-il. Si tu as faim viens au poste. On s'organisera pour te donner un bon pour un repas.

Le jeune hocha la tête. Merci, dit-il.

Il s'assit après le départ des hommes et il était assis sur son portefeuille qui contenait assez d'argent pour déjeuner plusieurs fois. Maintenant si jamais ils lui demandaient son permis il avait une bonne raison de ne pas l'avoir sur lui. Cela le mettait à l'aise. Il se sentait virtuellement en règle avec la loi.

Le médecin entra dans la pièce et dit que Lomacki avait repris conscience et qu'il dormait paisiblement et qu'il allait dormir encore pendant un bout de temps. La blessure avait été traitée et il avait reçu du sang et serait bien vite rétabli. Bishop dit qu'il attendrait jusqu'à ce que l'homme se réveille et le médecin lui dit de revenir dans trois ou quatre heures. Le jeune quitta l'hôpital puis récupéra ses clés dans la camionnette et verrouilla la portière.

Il regarda autour de lui la ville poussiéreuse et basse de Hay River. C'était une ville du Nord au milieu de nulle part sous un haut ciel bleu et dont les édifices aux petites fenêtres étaient construits avant tout comme remparts contre l'hiver. Il allait trouver un endroit où manger. Il préférait un restaurant d'où il pourrait regarder par la fenêtre de façon à observer les hommes qui stationnaient et faisaient marche arrière avec leurs pick-up et étudier comment ils faisaient. Il était incapable de démarrer d'ici en marche avant. Il percuterait l'hôpital. Il devait apprendre la marche arrière ou bien il n'irait nulle part de si tôt.

Martin Bishop était assis à la devanture vitrée du restaurant. Il avalait ses œufs et son bacon avec un féroce appétit. Quand il eut terminé il but lentement son café fuma et se recala sur sa chaise épuisé et disloqué par ses deux nuits consécutives sans véritable sommeil. C'est alors qu'il commença à se critiquer sévèrement. Il avait commis un crime. Il avait conduit un véhicule motorisé sans permis. Il avait aggravé son acte criminel en dupant les policiers. Il leur avait menti concernant son argent pour se préparer à mentir encore. Ce n'était pas ainsi qu'il avait été élevé. Son père n'était pas en terre depuis tellement longtemps qu'il revenait déjà sur tout ce qu'il lui avait enseigné et sur tout ce qu'il avait appelé de ses vœux. Son père lui avait enseigné que le monde était un lieu difficile et que les gens commettaient des actes malhonnêtes et ensuite mentaient pour soustraire ces actes à la lumière d'un examen rigoureux. Les gens commettaient d'autres mauvaises actions pour étayer leurs mensonges et de nouveaux mensonges naissaient pour dissimuler et justifier les mauvaises actions et cette spirale éternelle descendait à jamais vers le bas jusqu'aux implacables racines de l'enfer et de ses flammes de telle sorte que la seule irrémédiable fin ne pouvait être que la damnation. L'enfer est un état d'esprit, lui avait enseigné son papa. Le paradis aussi tant qu'à faire. L'enfer est l'état d'esprit préféré de l'humanité et cela peut se déduire d'après ce que disent les gens et d'après ce qu'ils font. Son papa l'avait prévenu que la première mauvaise action donnait naissance à la suivante et que les rapports entre humains n'étaient que magouilles et embrouillaminis. La dissimulation et la justification sont les principales entreprises de l'espèce, avait dit son papa. Il en a toujours été ainsi, avait-il dit, et le jeune avait écouté.

Maintenant qu'allait-il faire ? Il devait retourner au camp. Il devait conduire jusqu'au camp et ce serait un autre crime. Il avait préparé ses mensonges au cas où il serait attrapé et ne voyait pas d'alternative sinon de les dire tout haut si le temps venait de les dire.

Le monde était effectivement un endroit émotivement stressant.

Il régla son addition et prit une longue marche et cette ville était une ville ennuyeuse bien que ses habitants y semblent satisfaits de leurs affaires et de leur vie. Il remarqua des filles et des filles le remarquèrent. Il était fier de son statut d'homme libre qui avait un travail et un camion à conduire. Il était un homme libre mais fut incapable de parler à aucune de ces filles même s'il en avait une extrême envie. Il espérait qu'elles pourraient reconnaître son statut mais elles lui faisaient peur plus qu'il n'avait eu peur du chien affamé au camp. Il revint à l'hôpital et y entra voir Lomacki. On lui indiqua la chambre et il trouva l'homme dans un état de grande agitation.

Lomacki était étendu à moitié hors du lit comme s'il voulait ramper sur le plancher. Il le hissa dans son lit de nouveau. L'homme se débattit et cria d'une voix qui n'était qu'un rêche murmure : Ça ne marche pas. Ce sang sec ne me fait aucun bien du tout. Ils m'ont redonné plus de sang alcoolique. Il me faut ma boisson, mon gars. Va me chercher à boire. Va me chercher à boire avant que tu ne m'entendes hurler ici-dedans.

Je ne peux pas faire ça.

Lomacki s'agrippa à lui. Ses yeux étaient presque clos de telle sorte qu'il semblait ne pas voir le jeune. Il dit : Abreuve-moi. Abreuve-moi maintenant, mon gars. Ils m'ont pompé plein de sang alcoolique ici-dedans.

Le jeune parvint à se libérer et écarta de lui les poignets de l'homme.

S'il te plaît, dit Lomacki. Ses yeux vacillaient dans leurs orbites et l'imploraient d'être gentil.

Je vais voir ce que je peux faire, dit Bishop en se dirigeant vers la porte.

Que Dieu te bénisse, mon gars, lui cria Lomacki dans son dos.

Maintenant il avait accepté en principe de commettre un autre crime mais cette fois il ne le commettrait pas. Martin Bishop n'entrerait pas dans un magasin et n'achèterait pas d'alcool pour son camarade en manque. Il était trop jeune. Il ne savait que faire. Il réfléchit beaucoup et dans son exaltation passa devant le poste de police où il entra.

L'un des policiers qu'il avait rencontrés plus tôt était de service. L'homme l'invita à s'approcher de son bureau et lui demanda : Tu veux un bon maintenant ?

Non, monsieur. Je m'étais trompé à propos de mon argent. J'avais mon portefeuille finalement.

Bien. Comment va ton ami ? Est-ce qu'il va s'en sortir ?

Ça a bien l'air, dit Martin Bishop. Il me pose un problème.

Lequel ? lui demanda la police montée.

Il est alcoolique.

On s'en était un peu doutés, dit le policier en partant d'un petit rire. Un cas désespéré à ce qu'il semble.

Il ne peut pas s'en empêcher j'imagine. La prochaine fois il pourrait tout aussi bien se passer le cou à travers la fenêtre et non plus le bras. Il a besoin de boire, monsieur. L'hôpital ne lui donnera pas d'alcool. Je ne peux pas lui en acheter parce que je suis trop jeune. Il a besoin de cet alcool, monsieur. Il en a plus besoin que de n'importe quel médicament que les médecins peuvent lui donner.

L'homme se berçait dans son fauteuil et pendant un moment fit signe que oui de la tête. Pourquoi me racontes-tu cela ?

Je pensais que si je vous donnais l'argent vous pourriez lui acheter un cadeau et lui rendre de nouveau visite. Je pourrais aussi demander à quelque ivrogne en ville de l'acheter pour moi.

Je pourrais faire ça. J'en ai vu plein qui traînaient dans le coin.

Je suis sûr que tu pourrais faire ça, dit le policier.

Mais je ne veux pas transgresser la loi, dit le jeune. Je ne suis pas venu ici pour transgresser la loi.

L'agent hocha la tête de nouveau et pinça les lèvres. À t'entendre on dirait que tu tombes d'une autre planète.

Le jeune fronça les sourcils et baissa les yeux.

Qu'est-ce qu'il y a ?

Ben je ne sais pas. Vous n'êtes pas le premier à me dire une chose du genre. J'essaie de ne pas transgresser la loi. C'est tout.

Le policier se pencha vers l'avant avec ses mains sur l'intérieur de ses genoux. Je vais te dire de quoi, dit-il. Pour cette fois-ci. Je vais te donner un coup de main. Il faut que je lui pose des questions de toute façon pour compléter mon rapport. Je peux tout aussi bien lui rincer le gosier et de la sorte il pourra me faire un compte rendu complet. Cela me semble à moi une justification raisonnable. Ça te semble raisonnable à toi aussi ?

Ouim'sieur.

Allons-y, dit le policier, et le jeune sortit du poste devant lui.

Quand ils le quittèrent Lomacki était un homme content. Le policier s'affala dans l'auto-patrouille et le jeune farfouilla dans sa poche pour sortir les clés et grimpa dans la camionnette. Il agita la main quand le policier démarra. Martin Bishop resta assis dans la camionnette un bout de temps. Il ne savait pas comment faire marche arrière. Une fois la police montée disparue il revint à l'hôpital et demanda des instructions à Lomacki.

Donne-moi une autre rasade.

Il prit la bouteille de l'homme dans sa table de chevet et en versa un pouce dans un verre de carton. L'homme le vida d'un coup. Puis l'air satisfait il respira. Lomacki expliqua comment trouver la marche arrière et tint tout un discours sur l'embrayage et le jeune s'exerça sur un véhicule imaginaire dans le trafic à côté du lit de l'aide-cuisinier.

Comment se fait-il que chaque fois que j'arrête le camion il cale ? s'enquit Martin Bishop.

Ils discutèrent de la manière d'arrêter et Lomacki lui expliqua qu'il fallait appuyer sur la pédale d'embrayage quand il freinait exactement comme il faisait quand il allumait le contact ou quand il changeait de vitesse.

Maintenant j'ai saisi, dit-il.

Que Dieu te bénisse, mon gars, dit Lomacki. Merci pour tout.

Peut-être on vous reverra bientôt, dit le jeune.

On a déjà vu des choses plus étranges se produire dans cette vie et dans d'autres, dit Lomacki. Il s'endormit de nouveau et Martin Bishop s'en alla.

Il trouvait qu'il était plus facile de faire marche arrière que marche avant et il aurait aimé pouvoir retourner en marche arrière tout le long du chemin jusqu'à la rivière Buffalo. Il s'arrêta pour changer de direction. La camionnette cala mais cette fois il savait pourquoi. Il continua d'avancer par saccades et sauts de lièvre et tourna dans une rue pour ne pas avoir à s'arrêter au feu rouge un peu plus loin. Il contourna l'intersection et revint sur ses pas quand la lumière vira au vert. Il franchit à toute vitesse les feux de circulation et bien vite il se perdit. Cette ville est trop petite pour s'y perdre, se dit-il à voix haute. Il parvint à ralentir et à s'arrêter sans que la camionnette cale. Il interpella une fille sur le côté de la route et lui demanda si elle connaissait le chemin pour sortir de la ville. La route du Sud, dit-il. Je cherche la route de Pine Point.

Elle s'approcha de sa camionnette ce qu'il n'avait pas prévu et se pencha sur le châssis de la portière. Elle enleva le bâtonnet de Popsicle qu'elle avait en bouche. Il ne restait pas de Popsicle. Elle lui demanda : C'est ton camion ?

C'est un véhicule de la compagnie.

Tu travailles à Pine Point ?

Tout près, dit-il.

Ouais. Tu viens souvent en ville ?

Des fois, dit-il. Elle était jolie avec des cheveux brun-blond courts et fins des yeux bleus et un long nez droit et elle portait des jeans. Quand elle ne parlait pas elle s'amusait à mâchonner son bâtonnet. Elle avait le même âge que lui et était très mince. Il n'avait jamais parlé aussi longtemps à une fille. Pas même à l'école.

Ouais. Alors peut-être je retomberai sur toi un jour, dit-elle.

Ouais, dit-il.

Tu es dessus, dit-elle.

Quoi ?

La route du Sud. Continue tout droit jusqu'à ce que tu voies les panneaux.

Merci, dit-il.

Ouais. Je suis Nicole Granger, dit-elle.

Allô, dit-il.

Et toi tu es qui ?

Martin Bishop.

On est les seuls Granger dans l'annuaire, dit-elle.

O.K., dit-il.

Tu viens souvent en ville ? demanda-t-elle.

Elle plaça le bout de ses doigts dans ses poches d'en avant et se balança sur ses talons et tout en se balançant continua de mâchouiller le bâtonnet de Popsicle qui dansait d'un bord à l'autre de sa bouche.

Des fois, dit-il. Il ne savait pas si c'était un mensonge ou la vérité.

Formidable, dit-elle. À bientôt.

À bientôt, dit-il. Il lâcha l'embrayage trop vite et le pick-up fit un bond. Il freina et cala et eut de la difficulté à redémarrer. Sans attendre Nicole Granger fut de nouveau à côté de lui et cette fois elle ouvrit la portière et dit : Pousse-toi.

Martin Bishop changea de place.

Tu conduis souvent ? demanda-t-elle.

Je n'ai pas mon permis, dit-il. Il avait envie de le confier à quelqu'un.

Moi non plus, dit-elle. Mais je n'ai que quinze ans. C'est quoi ton excuse ?

Je n'ai jamais appris, dit-il.

Tu travailles vraiment près de Pine Point ?

Ouais j'y travaille.

Ils te laissent conduire ce camion ? Elle alluma le moteur et le poussa à fond sans avancer.

Ben ils ne savent pas que je ne sais pas conduire. Je ne me suis jamais donné la peine de le leur dire.

Nicole Granger rit. De la pierraille revola derrière eux et les pneus arrière crissèrent et la camionnette bondit en souplesse vers l'avant. Nicole traversa la ville la pédale au plancher et Martin Bishop sentait son cœur battre dans sa poitrine. Il regardait partout pour voir s'il n'y avait pas de polices montées prêtes à l'arrêter ou à le sauver il ne savait lequel des deux. La camionnette dérapa quand elle l'immobilisa brutalement aux limites de la ville. Elle sauta du véhicule claqua la portière derrière elle et rit. Puis elle dit : Il est à toi maintenant, mon petit Martin.

Merci, dit-il.

Ouais. Buzze-moi un moment donné.

Pardon ?

Donne-moi un coup de téléphone.

Oh ouais. Certain. À bientôt.

À bientôt.

Il réussit à démarrer en douceur et très excité ramena la camionnette sur la route. Un poids lourd le dépassa et le laissa dans un tourbillon de poussière. Il continua de rouler comme s'il n'y avait pas de route et que l'univers à cet endroit n'existait pas. Quand la poussière se dissipa il était toujours sur la route. Il sourit et poussa un cri de triomphe parce qu'il conduisait pour vrai maintenant et qu'il avait rencontré une fille. Il prit de la vitesse et continua de rouler. Il apercevait le dos de la fille dans son rétroviseur derrière le nuage de poussière estivale que soulevait sa camionnette et la fille s'en allait dans l'autre sens une main sur le bâtonnet qu'elle gardait entre les dents.

Sur le chemin du retour au camp Martin Bishop s'arrêta aux chutes que Super lui avait montrées. Il s'assit par terre et les regarda un bout de temps fasciné par la perpétuelle poussée de l'eau par-dessus le surplomb et déconcerté par le glissement de la surface du sol responsable à cette impeccable hauteur d'une si formidable dénivellation. Il avait grandi dans des paysages sans violence et était habitué à de vastes horizons. Se trouver à cet endroit et y être assis et contempler ce torrent était un privilège qu'il n'aurait pu escompter. Il s'en alla et ressentit en lui la cascade de l'eau. La sauvagerie du lieu semblait éternelle comme si cette terre se trouvait dans un autre temps antérieur au commencement du monde. Comme si ce lieu était une idée dans le ventre de la genèse et qu'être assis là était passer un moment dans cet autre temps et dans cet autre esprit. Il garda cette méditation en lui comme s'il gardait cet autre temps dans l'esprit de son cœur et le protégeait aussi secrètement et amoureusement que s'il en était le gardien et le contrôleur. Martin Bishop emporta le bruit des chutes dans sa poitrine. Et le rythme d'un autre temps et la puissance des éléments le laissèrent solitaire et pacifié comme si le temps avait eu pour effet de le transformer.

Il arrêta une autre fois sur le chemin du retour. La route passait à portée de vue de la voie ferrée en construction et il vit par-delà la tourbière et un plateau sablonneux couvert de pins gris la gang au travail sur le talus. Il s'arrêta pour l'observer depuis la cabine de la camionnette. Les hommes prenaient les traverses de chemin de fer au pied du talus et les hissaient dessus et les y positionnaient et d'autres hommes damaient les traverses et une grue déchargeait le rail d'un wagon plate-forme et le rail était posé au pied de la grue. Des semelles et des selles de rail étaient disposées sous le rail et une seconde machine suivait aussi pour damer les traverses et d'autres hommes damaient derrière la machine pour parfaire le travail. Les masses à crampons battaient l'air et une autre machine enfonçait des crampons aussi et des hommes étaient penchés sur des clés à boulons pour attacher les rails l'un à l'autre à l'aide d'éclisses et d'embouts en acier. Les hommes progressaient comme en un mouvement lugubre et lent traversant le visage du jour comme une procession pour célébrer la mort qui était éternelle et encerclait à jamais le monde. Et le cortège des hommes sans cesse et sans cesse avançait d'un pas lourd.

Le jeune repartit. Il arriva au camp et se stationna. Le chien annonça son arrivée et Bishop retrouva sa couchette. Il remarqua qu'on avait changé les draps et les couvertures et s'étendit pour jouir d'un repos mérité. Il n'était pas allongé depuis très longtemps que quelqu'un le dérangea. Il ouvrit péniblement les paupières. Le couque était à la porte et le blanc de son tablier était plutôt sale.

Je voulais savoir, dit le couque.

Quoi ?

Est-ce qu'il est vivant ou mort à l'heure qu'il est ?

Vivant. Le jeune referma les yeux.

Il y a autre chose que je voulais savoir.

Quoi donc ?

Peux-tu me donner un coup de main ? Je manque de personnel. Juste pour cette fois-ci. Je n'ai pas le droit de demander. Mais on a des carottes et des patates à éplucher pour quatre-vingt-neuf hommes en plus d'une centaine d'autres tâches et d'habitude Lomacki faisait ça pour moi. Juste pour cette fois je te demande de donner un coup de main et de te rendre utile dans le coin.

Le jeune resta étendu les paupières closes. Quatre-vingt-quatorze, dit-il.

Cette fois le couque dit : Quoi ?

Immobile le jeune dit : Vous avez quatre-vingt-quatorze bouches à nourrir.

Je sais combien de couverts je mets et combien d'assiettes je lave. Je nourris quatre-vingt-cinq hommes aux repas et normalement il y en a quatre de plus. Nous le personnel de cuisine. Quatre-vingt-neuf. Lomacki parti, ça fait quatre-vingt-huit. À moins que tu me dises que je ne sais pas compter ou que tu me traites de menteur.

Ben ma liste de paie indique quatre-vingt-quatorze.

Et alors ? dit Prud'homme.

Ben alors quoi ? demanda le jeune en ouvrant les yeux.

Il y a quelque chose qui cloche, dit le couque.

Martin Bishop réussit de peine et de misère à se relever et s'asseoir sur le lit. Il s'étira et poussa un long bâillement.

Fisk a promis de nommer un nouvel aide-cuisinier ce midi, dit le couque. C'est donc juste pour cette fois-ci. Je manque de personnel.

Vous n'arrêtez pas de me le dire.

Je te suis reconnaissant, dit-il. Je te revaudrai ça. Certain.

Si tu ne veux pas éplucher tu peux mettre la table.

O.K., dit Martin Bishop. Je mettrai la table pour quatre-vingt-dix. On verra combien d'hommes se pointent.

C'est cinq places de trop.

Ben on verra combien d'hommes se pointent, dit le contrôleur.

On servit le lunch et les hommes envahirent la cantine et mangèrent et repartirent d'un pas lourd. Martin Bishop compta les têtes puis partit faire un tour à la roulotte du contremaître. Allô, Rex, dit-il. Il flatta le gros chien et lui gratta les oreilles et le contremaître le regardait avec mépris.

Va peut-être falloir que j'abatte ce chien, dit Fisk.

Pourquoi ?

Je n'ai pas beaucoup envie d'avoir un chien gentil. Un chien gentil ne m'est d'aucune utilité.

Pourquoi lui apprenez-vous à n'accepter la nourriture que dans la main de quelqu'un ?

Aucun homme ne peut jeter du poison à mon chien. Si tu veux empoisonner mon chien tu dois le nourrir à la main. Tu dois prendre ce risque et la plupart des hommes ne le prendront pas. Voilà pourquoi je pourrais devoir l'abattre s'il se décide à devenir une espèce de chien gentil.

Je n'empoisonnerai pas votre chien, dit Martin Bishop.

N'essaie jamais. Vaudrait mieux pour toi.

Le contremaître entra dans sa roulotte. Le jeune gravit les marches et attendit à la porte. Fisk dans la pénombre ambiante se cala dans sa chaise et leva les pieds. Il s'essuya le front avec une serviette grise. Qu'est-ce que tu veux maintenant ? demanda-t-il.

Il y a des chiffres qui clochent, dit le jeune.

De quoi parles-tu ? Si quelque chose cloche arrange-toi pour que ça ne cloche plus. Ne me fatigue pas pour des bêtises.

Ouim'sieur, dit le jeune. Il resta debout sur le seuil de la porte le corps pris dans l'ombre.

Alors tu as quelque chose d'autre à dire ? demanda Fisk.

C'est les hommes, monsieur.

Qu'est-ce qu'ils ont les hommes ?

C'est eux dont le compte cloche.

De quoi parles-tu maintenant ? Fisk se donna des coups de serviette par-dessus l'épaule puis se frotta la paume sur les favoris et regarda la boue séchée sur ses bottes. Il claqua bruyamment les lèvres et releva de nouveau les yeux.

Il semble y avoir plus d'hommes sur la liste de paie qu'il n'y en a qui travaillent.

Ah ouais ?

Ouim'sieur.

Cela n'est pas possible, dit Fisk.

Ouim'sieur, dit le jeune. Il restait sur le seuil.

Qu'as-tu d'autre dans la tête ?

Je sais que ce n'est pas possible, monsieur, mais cela semble être le cas. J'ai compté le nombre d'hommes qui sont venus au lunch…

Quel maudit rapport ça peut bien avoir avec quoi que ce soit ? l'interrompit le contremaître en reposant ses pieds par terre comme pour insister sur ce qu'il disait. Le chien au pied des marches reprit ses aboiements furieux comme pour agrémenter un peu plus encore les propos de son maître. Qu'est-ce que j'en ai à ficher du nombre d'hommes qui sont venus luncher ? Qu'est-ce que tu en as à ficher ? Est-ce que dans ton calcul tu tiens compte des hommes qui se sentent malades ? Ou de ceux qui préfèrent dormir un peu plus au lieu de manger ?

Non, monsieur.

Est-ce que dans ton calcul tu tiens compte des hommes qui sont restés au chantier ? De ceux qui ont peut-être demandé à un camarade de leur ramener une cuisse de poulet ?

Non, monsieur. Je ne les ai pas comptés.

Pourquoi ?

Ben je n'y ai pas pensé.

Tu n'y as pas pensé. As-tu pensé aux hommes qui ont attrapé le flux et qui ont passé l'heure du lunch aux bécosses ? Les as-tu calculés, petit contrôleur ?

Non, monsieur.

Pourquoi ?

Je n'y ai pas pensé.

Tu ne penses pas à grand-chose n'est-ce pas ?

Non, monsieur. Je veux dire… Non, monsieur.

Tout ce à quoi tu penses c'est comment me rendre la vie plus compliquée qu'elle ne l'est déjà. Tout ce à quoi tu penses c'est comment déranger les quelques minutes de repos que je m'offre dans toute cette journée. C'est à ça que tu penses n'est-ce pas, contrôleur ?

Non, monsieur.

Ne me raconte pas de mensonges, mon gars. Je n'ai rien à fabriquer d'un homme qui me ment.

Je ne pense pas à ça du tout. Je m'excuse de vous avoir dérangé.

Le jeune avait déjà fait demi-tour et s'en allait.

Reviens ici, dit Fisk.

Il se retourna et attendit.

Fisk s'essuya la bouche avec la serviette. Garde Lomacki sur la liste de paie, dit-il. Il reprit sa posture précédente les pieds en l'air et attrapa sa casquette qui se trouvait à portée de main sur le matelas. Il se couvrit les yeux avec la visière et affaissa la tête vers l'avant comme pour lui donner quelques minutes de repos.

Le jeune attendit dans l'espoir d'autres explications. Il tapa sur une mouche qui passait et demanda au contremaître : Peut-on faire ça ?

Crains le Seigneur, lui conseilla Fisk sous la visière de sa casquette. Son visage se fondait dans la pénombre de la pièce.

Monsieur ?

Fais ce que la bonté exige que tu fasses, mon gars. Crains le Seigneur et garde Lomacki sur la liste de paie. Sois gentil avec ce pauvre tarla.

Ouim'sieur, dit Martin Bishop. Il continua de descendre les marches et le chien interrompit son infernal jappement de colère pour le laisser passer.

Totalement épuisé Martin Bishop rata le souper et continua de dormir jusqu'aux dernières lueurs du crépuscule. Il se réveilla partagé entre la faim et la fatigue s'habilla et sortit. Une lamelle de lune flottait bas sur l'horizon. Le soleil dans son cours erratique et tranquille déclinait au-dessus des cimes des arbres et le camp déserté était serein en cette heure entre chien et loup.

La cuisine était tranquille même si le jeune y repérait du mouvement.

Il s'approcha du remblai de pierres concassées de la future voie ferrée. Il se tint debout à l'endroit où devait être posé le rail et écouta le soir dans sa quiétude et son délicat gazouillis. La forêt avait été coupée et le talus du chemin de fer était l'escarre de cette blessure dont la voie serait bientôt la balafre. Des oiseaux sifflaient leurs derniers trilles de la soirée et les arbres bruissaient dans la douceur d'un vent léger. Le jeune s'éloigna sans se presser vers l'est. Il arriva à un pont sur chevalets qui surplombait de haut le torrent de la rivière Buffalo. Peu habitué à se trouver à une telle hauteur il se rendit compte qu'il aurait le vertige. L'eau tourbillonnait et bouillonnait. Il sentit ses jambes mollir et quitta le pont aussi vite qu'il le pouvait.

Il revint vers le camp et tomba sur le sentier de terre battue qui passait devant les bécosses. Il le suivit et entra dans l'une d'elles. Il y avait de part et d'autre du trou de la terre laissée par des empreintes de bottes. Il ressortit agressé par la pestilence et regagna le sentier puis s'éloigna des bécosses en direction du dépotoir. Il s'approcha sans se presser et avant de voir les ours il entendit leur discret remue-ménage.

Martin Bishop s'accroupit dans la demi-obscurité des rochers et des trembles et regarda les ours noirs déchiqueter les ordures grogner et se rassasier du méchant brouet des déchets de table des humains. Il les observa dans leur manège et leurs jeux et resta tapi dans le noir de sa cachette. Plus haut que les ours sur le rebord de la fosse creusée pour le dépotoir apparurent d'autres silhouettes sinistres. Elles progressaient le dos voûté et se tenaient dans les coins les plus sombres et ces autres bêtes étaient des bipèdes. Des bêtes nerveuses de se trouver là et inquiètes de s'aventurer dans les parages. Ces silhouettes recroquevillées se glissèrent le long d'une pente abrupte et dans le clair-obscur du soir se joignirent au repas des ours. Martin Bishop se pencha pour mieux voir et pour se confirmer que ces êtres-là n'étaient ni des ours ni d'autres animaux de la forêt. Il s'attarda un long moment à les observer qui se disputaient les ordures et s'enfuyaient quand les ours devenaient menaçants puis revenaient arracher leurs larcins à la puanteur fétide à la pourriture et aux immondices.

Ces autres créatures furtives étaient des hommes. Ils n'avaient aucun égard les uns pour les autres et le plus grand des cinq tyrannisait ses quatre obstinés compagnons Ils regardaient sans cesse le haut du dépotoir pour vérifier si quelqu'un s'y trouvait comme si ce pillage d'ordures pouvait dans le cœur des hommes normaux équivaloir à un crime ou comme s'ils avaient peur qu'on les pourchasse pour quelque abomination commise en un autre temps. Même dans la sécurité de son observatoire Bishop avait peur car la répugnance qu'inspiraient ces hommes portait en soi la terreur ou la maladie ou la condamnation qui pourrait le frapper juste pour avoir été en contact avec eux.

Il rampa de reculons loin du répugnant spectacle. Protégé par un tas de billes de bois il se releva et se pressa. Il retrouva le sentier qui menait au camp et cette fois se mit à courir et continua au pas de course jusqu'à ce que le sentier débouche dans la clairière du vallon. Il s'arrêta reprit son souffle et jeta un regard en arrière sur le chemin par lequel il était venu. Il n'entendit rien bouger et continua de marcher. Il revint à sa couchette et fourrageant dans son sac en extirpa du savon et une serviette. Il ressortit à la recherche d'une douche dans laquelle se récurer du voyage nettoyer la crasse de sa peau et se rafraîchir. Il pensait à l'existence que menaient ces autres hommes et à la saleté incrustée si profondément en eux maintenant qu'ils ne reflétaient plus la lumière du soleil non plus que la clarté de la lune et à leur puanteur plus violente que la puanteur des ordures et qui erraient parmi les animaux comme si c'était devenu leur territoire préféré. Martin Bishop se décrassa dans sa douche. La peur que lui inspiraient ces pilleurs d'immondices inconnus lui faisait battre le cœur à tout rompre comme s'il pouvait devenir lui-même la proie qu'ils cherchaient à découvrir et à dévorer en grattant la surface de la terre.

Il quitta la douche et espéra trouver l'homme à tout faire pour lui demander ce qu'il savait.

Martin Bishop fut obligé de présumer que le vieil homme dormait car il ne put le trouver nulle part. Il tomba plutôt sur Prud'homme et son regard prescient. J'ai vu les hommes, dit-il.

Quels hommes ? lui demanda le couque.

L'homme à tout faire les appelle les craqués total.

Les bouffeurs d'ordures, dit le couque avec un ton de mépris ambigu. Les plus vils d'entre nous.

Qui sont-ils ? demanda le jeune en s'appuyant contre la roulotte près de laquelle ils se trouvaient dans l'ombre du soleil mourant.

Les rats parmi nous. Hargneux de caractère. L'esprit pernicieux. Leurs âmes même se sont coagulées sur l'humus de la déchéance humaine. Ils forment une sordide et ignoble bande qui ne mérite aucun égard aucune considération. Leur visage est bestial. Ils ratent tout ce qu'ils entreprennent. Ils sont cruels entre eux. Leur comportement est répugnant. Ils sont mal élevés. Toute la bande. Leurs propres mères n'en parlent pas avec indulgence. Ce ne sont pas mes amis.

Martin Bishop resta immobile un moment. Puis il dit : Je savais que je n'aurais pas dû vous le demander. Il s'éloigna.

Viens-tu au repas de minuit ? demanda le couque d'une voix renfrognée.

Martin Bishop se retourna et continua de s'éloigner de reculons. Je viens mais je sais que le repas n'est pas à minuit.

Un contrôleur qui a la notion du temps, dit Prud'homme. De quoi cela présage-t-il ?

C'est vous l'oracle, dit Martin Bishop. Vous devriez le savoir.

Je suis un prophète de malheur, mon garçon, acquiesça Prud'homme. Ça je le suis.

TROISIÈME JOUR

Martin Bishop était allongé sur sa couchette à demi éveillé à demi assoupi. La fenêtre canalisait l'oblique rayon de lune qui lui balafrait la poitrine et retombait infléchi sur le plancher dévié par sa cage thoracique. Il avait dormi pendant toute la soirée et maintenant dans la nuit ne pouvait trouver le sommeil et les bruits de la forêt et des étendues sauvages derrière la forêt lui parvenaient dans son sommeil manqué. Il avait à réfléchir à beaucoup de choses et il y avait des moments qu'il regrettait et la sensation d'un présage le hantait encore. Sa vie maintenant s'était dressée devant lui et il se sentait appelé par ce temps qui l'attendait. Cet avenir inconnu qu'il allait habiter. Ce temps inconnu dans lequel il allait errer. Tout ce qu'il avait prévu pour sa vie avait changé et ce changement plaisait à Martin Bishop et il en célébrait les possibilités qu'il n'avait pas réalisées auxquelles il ne s'était pas ajusté et qu'il n'avait pas même imaginées.

Le jeune détecta un bruit dans les murmures du noir et ses secrets codés. Il souleva la tête de l'oreiller. Il écouta avec attention puis reposa de nouveau la tête et ferma les yeux pour convier des rêves divergents. Puis il se redressa d'un bond. Il avait entendu un bruit et cette fois attendit plus longtemps pour entendre le bruit se répéter.

Il se releva doucement et s'étira discrètement dans la noirceur profonde qui régnait dans sa chambre. Il récupéra son pantalon et l'enfila lentement. Il se leva et glissa ses pieds nus dans ses bottes puis mit une chemise et se pencha vers le sol pour nouer ses lacets. L'intrusion d'un autre bruit l'alarma et l'effraya. Il sortit à pas de loup et repoussa doucement la porte contre le chambranle. Le jeune s'accroupit et rampa le long de la roulotte dans laquelle il avait sa couchette et attendit dans cette obscurité omnipuissante un mouvement qu'il pourrait réellement percevoir pour vérifier la réalité de cette invasion de bottes sur la terre.

Il continua d'attendre.

Il se morigéna d'avoir été dupe des ruses de la nuit et pourtant ne put se décider à risquer un pas hors de sa cachette ni à se relever ou à être vu de ceux dont il croyait qu'ils ne seraient pas au rendez-vous. Les craqués hantaient réels et impressionnants les forêts de son imaginaire. Leur hypothétique effraction focalisait son attention et confortait son tempérament circonspect. Mais il avait peur. Il n'y avait que le noir devant lui. La nuit semblait pure et paisible dans sa luxuriante obscurité et c'est là qu'errait l'esprit du jeune. Une première énorme salve lui gronda par la tête et le cœur et sur le calme du camp. Le chien était réveillé maintenant et ne cessait d'aboyer. Les coups de butoir d'un corps lancé contre une porte le frappèrent de nouveau comme si c'était son crâne que ce corps fracassait. Le jeune se précipita sous la roulotte et ressortit de l'autre côté où il discerna des ombres qui ne laissaient voir leur noire aura qu'à contrecœur puis il continua de courir et traversa le carré du camp jusqu'à la porte du contremaître.

Le chien bataillait à l'intérieur.

Fisk ! cria Martin Bishop plus fort que les fulminations de Rex. Fisk !

La porte s'ouvrit et le contremaître s'agrippa au collier de son chien pour le retenir. Le chien le tira à moitié dehors puis en bas des marches. D'une main le contremaître empoigna le chien et de l'autre l'attacha au montant de la roulotte et Fisk parvint à garder son équilibre.

Quoi encore ? grogna le contremaître d'un ton aussi hargneux que son chien.

Les craqués, dit le jeune. Je les ai vus. Ils défoncent la porte du garde-manger.

En entendant ça Fisk lâcha sa bête dans la nuit et le cœur du jeune se serra quand le chien libéré bondit le chargea se lança sur lui et le terrassa. Il protégeait son cou et ses oreilles et le contremaître était au-dessus de l'animal maintenant et le tirait vers l'arrière avant qu'il ne blesse Bishop trop gravement. Fisk tint le museau du chien et lui dit : Écoute. Continue d'écouter, Rex.

Le chien lutta contre l'étreinte de son maître jusqu'à ce qu'il entende le tapage dans le garde-manger. Fisk le relâcha et le chien courut vers les bruits. Le jeune se releva et tint sa blessure.

Combien sont-ils ? demanda Fisk.

Une poignée, dit Martin Bishop.

Attends ici que je mette mon pantalon.

Des lumières s'allumaient partout dans le camp et les hommes se tenaient debout devant leurs portes étonnés et consternés d'être une fois de plus dérangés dans leur trop court sommeil. Ils entendaient le chien qui courait en toute liberté et dès lors aucun n'osait bouger. Martin Bishop attendait. Il entendait le chien maintenant dans le garde-manger et les sévices infligés aux humains qui s'y trouvaient et peu après il entendit les hommes s'enfuir et le martèlement précipité de leurs pas cependant que le chien hurlait contre la porte refermée sur lui.

Fisk ressortit tout habillé et armé de son fusil. Le jeune lui emboîta le pas. Ils durent commencer par défoncer la porte qui s'était verrouillée d'elle-même et derrière laquelle était enfermé le chien. Ils n'y parvinrent pas et finalement Prud'homme conseilla à tout le monde de s'écarter. Il y aura de l'affliction et il y aura du remords, déclara-t-il, et cette latitude laissée au couque et son humeur lui donnaient un air étrange debout drapé dans sa robe de chambre blanche comme dans un habit sacerdotal sur lequel se reflétait à la perfection la pâle clarté de la lune. Le couque accota son respectable poids contre la porte et poussa. La porte s'écroula et le chien de si tôt lui sauta dessus. Le contrôleur et le contremaître durent s'y mettre à deux pour le maîtriser.

Ingrat, tempêta le couque en lui donnant un coup de pied, et quand le chien se fut calmé le contremaître regarda les hommes rassemblés autour de lui.

Allumez une lampe, dit Fisk, et ses paroles suscitèrent des tâtonnements dans le noir. Le plafonnier s'alluma.

Patrouille, dit Fisk. Toi et toi et toi et toi. Il continua de regarder autour de lui puis de nouveau son chien que tenait le jeune. Et toi, dit-il au jeune. Allons-y, dit-il au commando qu'il avait choisi. Pourchassons ces saletés de voleurs. Ils ne peuvent pas enfermer mon chien et espérer s'en tirer comme ça.

Le couque exposé dans sa robe blanche à l'évanescente clarté de la lune prononça les paroles d'un rite de passage alors qu'ils entraient dans la forêt et pénétraient dans la nuit. Il était debout sur un rocher éclairé plus volumineux que lui et levait la main en guise de bénédiction. Les hommes à ses pieds suivaient le chien et le chien suivait son flair droit vers la bataille la poursuite et la bagarre qui les attendaient. Les temps sont proches de nous advenir, décréta Prud'homme, où les méchants parmi nous seront libérés et les vertueux condamnés à la danse hideuse de l'esclave. Il n'existe pas de crime plus abominable que le vol. Le vol dissocie les hommes et dissocie la vie de la mort et dans le pillage c'est la mort qui triomphe. Puisse-t-il en être toujours ainsi. Les chapardeurs brisent le covenant séculier qui lie les hommes et leurs alliances tournent en eau de boudin. Puisse-t-il en être toujours ainsi. Et d'entre les voleurs il n'est pas d'espèce de racaille plus vile abjecte et méprisable que le voleur qui dans sa faim dévorante hurle à la lune comme un loup et vole la nourriture de la bouche de ses frères pour sustenter son propre minable sac d'ossements. Amenez-moi les voleurs de nourriture que je rôtisse leurs entrailles !

Apportez-moi les abats arrachés de leurs ventres fourmillants d'asticots que j'en engraisse les bêtes les plus sauvages. Apportez-moi leurs tubes digestifs intacts étirés tendus que j'en fasse des nids où les serpents trouveront bien-être et confort. Apportez-moi les têtes des voleurs de nourriture que j'y choisisse des bouts de lèvres et que j'en détache les dents et plume cru leur gosier et fasse frire leur palais sur mon gril et que je coupe leurs yeux pour les cuire en amuse-gueule avant le festin. Amenez-moi les voleurs de nourriture ! hurlait le couque. Amenez-les moi tout de suite ! Et sous l'orbe de son discours progressait le commando de chasseurs. Et ils s'évanouirent dans l'ombre que jetait la forêt sous la lune et devant eux s'étendait le silence dans lequel s'enfonçaient graduellement sur cette terre hostile les halètements du chien et le martèlement des bottes des poursuivants.

Martin Bishop agrippait d'une main ferme la laisse du chien et le chien le traînait dans le sous-bois et le traînait par-dessus les rochers par-dessus les souches et il tenait un bras devant son visage pour le protéger du fouet des branches. Parfois le jeune tirait de toutes ses forces quand des ombres sous le faible éclairage de la lune lui laissaient présager qu'il y avait un danger pour lui et il ne suivait pas le chien et le chien devait être ramené sur ses pas et lancé sur une autre piste. Bishop trébucha plus d'une fois et tomba au bas de pentes de roc ou de sable et les hommes plus haut repéraient un autre passage pendant qu'il se relevait et tapotait ses éraflures.

Il avait des coupures aux lèvres et sur le nez et au-dessus des yeux.

Le dessus de ses mains était écorché.

Il suivait la piste que poursuivait le chien et l'écho du discours dément du couque continuait de résonner dans sa tête. Il ignorait le but de cette poursuite et aussi ce qu'il en attendait lui-même. Le jeune croyait qu'aucun homme ne devrait être obligé de faire le pique-assiette dans un dépotoir pour se procurer sa nourriture mais il croyait aussi qu'aucun homme ne devrait piller les réserves de nourriture des travailleurs. Certaines choses dans la vie étaient mal et des agissements du genre relevaient de ce qui était mal et le jeune poursuivait les voleurs avec un juste zèle et par devoir. Il était épuisé couvert de coupures et d'éraflures et il les poursuivait le cœur rempli d'indignation.

Ils dévalèrent un escarpement qui tombait jusqu'à la rivière et souvent glissaient sur le derrière et le dos et avalaient des nuages de poussière qu'ils ne voyaient pas. Dans un rayon de lune le jeune tendit le bras pour se retenir à un arbre et le chien plus bas que lui pendouillait au bout de sa laisse et le jeune le lâcha et le chien déboula jusque tout en bas. Fisk avait vu la scène et il descendit par bonds vers ce côté de l'éboulis. Il se mit à injurier et avertir le jeune. Si tu as cassé le cou de mon chien je te casserai le tien.

Ils continuèrent de descendre jusqu'à la berge où le chien les attendait. Le jeune attrapa de nouveau la laisse et ils continuèrent d'avancer tant bien que mal. L'eau de la rivière était froide et elle détrempa les bottes du jeune et ils devaient marcher sur ce chemin de roche là où le torrent avait affouillé la berge.

Ils ont pris par la rivière, dit Fisk.

Ont voulu nous faire perdre leur piste, dit un autre.

Explore les rives avec le chien. Côté droit en t'en allant. L'autre rive au retour. Ils ont dû quitter la rivière un moment donné. C'est là qu'on retrouvera leur puanteur.

La lumière de la lune tombait directe sur les rives escarpées de la rivière Buffalo et ils continuaient d'avancer dans ce fantomatique suaire comme d'importunes silhouettes en ce lieu comme des spectres évoqués venant d'un autre monde.

Ils continuaient d'avancer de peine et de misère. Un homme frappait deux pierres l'une contre l'autre en un rythme lancinant et troublant. Pour harceler les nerfs de leur proie, pensa le jeune. Le chien continuait de courir. Le jeune cramponné à sa laisse ralentissait sa cadence. Il ne flaira pas de piste. Les hommes continuèrent vers l'amont et maintenant deux d'entre eux frappaient des pierres l'une contre l'autre au-dessus du tapage de l'eau.

Fisk renonça le premier.

D'accord, dit-il. Rebroussons chemin. Traverse et vérifie si Rex peut les flairer de l'autre côté. Ils se sont peut-être dirigés vers l'aval après tout.

Le courant était si rapide et les galets du fond tellement instables que passer à gué dans le noir ne fut pas une partie de plaisir. Le jeune tenait la laisse du chien d'une main ferme et le chien était emporté et happé par les rapides noirs turbulents et glacés. Le jeune et le chien revinrent sur la rive opposée. Le jeune grelottait et le chien se colla contre lui. Le jeune serra l'animal contre son flanc et ils se réchauffèrent l'un l'autre.

Debout et allons-y, dit Fisk

Trois hommes frappaient des pierres et marchaient au bord de l'eau.

Fisk tira un coup de fusil en l'air et la violence de la détonation fit de nouveau trébucher le jeune.

Tu ne peux pas marcher, mon gars ? dit Fisk, et il riait. Tu n'es pas capable de te tenir debout ?

Qu'est-ce qu'on va en faire si on les attrape ? demanda le jeune.

Qu'est-ce que tu penses qu'on en fera ? demanda Fisk à son tour.

Ben je crois que vous ne devriez abattre personne, dit Bishop.

Tu sais que je ne ferais pas ça, mon gars. Une balle dans le crâne c'est quelque chose de permanent.

Que voulez-vous dire ? Le jeune arqué vers l'arrière tirait sur la laisse pour essayer d'arrêter le chien et de garder son propre équilibre.

Chaque fois que je dis quelque chose je dis ce que je veux dire, mon gars.

Qu'allez-vous faire alors ?

Je vais leur offrir une chance d'être libres, dit Fisk.

Vous allez les sortir de là ?

S'ils sont disposés et capables pour s'en sortir de voler de leurs propres ailes.

Ils continuaient d'avancer de peine et de misère. Le jeune grelottait. Quatre hommes frappaient des pierres et le son se réverbérait contre les parois du canyon. Dans la mince tranche de ciel entre les arbres le jeune voyait des étoiles flotter sur leur mer d'obscurité et il sentait que son esprit habitait cet univers et sentait qu'il avait besoin de sommeil. Fisk arriva sur les talons du jeune et lui tira les cheveux par en arrière. Il lui souffla dans l'oreille d'une voix dure hargneuse et vengeresse : On les amènera sur le pont et on leur demandera d'ouvrir leurs ailes. C'est un test. S'ils sont des saints ils voleront. S'ils sont simplement des hommes dignes du nom d'homme ils sauteront. S'ils sont des pourceaux bouffeurs d'ordures il faudra peut-être les pousser et je pense que ce serait toi qui devrais les pousser.

Je ne ferai jamais une chose pareille, déclara le jeune.

Fisk lui tira la tête plus loin vers l'arrière.

Alors on verra si tu es capable de voler toi aussi.

Il le poussa vers l'avant.

Les solennelles premières lueurs d'avant l'aube apparurent sous un surcroît de nuages et le jeune avançait mû par cette solennité qui le touchait au cœur. Rex était de plus en plus agité. Ils repérèrent une piste sur la berge et l'escaladèrent. Le chien montrait le chemin. Ils gravirent l'escarpement et s'engagèrent à tâtons dans un boisé touffu et leur progression était lente et pénible. Vers les quatre heures le soleil du matin était sur le point de se lever et chaque homme songeait à la place qu'il occupait sur les contreforts du monde et le chien jappait et courait de l'avant. Ils traversèrent un bois plus clairsemé et escaladèrent d'autres rochers. Sur le plateau le jeune fut le premier à voir leur proie et il tira le chien vers l'arrière de toutes ses forces et la laisse lui coupa les doigts. Il maintint solidement le chien et s'accroupit.

Fisk grimpait juste derrière. Il demanda : Qu'est-ce que c'est ?

Un ours, murmura Martin Bishop.

On a suivi la piste d'un ours ?

Depuis assez longtemps je dirais. On l'a réveillé.

Noir ou grizzly ? demanda Fisk.

Grizzly, dit le jeune.

Fisk sacra.

On n'a pas beaucoup de temps à perdre, dit le jeune d'un ton pressant.

Fisk monta un peu plus haut.

Arrêtez ce tam-tam, ordonna-t-il aux hommes qui en contrebas frappaient des pierres l'une contre l'autre. Ça ne sert à rien.

Massif et puissant l'ours se tenait devant eux à moins de vingt pieds. Il grondait sa colère d'avoir été dérangé et tiré brutalement de son sommeil. Fisk tira avant que le grizzly ne puisse penser agir et le souffle de la détonation fit basculer le jeune. Le chien était sous lui et gémissait. L'ours en cet instant de surprise se rassit sur sa croupe et boxa l'air d'une seule patte et Fisk fit feu de nouveau. Le grizzly s'écroula sur le dos et la poussière s'éleva tout autour de lui puis il n'y eut là plus d'autre bruit que le croassement des corbeaux et l'écho du coup de feu dans l'esprit des hommes.

Fisk continua de grimper et le jeune se releva. Les quatre autres montèrent aussi. Ils ne frappaient plus leurs pierres.

Ils formaient un cercle autour de la bête abattue.

Vous l'avez eu, dit un homme.

Deux coups pour abattre un grizzly. C'est savoir chasser.

Fisk ne réagit pas. Le jeune et le chien étaient debout côte à côte et regardaient l'animal mort. L'ours était étendu écrasé sur le sol une patte en travers du museau comme pour se cacher cette honte irrévocable et cette indignité. Fisk leva les yeux vers le ciel. Il se tourna et fixa la forêt. Vous voulez de la nourriture ? hurla-t-il, et la puissance de sa voix porta plus haut que la brise et trouva les parois du canyon et l'écho la prolongea. Voici votre nourriture. Vous voulez de la viande ? Voici votre viande. Vous n'avez pas besoin de venir cogner à ma porte. Si vous enfermez encore mon chien ce sera la chicane. Ce sera la chicane. Voici votre viande maintenant.

Fisk pivota d'un quart de tour. Voici votre viande, cria-t-il aussi dans cette autre direction. Il pivota encore. Voici votre viande, cria-t-il de nouveau. Il pivota une autre fois. Voici votre viande, hurla-t-il à la forêt muette, et sa voix retentit loin sur le pays.

Il regarda sa proie une dernière fois.

Foutons le camp, dit-il. On a du rail à poser.

Après le déjeuner Martin Bishop se doucha et se débarbouilla délicatement du sang et d'une partie de sa fatigue puis il mit le cap sur son lit. Les hommes embarquaient dans les camions pour le chantier et le jeune dormit toute la matinée. Puis il s'éveilla et se faufila jusqu'à la cuisine pour une petite collation. Les aides-cuisiniers lui donnèrent à manger. Il entendit le couque émerger de sa tanière du garde-manger et se dépêcha de partir. Il rendit visite au chien.

Il le détacha puis s'éloigna. Il cherchait un endroit où s'asseoir.

Le jeune s'installa confortablement sur un gros rocher et le chien s'endormit tout de suite à ses pieds. Le jeune contemplait le jour et les vastes espaces sauvages juste devant lui et il songeait à la pagaïe de la nuit. Les craqués, imaginait-il, dormaient maintenant là où ils s'étaient couchés épuisés par le tohu-bohu et ils continueraient de fainéanter repus près de leur cache de nourriture volée. Il se demandait s'ils s'étaient généreusement partagés le fruit de leur vol ou si chaque aliment volé avait suscité d'interminables batailles et des récriminations enflammées pareilles à celles dont il avait été témoin dans le dépotoir. Il réfléchit au sort de ces hommes en hiver. Cette région que l'on appelait taïga était impitoyable. Le jeune réfléchit à l'itinéraire qu'avaient parcouru ces hommes au cours de leur existence. Il était convaincu qu'ils étaient allés très loin pour aboutir ici et il se demanda quels actes ils avaient bien pu commettre pour se traiter eux-mêmes avec un si total et virulent mépris.

Brutalement tiré de son sommeil Rex grogna et le jeune chercha qui pouvait être l'importun.

Le couque émergea des arbres à la base du tertre rocheux.

Ne lâche pas ce chien, dit le couque.

Je ne pèle pas vos patates aujourd'hui, dit Bishop. Je sais que vous avez un nouvel aide-cuisinier.

Qui te demande de peler des patates ? Tiens bien ce chien.

Le jeune raccourcit la laisse et flatta le cou de Rex. Le chien se détendit. Que voulez-vous ? demanda Martin Bishop.

Ne sois pas cassant avec moi, mon garçon. Je ne t'ai rien fait pour mériter ce ton.

Le jeune le laissa s'approcher et le couque resta plus loin que la longueur de la laisse hors de portée du chien. Prud'homme posa une main sur le rocher pour s'asseoir en douceur et manœuvra sa volumineuse personne avec précaution. Obèse et haletant il s'assit sur la butte rocheuse avec la grâce pachydermique d'une moraine en cours de sédimentation. Aucune image à retenir sauf l'euphorbe à la base de l'affleurement rocheux et une longue bande de joncs barricadée par la forêt et au-dessus et par-delà la forêt le théâtre du ciel.

Alors ? dit le couque. Les mouches avaient une nette préférence pour sa peau et la sueur qui lui détrempait le corps.

Quoi ? demanda le jeune.

Pourquoi me parles-tu sur ce ton ? Qu'est-ce qui te met en rogne ?

Le jeune choisit entre ce qu'il fallait dire et ce qu'il valait mieux taire. Je ne sais pas pourquoi vous parlez comme vous parlez des fois.

Comment ?

C'était une affaire sérieuse la nuit passée. Et voilà que vous étiez debout sur un rocher à nous envoyer votre charabia.

Je suis un oracle, mon garçon. Je fais l'oracle.

Vous êtes un cuisinier. Voilà ce que vous êtes.

Si tu le dis, dit le couque. Mais j'affirme que je ne suis pas juste un cuisinier.

On ne peut pas vous croire, dit le jeune.

Je veux qu'on s'entende bien là-dessus, reprit Prud'homme, et il tapa sur les mouches les plus achalantes. Tu préférerais que je sois un cuisinier à l'emploi d'une compagnie de chemin de fer dans la région la plus vaste et la plus perdue où l'homme ait jamais pensé poser du rail et tu préférerais que je ne sois rien d'autre que ça ? Si c'est ce que tu demandes de moi alors tu es un cruel et un sans-cœur.

Martin Bishop rumina ces paroles dans sa tête. Quand il rouvrit la bouche il choisit un ton plus conciliant. Mon papa m'a toujours enseigné qu'il fallait être qui on est. C'est la chose la plus difficile pour laquelle on doit se battre, croyait-il, et le seul combat qui vaille la peine d'être gagné.

Si ton papa était du genre à parler de gagner des combats c'était un idéaliste, décréta Prud'homme.

Martin Bishop fut obligé de ruminer cette opinion aussi. Il gratta les oreilles du chien et le chien observait les mouches qui bourdonnaient autour de la tête du gros. Je suppose qu'il l'était, admit le jeune. Est-ce que c'est si mal que ça ?

Dépend de ce qu'on en fait j'imagine.

Martin Bishop caressa les flancs du chien. Mon papa était un gars de la ville. Après la guerre il est venu dans le Nord parce qu'il cherchait un mode de vie plus simple et je suppose qu'il l'a trouvé près de la rivière de la Paix. La partie nord de l'Alberta était la dernière terre de colonisation sur ce continent et il est devenu colon. Il s'est accroché envers et contre tout. Ça il faut le lui concéder. Il s'est accroché envers et contre tout. Il n'était pas particulièrement fait pour la vie. Au bout du compte le travail l'a tué. Il était un gars de la ville et il s'est choisi une jolie terre mais cette terre était une mauvaise terre agricole. Il m'a dit qu'il l'avait choisie de façon délibérée pour rester modeste. Mais je pense que c'était un gars de la ville et qu'il était incapable de distinguer une bonne terre d'une mauvaise et il a choisi le paysage le plus joli plutôt que la meilleure terre de labour. On m'a dit autre chose aussi. Une banque a repris notre terre. Pour la morceler en lots à bâtir. Des gens qui disent connaître ces choses m'ont murmuré ces rumeurs. Ma ferme va devenir un village qui profitera de la vue sur la rivière. Je parie que la banque tirera quelques dollars de cette terre dont ils m'ont dit qu'elle ne valait pas les taxes que j'avais à payer pour la garder.

M'a tout l'air que tu t'es fait rouler.

Ben de toute façon j'ai perdu la ferme. D'autres tireront un peu de prospérité de mes pertes. Je suppose donc que ça veut dire que j'ai été roulé mais je peux vous dire une chose. Je suis content de n'être pas celui qui a transformé la ferme en lotissements. C'est déjà bien assez triste de vivre avec moi-même après avoir perdu la ferme mais je serais incapable de vivre avec moi-même si c'était moi qui l'avais fait.

Tu pourrais sans doute poursuivre, dit le couque. Il regardait le chien et le chien le regardait fixement. Le couque se sentait mal à l'aise d'être si près de l'animal et son calme ne lui inspirait pas confiance.

Que voulez-vous dire ?

Ici dans le coin nous réglons nos différends d'homme à homme. Là d'où tu viens les gens se prennent des avocats. Tu pourrais intenter une poursuite contre cette banque pour fraude et fausse représentation et abus de confiance.

Je pourrais intenter une poursuite. Vous pensez que je pourrais intenter une poursuite ?

Tu pourrais. D'un autre côté la banque t'a déjà volé une fois. Tu pourrais être volé une seconde fois et cette fois par le système judiciaire et les avocats qui mettront leurs mains dans tes poches. Ils te verront venir à travers leur porte. Ils t'inviteront à entrer et à t'asseoir et ensuite ils te voleront tout rond et cette fois tu ne te rendras même pas compte qu'ils t'auront lessivé. Il se pourrait même que tu les remercies. Voilà pourquoi je mène la vie que je mène dans un endroit comme celui-ci. Je vis dans un endroit où les banques et les bons à rien d'avocats ne sont pas légion et où un homme peut sans risque prophétiser sa propre vérité et où n'existe aucune société organisée pour décréter qu'il a tort ou même pour lui dire de rester tranquille et lui conseiller de ne se préoccuper que de sa propre frileuse paix. Je n'ai pas à me soucier de ma paix dans ce pays et j'en suis immensément reconnaissant. Dans un pays comme celui-ci où résident pour de bon les exclus du paradis un homme est libre de prophétiser. Dans un pays comme celui-ci un bon couque a du prestige et il a sa place. Je suis un bon couque. Je suis un oracle aussi. J'aime prophétiser et mes paroles sont lourdes du poids de la véracité et de la prémonition. Personne ici ne peut dire que l'avenir ne sera pas tel que je le prédis parce que chaque homme dans son cœur plein de contradictions croit qu'il adviendra tel que je le dis. Dans un endroit comme celui-ci chaque homme doit combler un besoin. Il ne suffit pas de faire son travail et de rentrer à la maison à la fin de la journée et de nourrir sa famille. Il n'y a pas de maison où rentrer à la fin de la journée et il n'y a pas de famille sauf celle que nous nous créons entre nous et cette famille est la famille de l'homme. Nous sommes cette famille et dans cette famille les dissensions règnent et son histoire est sanglante et nous sommes une bande d'individus peu recommandables et avilis et qui ne cessent de souffrir tout au long de cette portion d'éternité. Écoute bien ce que je dis. Tu es le contrôleur ici mais tu es aussi le gamin. L'innocent. L'agneau promis à l'abattoir où chacun de nous à un moment ou à un autre a été conduit et où nous ne serons plus jamais conduits et c'est pourquoi tu dois être détruit. Tu dois être détruit, petit contrôleur. Nous sommes tous égaux ici et ceux d'entre nous qui ne sont pas égaux seront égalisés. Ils seront rabaissés ceux qu'il faut de toute nécessité rabaisser et ils seront élevés ceux qu'il faut de toute nécessité élever d'un rang modeste à un statut supérieur car c'est la règle que nous nous sommes donnée : qu'aucun homme ne s'élève au-dessus de nous excepté ceux dont les péchés sont plus grands que les nôtres et qu'aucun homme ne coule plus bas que nous excepté ceux qui se profanent eux-mêmes. Nous sommes qui nous sommes de par notre droit de l'être et par décret du destin. Nous sommes qui nous sommes en proclamant que nous le sommes. Je suis un oracle parce que je proclame que j'en suis un. Tu es le contrôleur et tu consignes le temps avec tout ce que ça peut vouloir dire et tu es aussi l'innocent parce que tu es celui parmi nous qui dois accomplir la promesse. On nous a jetés dans le même sac. Ainsi soit-il. Nous triompherons ou nous échouerons ou nous construirons simplement le chemin de fer mais nous serons qui nous sommes et pas un d'entre nous ne brillera plus fort qu'un autre ou bien il sera terni. C'est ce que je prophétise ici ce jour.

Une brise agitait les plus hautes feuilles qui se retournaient vers le ciel. Je ne vous connais pas, dit Martin Bishop.

Et je ne te connais pas, dit Prud'homme. Mais je sais ce que je sais et c'est plus que ce que tu sais.

Je ne comprends rien à tout ça, dit Martin Bishop.

Tu vois ce que je veux dire ? dit le couque. Il lutta pour hisser son considérable corps en position verticale. Le couque le regarda d'en haut. Personne n'a jamais apprivoisé ce chien.

Ben moi oui, dit Martin Bishop. Il gratta l'animal entre les oreilles et Rex tendit le museau pour recevoir plus d'affection. Le chien battait de la queue.

Tu n'aurais pas dû t'élever de la sorte, dit Prud'homme. C'est imprudent.

Je prends le risque, dit le jeune.

Mauvaise décision aussi, dit le couque. Des mots qui font mourir. Mais tu es le gamin. Tu es ici pour être détruit. Nous te détruirons ou tu te détruiras toi-même. Ne crois pas que tu sois personnellement visé. Naguère nous avons tous été jeunes comme toi et pleins de promesses et d'ambitions et chacun de nous a été détruit. Si nous n'avons pu échapper nous-mêmes à la règle comment pouvons-nous permettre que tu y échappes ? Nous devons l'interdire. C'est notre devoir. C'est notre obligation. C'est notre religion. C'est notre plaisir et il ne va pas tarder.

Vous êtes un fameux prophète, dit le jeune.

Ça je le suis, dit le couque, et il s'étira vigoureusement sur le rocher dans la lumière de midi. Peu importe le reste. Il n'y a pas de doute. Je suis un fameux prophète.

Le chien se leva aussi et haleta sur le rocher.

Le couque se tourna. Quelqu'un arrive, dit-il.

Comment le savez-vous ?

Je suis prophète. Voilà comment je le sais. Et aussi parce que je suis capable d'entendre le bruit d'un moteur de voiture.

Le chien dressa une oreille aussi et se mit à gronder et maintenant le jeune écoutait avec attention. Quelqu'un arrive, dit-il.

Je t'ai déjà dit cela, dit Prud'homme. Pendant combien de temps faudra-t-il que je sois prophète en mon pays sans que personne m'honore ?

La voiture de Super était stationnée sur le plateau au-dessus du camp et l'ivrogne Lomacki louvoyait un peu plus bas. L'aide-cuisinier zigzaguait comme au rythme d'une sorte de musique et tombait à l'occasion. Le jeune éclata de rire parce que le spectacle était absurde et parce qu'il était content de le revoir. Super était déjà descendu et il fronçait les sourcils devant l'état de Lomacki et sa façon d'agir.

J'aurais dû le domper dans le bois, dit Stratton. Le laisser se débrouiller tout seul. Je n'aurais jamais dû le ramasser.

Lomacki est correct, dit le jeune. Il va redevenir sobre.

Et fracasser de nouveau des fenêtres.

Ce bonhomme est champion peleur de patates, commenta Prud'homme.

Je suppose que c'est bientôt le lunch.

C'est ce que j'allais vérifier.

Je pensais que c'était toi le couque.

Je suis le chef exécutif, spécifia Prud'homme. Et c'est la partie exécutive de ma fonction qui est la plus importante.

Les amis ! cria Lomacki de l'endroit où il était de nouveau tombé. Mes camarades ! Je suis de retour ! Je ne suis plus présumé mort ni compté au nombre des disparus ! Je suis revenu.

Où s'est-il procuré du fort ? demanda Martin Bishop.

Ça j'en sais rien, dit Stratton. Mais il en a eu. Et il l'a vidé.

Tu es venu nous infliger ton habituel chaos ? demanda Prud'homme.

J'ai les enveloppes de paie si c'est ce que tu veux dire.

Je veux dire ce que je dis, Super. Tu es ici pour répandre le chaos et le ressentiment. À cause de toi des hommes vont comploter les uns contre les autres et la tranquillité de nos jours sera brisée à jamais.

Tu dis toujours ça, dit Stratton.

Le jour viendra où toutes les prophéties s'accompliront. Les bonnes comme les mauvaises et celles qui n'ont pas d'importance. C'est ce que je prophétise ici ce jour.

En terrain plat Lomacki n'avait pas de misère à marcher et son visage arborait un large sourire. Les amis, dit-il. Bandits. C'est bon de vous revoir.

Je ne permets pas à mon personnel de boire, décréta Prud'homme.

Ce qui est bon pour Dieu l'est aussi pour ses saints, claironna Lomacki.

Va dans ma cuisine et mets un tablier, ordonna le couque.

Je vous ai manqué, allégua Lomacki.

Dépêche-toi.

Vous m'avez manqué aussi.

L'aide-cuisinier portait un gros bandage autour de l'avant-bras et son teint était redevenu tout à fait épanoui.

Vous allez bien ? lui demanda Martin Bishop.

Allô, petit gars. Comment vas-tu ? Pour le moment je vais mieux. Je suis un peu liquide mais je m'assèche vite.

L'ai ramassé sur le bord de la route, dit Stratton. Je ne savais pas à ce moment-là que c'était un des nôtres.

Le bon samaritain, dit Lomacki. Arrêter sur le bord de la route pour un moins que rien dans mon genre. J'aurais pu être un craqué total. Donnez une médaille à cet homme. Épinglez-la sur son cœur. Ils m'ont chassé prématurément de cet hôpital. Oui ils m'ont chassé. Ils ont dit que mes analyses de sang titraient cent pour cent d'alcool. Comme si c'était surprenant ?

Il n'arrivait plus à articuler maintenant et Prud'homme le prit par le coude. Les camions arrivent, dit-il, et les autres entendirent au loin le grondement sourd des moteurs. Tu ne veux quand même pas que Fisk te voie dans cet état. Tu pourrais le décevoir. Tu viens avec moi.

C'est magnifique d'être de retour chez soi, dit Lomacki, et le couque l'emmena.

Super et le jeune attendaient que les camions apparaissent.

Ainsi vous avez les enveloppes de paie, demanda le jeune.

Pas pour toi. Pour toi j'en ai pas. Tu n'as pas été ici assez longtemps.

Je n'en mourrai pas, dit le jeune.

Ne provoque pas le Destin, lui dit Stratton.

Ils attendaient et le bruit des camions se fit cacophonique et infernal. Les véhicules apparurent dans une bourrasque de poussière et comme des fantômes sortis de leurs entrailles les hommes en sautèrent et émergèrent de la poussière sous le regard fixe du soleil. L'homme et le jeune les regardaient descendre la colline et s'approcher.

Je veux distribuer les enveloppes de paie, dit le jeune.

Tu penses que c'est ton privilège ? lui demanda Stratton.

Ben. On m'a dit que c'était une de mes responsabilités. C'est mon travail.

Fisk se réserve ce droit. Il aime payer les hommes et leur transmettre ses éloges ou ses réprimandes selon leurs performances. Il faut d'abord qu'ils l'entendent dire tout ce qu'il a à dire et ce n'est qu'après qu'il distribue leur paie à ceux qui sont toujours disposés à la recevoir.

Les premiers des hommes descendus du plateau dépassaient le superviseur et le contrôleur qui étaient là debout impassibles sous le soleil et sur le chemin de ce martèlement de bottes ininterrompu.

Ben alors je veux compter les chèques, déclara le jeune.

Ils restèrent silencieux un bout de temps et d'autres hommes arrivèrent et d'autres encore derrière jusqu'à ce que la colline se mette à vivre comme une rivière suivant son cours et poussée sans cesse vers le bas de la déclivité.

Pourquoi veux-tu faire ça ? lui demanda calmement Stratton.

Je veux vérifier les noms et les comparer à ceux que j'ai maintenant.

On n'a pas besoin de tout ça, dit Stratton.

Ben je pense que si. Je veux les compter, dit le jeune, et l'homme se tourna pour affronter de face son obstination.

Quand tu auras toi-même établi une liste de paie et que j'apporterai les chèques alors tu pourras les compter ou les vérifier ou tout ce que tu voudras si Fisk dit que c'est d'accord. Mais maintenant tout de suite ce ne sont pas tes oignons.

Ben j'ai une opinion différente, dit le jeune.

L'homme poussa un gros soupir. Qui est le superviseur ici et qui est le petit contrôleur ? demanda-t-il. Si tu connais la réponse à cette question je te suggère de faire ce qu'on te dit. Moi, je n'ai pas besoin d'un jeune blanc-bec qui ne connaît rien à rien pour me dire comment faire mon travail. Est-ce que ta cervelle peut enregistrer ce que je te dis ou est-ce que c'est trop compliqué pour elle ?

Le jeune le regarda puis baissa les yeux. Il fit demi-tour et se joignit au liturgique cortège des hommes.

Et ne boude pas, lui cria Stratton. Je déteste les garçons qui boudent.

Martin Bishop sentit qu'il n'était pas le bienvenu dans la procession des hommes. Des épaules bousculèrent la sienne et il chercha de l'affabilité dans le regard des gars mais se vit gratifié plutôt de marques non équivoques de mépris. Un homme cracha comme par accident entre les pieds du jeune et s'essuya la bouche et n'émit aucune excuse. Ces signes évidents de rejet alarmèrent le contrôleur et il se précipita à son bureau et arpenta l'étroit plancher et regarda fixement son grand livre. Un homme avait-il espionné les chiffres étalés sur sa table de travail ? L'homme à tout faire y avait accès n'importe quand. N'importe quel autre résidant du camp pouvait pénétrer dans son bureau quand il n'y était pas. Martin Bishop croyait que quelqu'un avait répandu la rumeur qu'il consignait maintenant un moins grand nombre d'heures pour les hommes et il croyait que le décompte fidèle de leurs heures de travail les mettait en rogne. Il présuma que ce devait être ça et ressortit avec une légitime prudence et un certain pressentiment. Le monde était un lieu difficile. Son père l'en avait averti et le jeune s'était convaincu qu'il était fait pour se mesurer au monde mais cela s'était passé en un autre temps et en un autre lieu. Martin Bishop s'efforça de s'accrocher à sa conviction comme à un tuteur. Il se dirigea vers la cantine où Lomacki sonnait la cloche de midi avec une jubilation d'ivrogne.

Fisk se leva pendant le lunch et informa les hommes que la paie était arrivée. Ceux qui pensaient mériter un salaire pouvaient se mettre en rang avec dignité devant son bureau dans dix minutes pile.

Chaque homme aurait quinze secondes pour exposer son cas. Fisk se rassit et se concentra sur son pudding à la noix de coco et les hommes dans la cantine restèrent silencieux un bout de temps. Des murmures s'élevèrent qui trahissaient leur inquiétude et l'un des hommes se leva pour parler au nom de tous.

Je vous demande pardon, dit l'homme. Il était mal habillé et s'asseyait sur son chapeau pendant qu'il mangeait et le tordait entre ses doigts pendant qu'il parlait. L'homme était costaud et son travail avait la réputation d'être apprécié par Fisk. Presque tout le monde s'accordait à penser que seul un casier judiciaire très chargé l'empêchait d'obtenir un meilleur emploi quelque part ailleurs. Certains d'entre nous se demandent quelque chose là, patron.

Quoi ? demanda Fisk sans lever les yeux et en continuant de s'enfourner le pudding dans la bouche.

Personne n'a vu de bus. Où est passé le bus ?

Fisk se contenta de faire un signe du menton et à ce geste Stratton se leva.

Il n'y aura pas de bus aujourd'hui, messieurs, dit Stratton.

Le jeune remarqua le mécontentement général des ouvriers et s'étonna qu'ils restent si tranquilles et si craintifs.

Stratton leva la main pour les calmer. Il vient, dit-il. Mais pas aujourd'hui. C'est tout. Ce n'est pas un règlement que le bus doive venir les jours de paie. Il sera là mercredi. C'est dans trois jours à peine.

Un homme cria tout en dissimulant sa tête. Je veux le prendre, dit-il.

Fisk se leva.

Les hommes se calmèrent de nouveau.

Fisk ne dit rien et regarda le groupe d'un air mauvais. Martin Bishop regarda Fisk puis se tourna légèrement pour observer les hommes qui lui semblaient une triste engeance d'êtres penauds et déconfits.

Je vous embarquerais tous dans ce bus si je pouvais, dit Fisk. Si je pouvais faire à ma manière. Pas un de vous, gros tas de merde, ne mérite d'être ici. Quand ce bus viendra nous le remplirons en fonction du nombre d'hommes qui arrivent. Maintenant si quelqu'un veut partir prématurément il peut venir me voir à mon bureau. On peut arranger un compromis. Ça j'en suis certain.

Les hommes écoutèrent la nouvelle en silence. Ils restèrent silencieux même après que Fisk eut quitté la cantine et que la porte-moustiquaire se fut refermée derrière lui en claquant. Ils écoutaient le bruit de ses pas à l'extérieur. Des murmures s'élevèrent de nouveau mais les récriminations furent brèves et étouffées. Les hommes quittèrent les tables pour leur pérégrination à travers le camp et pour argumenter du bien-fondé de leur paie.

Martin Bishop sortit de la cantine avec Stratton. Il attendit que le superviseur se soulage puis grimpe jusqu'au plateau où il avait stationné sa voiture. Il en revint avec un cartable et le jeune alla s'installer en retrait pour assister au rituel. Fisk descendit de son bureau avec une petite table qu'il posa sur le sol. Il dit quelques mots et un homme gravit les marches jusqu'à sa roulotte. Il revint avec une chaise et le contremaître s'assit. Stratton lui donna le cartable. Les hommes s'étaient placés en rang devant lui et la file s'étirait par-delà le carré du camp jusque vers les bécosses. Fisk parlait à chaque homme avant de le payer et chaque homme semblait terrorisé et cependant s'obstinait et insistait qu'il méritait sa paie ne serait-ce que parce qu'il avait travaillé tout son temps. Fisk secouait la tête comme pour prendre acte de la honte de la chose et tendait l'enveloppe qui contenait la paie du travailleur.

La file s'était presque résorbée et c'était au tour du personnel de cuisine de se présenter pour recevoir les enveloppes de paie. Lomacki traînait de la patte à l'arrière. Il était le dernier à être payé. Fisk ne perdit pas de temps avec les travailleurs de la cuisine mais s'attarda à Lomacki. Il élevait la voix et Martin Bishop s'était déjà rapproché pour entendre l'altercation.

Je ne suis pas capable de faire partie d'une gang supplémentaire, patron. Je suis fait pour la cuisine. C'est tout, dit Lomacki.

Je t'ai déjà dit. Tu as été remplacé, dit Fisk. Maintenant tu dois poser du rail comme nous tous. Estime-toi chanceux.

Patron, je ne suis pas capable de poser du rail.

Penses-tu que tu peux casser une fenêtre et voler le sommeil de tous les hommes ici sans en payer les conséquences ?

Non, monsieur, je ne peux pas. Mais je ne suis pas capable de poser du rail.

Penses-tu que tu peux revenir dans ce camp comme si tout le monde ici implorait ton retour et que tu peux arriver avec ton haleine qui empeste l'alcool et que tout sera correct ? Que tout sera comme avant ?

Je n'ai jamais bu pendant le travail, patron. J'ai juste pris un verre avant de revenir.

Tu poses du rail, Lomacki. Fais-toi à l'idée.

Alors je veux prendre le bus quand il viendra.

Comme je l'ai dit aux autres. Ce bus est plein.

Je veux le prendre, patron.

Tu veux le prendre. Ainsi tu pourras aller boire quelque part ailleurs, je suppose, et dilapider ta paie. Tu devrais être conscient de la valeur de ton salaire, Lomacki. Tu l'apprécieras peut-être plus en posant du rail pendant un bout de temps.

J'apprécie ma paie, se lamenta Lomacki. Je n'ai jamais dit le contraire.

Tu préfères ta boisson. Tu as été remplacé, Lomacki. Et quand tu poseras du rail il vaudra mieux pour toi ne pas me laisser te surprendre à te tourner les pouces.

Fisk regagna sa roulotte. Lomacki marcha tristement vers la sienne et le jeune l'y suivit.

Lomacki grimpa dans le lit superposé. Il s'allongea dans la couchette du haut et fixa le plafond.

Je suis navré, dit Martin Bishop.

Il veut me démolir. Il sait qu'il me démolit. Il va m'éreinter jusqu'à ma mort, dit Lomacki.

Vous pensez toujours que c'est le pire qui va se passer, dit le jeune.

Je sais ce qui s'en vient.

Tout le monde est prophète par ici, dit Bishop. Je ne comprends pas.

Je suis bon à la cuisine. Je ne suis pas capable de travailler à la voie ferrée. Les outils sont mauditement trop lourds. Et maintenant j'ai un bras blessé. Tu verras. Mes points de suture vont lâcher.

Ne vous en faites pas, dit Martin Bishop.

Toi, ne t'en fais pas, dit Lomacki.

Le jeune regarda son grand livre et le brandit. J'ai eu une idée, dit-il.

J'ai besoin de dormir, dit Lomacki.

Vous n'êtes pas impliqué.

De toute façon laisse-moi en dehors de ça.

Le jeune sortit avec son grand livre et se rendit aux camions près desquels traînaient quelques hommes en attendant d'embarquer.

Martin Bishop se trouvait près du premier camion et avec son crayon brandi au-dessus de son grand livre il dit à l'homme le plus proche : Votre nom ?

La nuit était tombée quand le contrôleur finit de consigner dans son grand livre les heures travaillées ce jour-là. Il éteignit la lampe du bureau et se déshabilla dans l'obscurité puis s'étendit sur sa couchette et s'enveloppa dans les couvertures. La journée a été longue, dit-il.

La pluie tombait doucement sur les fenêtres. Un changement de température avait retardé le travail sur la voie ferrée et Fisk avait exigé que les hommes ne soient pas crédités de plus de douze heures. Ils avaient travaillé plus longtemps que d'habitude et Martin Bishop avait alloué à chaque homme dix-sept heures de travail.

Il va me faire mourir, répondit Lomacki. Il avait gardé ses vêtements mouillés et était couché sur le dos dans sa couchette. Martin Bishop avait enlevé les bottes de son compagnon et l'avait aidé à se hisser dans le lit. L'épuisement de Lomacki était extrême. Il n'avait plus bougé et chaque fois qu'il essayait de se tourner de côté ou de remuer un membre il sentait ses muscles et ses os se lancer des coups à l'aveuglette dans son corps et alors il gémissait tout haut.

Vous serez en forme avant même de le savoir, le consola le jeune.

Je mourrai avant, soutint Lomacki.

Ils étaient couchés dans le noir et la pluie crépitait contre la vitre et à de rares occasions Lomacki grognait. Le jeune respirait l'odeur fétide de sa sueur et de son corps mouillé.

Je ne sortirai jamais de ce lit, se lamenta Lomacki. Je serai raide comme un cadavre demain matin. Rends-moi un service, mon gars. Avant que quiconque ne prenne la liberté de m'enterrer vérifie d'abord si je ne respire pas.

Ne vous inquiétez pas, dit le jeune.

Il m'a menacé aujourd'hui, dit Lomacki.

Qu'est-ce qu'il a dit ?

Fisk a dit que si je mourais à l'ouvrage comme j'étais en train de le prédire il m'enterrerait là où je serais tombé et pendant toute l'éternité les convois de marchandises passeraient sur ma tombe et je ne connaîtrais jamais le repos ni la moindre paix. Aussi je te demande. Ne m'enterre pas sous ces rails. S'il le fait lui-même alors promets-moi de déterrer ma carcasse et de me déménager dans une dernière demeure où je puisse reposer en paix.

Considérez que c'est fait, dit Bishop. Maintenant tâchez de dormir. Demain est un autre jour.

Peut-être maintenant j'en serai capable, dit Lomacki. Tu m'as soulagé l'esprit.

Ils étaient couchés dans le noir et se tournèrent pour dormir.

Tu as eu toute une journée toi aussi, mon gars, dit Lomacki après un bout de temps.

Je préfère l'oublier.

Combien d'hommes as-tu comptés ? demanda Lomacki.

Je vous ai dit. Je préfère l'oublier.

Combien ?

Cent dix-sept quand j'ai arrêté.

Tu aurais dû garder la tête en l'air. J'ai entendu dire qu'un homme était venu près de toi quatre fois et t'avait donné quatre noms différents.

Pourquoi ont-ils fait ça, Lomacki ? demanda le jeune d'un air songeur.

Fisk le leur a dit, j'imagine.

Pourquoi ont-ils obéi ?

Pourquoi pas ? Ça m'a tout l'air que tu ne t'es pas fait beaucoup d'amis par ici pendant mon absence.

Aujourd'hui je leur ai marqué cinq heures de plus que ce que Fisk m'a dit de marquer. Je crois qu'il faut consigner les vraies heures de travail.

Je passerai le mot. Cela pourrait aider. Mais tu as quelque chose à surmonter, mon gars. Moi-même tu m'as un peu déçu.

En quoi ? demanda le jeune. Il s'appuya sur un coude pour rapprocher son oreille de la voix de Lomacki. Le vent secouait les fenêtres et l'homme épuisé dans la couchette du haut était faible.

J'ai entendu dire que tu étais parti chasser les craqués avec pas mal d'enthousiasme. J'ignore pourquoi tu t'allierais à Fisk contre eux. Ils sont comme toi et moi. Ce sont juste des hommes. Ils ont besoin de se mettre quelque chose sous la dent pour vivre jusqu'au bout leurs journées. Je ne sais pas pourquoi tu leur refuserais un repas. Ce n'est pas comme s'ils t'enlevaient le pain de la bouche. Mieux vaudrait que tu les aides à se nourrir plutôt que de les pourchasser comme s'ils étaient des animaux nés dans les forêts du Nord.

Le jeune se rallongea et reposa sa tête sur l'oreiller. Qui sont-ils ? demanda-t-il.

Ce sont des hommes, expliqua Lomacki. Comme toi et moi. Demain Fisk peut expulser n'importe lequel d'entre nous. Et il deviendra un craqué. C'est un sort déjà suffisamment pénible comme ça sans être pourchassé par ceux de la même espèce que soi.

Le jeune resta sans rien dire un moment et réfléchit à la part qu'il avait prise à l'expédition de chasse. Fisk les a expulsés ? Il n'a pas le droit de faire ça.

Il prend le droit. Fisk les expulse et personne ne peut l'en empêcher.

Pourquoi ferait-il ça ? Cela n'a pas de sens. Qu'ont-ils fait de mal ?

Rien à voir avec le bien ou le mal. C'est ainsi que va le monde. On doit toujours avoir des gens plus bas que soi. Quand on a des gens plus bas que soi on fait tout son possible pour garder la position qu'on occupe. C'est la théorie. Elle prévaut dans le coin. Je vais te dire quelque chose. Cette théorie a un certain mérite. Comme je ne souhaite pas être expulsé chez les craqués je travaille avec l'équipe supplémentaire de poseurs de rail alors que je pourrais être à la cuisine ou n'importe où ailleurs sur la terre. Tout ce qu'il me reste à espérer c'est que Fisk me laisse embarquer dans le prochain bus pour le Sud.

Il vous laissera embarquer, dit Martin Bishop. Pourquoi vous en empêcherait-il ?

On ne peut jamais savoir ces choses, l'avertit Lomacki. Il a dit qu'il ne me laisserait pas.

La pluie cessa de crépiter et Lomacki s'abandonna au sommeil. Le jeune était allongé sans dormir. Il concentrait sa pensée sur les prodigieuses surprises que réservait la vie en ce temps et en ce lieu.

DU QUATRIÈME JOUR
AU SOIR DU HUITIÈME JOUR

Ces derniers jours Martin Bishop avait dormi quand le soleil était haut dans le ciel et avait passé des nuits blanches et s'était réveillé aux heures les plus obscures. Et cette nuit il s'arracha de nouveau à son sommeil. Le jeune s'habilla. La pluie était légère et tombait réconfortante sur les toits d'aluminium des roulottes. Il se glissa dehors et sous le couvert de la nuit et de la pluie s'enfonça sans être vu dans le profond du silence.

Il rampa sous la cantine pour pénétrer dans le carré du camp et progressa le long du périmètre vers la roulotte du contremaître. Il gravit les marches plus discret que la pluie et chuchota le nom. Rex. Hé, mon chien. Rex. Martin Bishop plaça sa paume sur la poignée de la porte et la tourna avec la lenteur de la petite aiguille sur un cadran d'horloge. La poignée tourna et il dit : Viens, mon chien. Hé, Rex. Il entendait le chien de l'autre côté et jusque-là Rex s'était abstenu d'aboyer.

Il entrouvrit la porte et le chien pointa son museau puis il ouvrit la porte plus grand et le chien se précipita à l'extérieur. Le jeune fit demi-tour et sauta des marches. Il accueillit le chien et lui flatta le col et frotta ses mains sur la face de l'animal. Hé, Rex, disait-il. Hé, Rex. Le chien gambadait tout à la joie de la liberté de cette nuit.

Ils traversèrent ensemble le carré du camp.

Sans sa laisse et excité par ce jeu le chien sautait souvent sur le jeune et le jeune continuait de marcher. Il s'arrêta à un coin et c'est là qu'il allait commencer.

Il entra dans la première roulotte-dortoir et compta quatre hommes effondrés dans la torpeur de leur sommeil. Quatre, dit-il à Rex en redescendant.

Il se rendit à la roulotte-dortoir suivante puis à la suivante et ainsi dans chaque roulotte de l'alignement et il compta les hommes endormis. Chaque lit était occupé. Il évita la chambre de Fisk quand il revint dans les parages. Il dit à Rex : Encore un. Cela fait cinquante-quatre. Quand il entendit la nouvelle le chien sauta comme si c'était une récompense.

Un dormeur s'éveilla quand le jeune entra et le prit pour un voleur. Le jeune dit : Quatre de plus, et il referma la porte. L'homme se rendit à la porte et l'ouvrit. Il repéra le chien et retourna se coucher. Le jeune termina son décompte et arriva de nouveau à la roulotte de Fisk et ouvrit doucement la porte. Il poussa le chien à l'intérieur et Rex se dépêcha d'entrer. Le jeune repartit d'un pas furtif dans la nuit pluvieuse. Il marcha jusqu'aux limites du terrain du camp et s'adressa doucement à la forêt qui s'étendait par-delà et à toute présence qui pouvait l'habiter.

En comptant les aides-cuisiniers et le couque et Lomacki et moi nous sommes quatre-vingt-neuf au camp. Savez-vous ce que cela signifie ?

La forêt restait sans rien comprendre et la pluie et les arbres attentifs attendaient d'autres explications.

Cela signifie que vous êtes sur la liste de paie, dit Martin Bishop. Vos noms sont consignés et vous êtes sur la liste de paie.

Il décida de revenir à cet endroit et la prochaine fois il apporterait de la nourriture comme offrande à la nuit et à ceux qui séjournaient dans sa grâce.

Maintenant son odorat pouvait le guider. Le jeune amena le chien. Il prit une pelle et une barre à riper et s'engagea dans les bois. Les mouches le harcelaient et il descendit jusqu'au bord de la rivière. Il la traversa à gué sur les roches que le courant avait charriées. Il escalada l'autre versant du ravin et le chien le vent dans le dos avait du mal à repérer la piste. Le jeune se fiait à son propre odorat et l'odeur le ramena où il avait été et il reconnut la dernière pente. Il l'escalada péniblement. Le chien grimpait consciencieusement devant lui et arrivé en haut il montra des signes d'agitation.

Le grizzly pourrissant gisait sur le plateau.

Il y avait des mouches et des corbeaux.

Creuser fut un dur combat. Le jeune dut se servir de la barre pour desceller des roches. Il enleva sa chemise et laissa les insectes le mordre et travailla sous le soleil et sa peau était luisante de sueur et de poussière. Il creusait et la chaleur et les mouches et les moustiques et la puanteur de l'ours contrariaient son offensive. Il dut se reculer et respirer et se mettre à l'ombre un bout de temps. Il écrasait les mouches à chevreuil et le chien restait en arrière sur le bord de l'affleurement rocheux. Martin Bishop fit un trou assez large et assez long d'un côté de la carcasse de l'ours et creusa pour qu'il soit assez profond. Il se battait avec les pierres et s'efforçait de ne pas respirer. Il creusait et s'attaquait au roc avec sa barre. Il creusa aussi profond qu'il le pouvait puis cessa de s'acharner et resta debout sous les arbres avec le vent dans le dos

Il flatta la tête du chien. Ils n'ont ni couteaux ni fourchettes pour manger un ours, dit-il à Rex. Je parie qu'ils n'ont pas de feu pour le cuire.

Croyant qu'il était capable de supporter de nouveau la puanteur il cala sa barre de fer sous l'arrière de l'ours et tenta de faire glisser petit à petit le cadavre de la bête dans la fosse peu profonde. L'ours ne bougeait pas. Le jeune imprimait à la barre un mouvement de va-et-vient de haut en bas. La graisse du grizzly changeait de place sous la peau et il était incapable de déplacer l'animal. Il se recula et s'assit puis étudia l'ours pendant un moment. Il saisit la barre. Il rassembla ses forces et sa détermination et cria. Le chien jappa. Il réattaqua l'ours mort et plongea sa barre derrière la carcasse et poussa avec la puissance des cieux et cette fois encore la carcasse refusa de bouger. Le jeune s'éloigna et s'assit encore un moment.

L'air était humide et puait la charogne.

Le jeune se servait de sa chemise pour s'essuyer le visage et s'éponger le cou et la poitrine. Ben, dit-il, il n'y a qu'une façon alors de venir à bout de ce gâchis.

Il reprit sa pelle et revint à la fosse et creusa le roc sous la carcasse. Le travail était lent et pénible et le jeune regrettait de ne pas avoir apporté d'eau. Le chien l'observait à l'ombre des arbres. Le jeune creusait et sondait le sol rocheux avec la barre et pouce après pouce enlevait la terre sous l'animal et chaque pouce était gagné de haute lutte. La puanteur était atroce et lui remplissait les poumons et semblait lui remplir la tête. Il poussait des cris et la puanteur le suffoquait mais il continuait de creuser et la bête commença à s'affaisser.

Le jeune creusait et la terre céda et le grizzly glissa dans la fosse et le jeune se dégagea.

La bête était couchée sur le dos et ses pattes étaient dressées en l'air.

Le jeune remplit la tranchée et recouvrit l'ours d'un tertre de terre et de pierres et quand il eut terminé il rassembla ses outils et appela le chien. Martin Bishop repartit vers le camp et s'étendit nu dans la rivière et l'eau froide clapota contre lui. L'eau clapota contre lui et il tourna les yeux vers le ciel où d'impétueux nuages frôlaient la terre et dans l'ombre du ravin il croyait voir le ciel se transformer et un pèlerinage d'anges s'embarquer pour un voyage vers quelque destination lointaine dans un autre pays. Il se désintéressa de cette histoire d'anges et pensa à Nicole Granger. Il avait envie qu'elle puisse venir le rejoindre dans ce torrent et avec cette image d'elle qui l'habitait maintenant le jeune se sentit guilleret dans le courant.

Martin Bishop tourna la tête. Quelque chose approchait. Il était resté assis à l'ombre sur l'escalier de la cantine à mâchouiller le petit pain beurré qu'il avait chapardé à la cuisine et entendait le tumulte de la progression de la gang. Il se leva et s'avança dans la lumière du soleil. Le jour était torride et calme et des brûlots volaient tout autour de lui. Il traversa le carré et monta jusqu'au plateau où l'on stationnait les véhicules. Il attendit. L'homme à tout faire l'y rejoignit le premier et plus tard Prud'homme et peu après les aides-cuisiniers. Rex au bout de sa laisse se lança dans un lamento. Ils attendaient et fixaient du regard le bout du chemin et la gang approchait et elle semblait invisible puis les hommes précédés par leur tapage et leur tintamarre apparurent comme des fantômes. Et bientôt il fut possible de les discerner. C'étaient des humains et ils appartenaient à ce temps. Les hommes ne faisaient qu'un avec les machines et le vacarme de la cramponneuse et de la dameuse était atroce et derrière la cramponneuse et la dameuse les hommes en file continue singeaient le travail des machines et ils avançaient ensemble sous l'œil vitrifié d'un plus haut soleil.

Les travailleurs hissaient jusqu'en haut les traverses disposées à la base du talus et d'autres les mettaient en place et la quincaillerie des rails était présentée comme une offrande des machines à cette terre même et le rail au bout de la grue se balançait vers le bas jusqu'aux mains qui se tendaient et les hommes qui venaient derrière peinaient sur le travail mécanique et les masses à crampons virevoltaient et étincelaient sous le soleil et la gang avançait.

La gang avançait comme dans un chant funèbre et lugubre et la tête de cet humain convoi atteignit le pont et s'y aventura. Martin Bishop chercha Lomacki et le repéra qui traînait la barre à riper dont il se servait pour maintenir le rail en place pendant que de discordantes machines fixaient le rail aux traverses. La barre semblait aussi lourde que lui et parfois Fisk la lui arrachait des mains et faisait le travail à sa place puis reflanquait la barre entre les mains de son ouvrier. Lomacki avait enlevé sa chemise et l'avait nouée autour de sa taille et sa sueur miroitait dans la lumière du soleil et lénifiait sa peau brûlée. Il marchait avec difficulté et semblait vaincu et s'essuyait le front avec le bandage de son avant-bras.

La queue du convoi humain serpenta jusqu'au pont et ce fut l'heure du lunch. Les hommes revinrent au camp harassés. Ils n'avaient jamais vécu de journée aussi chaude et implacable.

On a entendu dire que tu nous as marqué le vrai temps qu'on a travaillé l'autre jour, dit l'un d'eux au contrôleur. C'est ce qu'on a entendu.

Ben vous le méritiez, dit le jeune.

Et le bus ? demanda un autre. Entendu quelque chose à la radio ?

Ben j'ai entendu qu'il venait.

Combien à bord ?

Je n'ai pas demandé, dit Martin Bishop.

Prochaine fois, dit l'homme, demande.

Le contrôleur descendit la colline avec Lomacki et l'homme à tout faire. Il va m'éreinter jusqu'à ce que je sois à terre, dit Lomacki.

Le bus sera là demain, dit Bishop.

Est-ce que je pourrai le prendre ? lui demanda Lomacki.

Fisk va revenir à la raison, dit le jeune.

Certain. Il va revenir à la raison, dit l'homme à tout faire.

Ça ne me réconforte pas, dit Lomacki. Est-ce que je pourrai le prendre ?

Le bus arriva effectivement. La carcasse jaune badigeonnée de boue se traîna en crachotant et en grinçant jusqu'au plateau du stationnement et la poussière comme un fantasme avide enveloppa le véhicule. Le contrôleur sous un soleil besogneux gravit le chemin pour saluer les arrivants. Les portières du bus restaient fermées et les hommes regardaient d'un air inquiet dans l'éclat de la lumière pendant que le jeune grimpait péniblement la pente. Alors la portière avant relâcha quelqu'un. La poussière se ramassait sous le véhicule et des tornades miniatures s'enroulaient autour du tuyau du pot d'échappement. Martin Bishop entendit l'homme que le bus avait libéré pisser contre le flanc de la roue. Puis cet émissaire réapparut en remontant la fermeture éclair de sa braguette. La portière s'ouvrit et l'homme retourna dans le bus et dans la chaleur. Les fenêtres étaient grandes ouvertes et la poussière et les brûlots s'y engouffraient et des mouches se cognaient aux vitres. Le jeune attendait et aucun autre homme n'émergea. Le moteur grippait à sa guise et les hommes à l'intérieur fumaient des cigarettes et d'une chiquenaude lançaient les mégots par les fenêtres. La voiture de Super arriva par-derrière. Stratton en sortit et contourna le bus jusqu'à la portière avant. Et alors elle s'ouvrit de nouveau.

Martin Bishop s'approcha.

Le chauffeur du bus descendit et au bas du marche-pied salua Super et Super salua le jeune.

Salut, petit, dit Stratton.

Super, dit Martin Bishop.

On a une cargaison d'hommes plus fraîche là-dedans.

Ben vous pouvez les laisser sortir du bus n'est-ce pas ? Pas besoin de les étouffer d'abord.

Stratton se tourna à demi et regarda le jeune un moment puis le chauffeur et le chauffeur sourit. Quand je voudrai ton avis, dit Stratton.

Je parlais juste pour parler, dit le contrôleur.

Le chauffeur s'écarta et Super se hissa dans le bus en s'aidant de ses mains. Il beugla aux hommes : Sortez quand vous entendez appeler votre nom.

Il aboya les noms et un par un les hommes émergèrent. Ils plissaient les yeux dans la lumière et certains s'en allaient pisser à l'ombre. Quand il eut terminé Super ressortit et tendit la liste des nouveaux venus au contrôleur. Marque-les dans le livre, dit-il.

Qui part ? demanda le jeune.

On y viendra, dit Stratton. Pour le moment tu les comptes et tu les tries. Fais ton possible pour les contenir. On ne veut pas que personne s'en aille le jour de son arrivée. C'est un règlement. Peu importe ce qu'ils pourraient avoir envie de faire.

J'imagine qu'ils sont heureux de travailler, dit le jeune. Stratton eut un bref rictus.

Disons simplement qu'il se pourrait que certains de ces gars à l'heure qu'il est ne soient pas encore arrivés à l'avoir compris, commenta Stratton en enlevant sa casquette et en essuyant l'humidité du cuir intérieur.

Alors qu'est-ce que j'en fais ? s'enquit le contrôleur.

Fais-en ce que tu veux, dit Super. Mais j'ai entendu dire que tu étais capable de contrôler le chien.

Le chauffeur éteignit le cacophonique moteur du bus et descendit le coteau avec Stratton en direction du camp du chemin de fer. Les hommes debout attendaient. Ils étaient une trentaine ou plus à ne pas savoir s'ils étaient privilégiés d'être ici ou profondément dépossédés.

Le jeune regardait les hommes et les hommes le regardaient avec curiosité. Leur troupe avait une allure familière. Ils pouvaient facilement remplacer ceux qui se trouvaient déjà au camp sans qu'aucune différence notable puisse être relevée ni dans leur comportement ni dans leurs vêtements ni dans la perplexité de leurs visages ni dans leur condition sauf que ces hommes-ci c'était le voyage et la chaleur qui les avaient vaincus et une réelle ignorance de ce qui leur arrivait tandis que ceux qui étaient au camp depuis un bout de temps étaient vaincus justement parce qu'ils savaient. Mettez-vous en file, dit le contrôleur. Par groupes de cinq. Comme ça je ne vous perdrai pas.

Les hommes ne changèrent pas de place. Quelques-uns grommelèrent et d'autres sourirent d'un sourire narquois et d'autres le dévisagèrent l'air dur et indifférent.

Il y aura un groupe de trois, dit-il. Ou deux groupes de quatre. Et le reste en groupes de cinq, s'il vous plaît.

Personne ne bougeait.

Ben je peux lâcher un chien sur vous mais vous n'aimerez pas ça.

Les hommes attendaient et réfléchissaient à ce qu'ils venaient d'entendre. Plus bas Super et le chauffeur arrivèrent à hauteur du chien et l'explosion de colère de Rex poussa les hommes à se dépêcher de se mettre en rangées plus ou moins régulières. Le jeune admettait qu'en un autre temps ou en un autre lieu ils auraient pu ne pas lui obéir mais ils étaient complètement abasourdis dans ce pays.

Maintenant on peut descendre se mettre à l'ombre et vous pourrez vous reposer ou pisser ou faire ce que vous voulez. Je tâcherai de vous trouver du Kool-Aid avant le lunch. Si vous voulez courir partout et me faire des problèmes je n'ai pas d'objection. Mais je devrai lâcher le chien et vous ramener ici où vous devrez vous asseoir en plein soleil. Ça dépend donc de vous. D'accord ?

Le contrôleur n'attendait aucune espèce de réponse. Il descendit le coteau et les arrivants le suivirent pas mal vite. Il les fit descendre la pente et traverser le terrain du camp et ils passèrent devant le chien qui leur souhaita la bienvenue avec véhémence. Il continua de les conduire à travers le camp jusqu'à la zone ombragée près des bécosses. Les hommes firent la file pour les utiliser ou s'allongèrent sous les arbres. Quelques-uns pénétrèrent plus loin dans le bois pour pisser avec pudeur.

Je vais vous laisser seuls pour le moment, dit le jeune, parce qu'en vérité je me contrefiche de ce que vous faites. Si vous êtes encore ici quand je reviens vous pourrez avoir un peu de Kool-Aid.

Aucun homme ne manifesta de reconnaissance particulière. Le jeune les laissa et s'en fut à la cuisine.

Il gravit les marches et ouvrit la porte. À l'intérieur le personnel travaillait à un rythme frénétique à cause du lunch et maintenant de ce bus entier de bouches supplémentaires à nourrir.

Tu veux te rendre utile ? lui demanda le couque.

Je vais mélanger le Kool-Aid, dit le jeune.

C'est fait. Il est déjà sur les tables.

Ben il m'en faut un peu pour les nouveaux dehors.

Tu penses qu'on est l'Armée du Salut ?

Ben c'est moi qui vais le mélanger.

Dans quoi ? Qui es-tu de toute manière… Florence Nightingale ?

Je vais prendre les cruches qui sont sur les tables. Vous pourrez les remplir de nouveau après.

Où vas-tu trouver des verres, Florence ? À moins que tu penses leur déverser le truc directement dans la gorge ?

Ben je vais prendre les verres sur la table. Vous pourrez les relaver.

Tu pourras les relaver, dit le couque.

C'est juste, dit Martin Bishop. Il quitta la cuisine et traversa la cantine.

La vaisselle ne sort jamais des locaux, l'avertit le couque au moment où le jeune franchit les portes.

Ouais ouais, dit le jeune.

Super et le chauffeur du bus étaient dans la cantine. Ils buvaient du café et fumaient.

Les quatre cruches de Kool-Aid à la lime que prit le jeune n'étaient pas faciles à transporter et il les déposa sur la table entre les deux hommes.

Il retourna à la cuisine et en rapporta deux autres. Il s'arrêta devant les hommes et dit : Ben ?

Bien quoi ? demanda Stratton.

Prenez ces cruches et apportez-les dehors.

Le chauffeur du bus était un homme au visage couvert de taches de rousseur. Il cala sa cigarette entre ses lèvres et attrapa deux cruches. Stratton fit de même et ils suivirent le jeune sans raison apparente sinon qu'il leur avait dit de le faire. Les trois hommes emportèrent les cruches et les amenèrent aux nouveaux. Les nouveaux se passèrent les cruches et burent et se rafraîchirent la gorge et le dedans. Ils vidèrent les cruches et le jeune les rapporta lui-même toutes les six et il entendit les hommes qui revenaient pour le lunch.

Donnez-moi le Kool-Aid et je vais le mélanger, dit le jeune dans la cuisine.

Avec de l'arsenic je parie. Tu es de l'espèce des assassins. C'est ce que je prophétise ici ce jour. Sors de ma cuisine, Florence. Nous n'avons pas besoin d'un ignoble individu dans ton genre pour mélanger notre Kool-Aid. Sors d'ici.

Martin Bishop quitta la cuisine et revint à sa chambre où il inscrivit les noms des arrivants dans son grand livre. Il fit un décompte minutieux de leurs noms. Il ressortit et compta les nouveaux là où ils étaient couchés. Les chiffres correspondaient. Trente-trois nouveaux se prélassaient dans l'herbe. Il considérait en avoir la garde et la charge. Sans savoir qui était qui le jeune étudia les noms de ces hommes et il étudia leurs visages.

Martin Bishop retraversa le camp à la rencontre de Fisk qui revenait.

On a trente-trois nouveaux hommes, dit-il au contremaître.

Tu penses ? dit Fisk.

Ouim'sieur. Et le bus est ici.

Alors nourris toute la bande. On en expédiera trente-trois.

J'ai besoin de connaître leurs noms.

Ils marchaient vers la roulotte du contremaître. Le chien s'assit pour les accueillir.

Je suppose que tu vas vouloir vérifier le nombre de partants, dit Fisk.

Ben j'ai besoin de connaître leurs noms d'abord. Je sais qui inscrire. J'ai besoin de savoir qui rayer.

Pourquoi tu ne décides pas ? lui demanda Fisk.

Quoi ?

Tu décides.

Je ne sais pas ce que vous voulez dire.

Pourquoi suis-je obligé de jouer à Dieu le Père tout le temps ? Tu décides qui part et qui reste.

Ben Lomacki.

Est-ce qu'il reste ou il prend le bus ?

Il prend le bus.

Non. Il ne le prend pas. Je n'en ai pas encore terminé avec lui. C'est qui ton deuxième choix ?

Est-ce qu'il reste aussi ?

Qui ?

Mon deuxième choix. Est-ce qu'il reste peu importe qui c'est ?

Ce serait un moyen de m'aider à supprimer les inutiles.

Ben je ne vais pas décider pour vous.

Fisk se bagarrait avec son chien et Rex se mit à grogner en montrant les dents et à japper. Il se retrouva écrasé contre le sol et Fisk l'immobilisa dans la poussière. Puis il le laissa se relever. Le chien bondit sur ses pattes et Fisk pendant un moment fit semblant de le boxer.

Tu ne m'es pas très utile n'est-ce pas, mon gars ?

Je fais mon travail, dit Martin Bishop.

N'importe quel imbécile qui sait compter jusqu'à dix est capable de faire ton travail, dit Fisk. Combien de temps ça prend ? Une demi-heure par jour ? Le contremaître monta dans sa roulotte et le chien s'y précipita avant lui. Arrivé sur la dernière marche Fisk se retourna. Es-tu ici pour m'importuner encore, petit contrôleur ? Il semble que ça devienne ton habitude.

Le jeune leva les yeux vers lui. J'ai juste besoin de connaître ces noms, dit-il. Il continuait de lever les yeux et le contremaître le fixait du haut des marches. Mais je peux attendre, dit Bishop.

Oui tu peux, dit Fisk.

Le jeune se dirigea vers la cantine pour y être installé dans les premiers. Le personnel de cuisine dut servir un second service. Martin Bishop resta assis pendant les deux services et mangea deux fois.

Tu es en pleine croissance, dit Super. Je ne sais pas si le chemin de fer a les moyens de continuer à te nourrir.

Ne le harcèle pas, intervint Prud'homme. J'apprécie une bonne fourchette. Il honore ma cuisine.

Un jour il sera aussi gros que toi, dit Super.

Qu'est-ce qu'il y a de mal à ça ? demanda le couque.

Stratton leva les mains pour calmer l'agressivité du couque.

Le jeune sortit et se rendit aux bécosses. Il remarqua du remue-ménage sur le plateau et s'y précipita.

Où est ton crayon ? Où est ton grand livre ? lui demanda Fisk.

Je les ai oubliés, dit Bishop essoufflé par son sprint.

Il est difficile d'imaginer que tu te penses parfois pouvoir me dire quoi faire.

Je vais les chercher.

C'est ça. Va les chercher.

Le jeune repartit en courant. Il rassembla ce dont il avait besoin et remarqua que les affaires de Lomacki n'étaient plus sur sa couchette. Il grimpa de nouveau le coteau au pas de course. Alourdi par son lunch et à cause de la raideur de la pente et de la chaleur il arriva à bout de souffle et trempé de sueur.

Monte dans le bus, dit Fisk, et note leurs noms.

Il fit ce qu'on lui disait de faire. Il écrivit le nom de chaque homme et le cocha de nouveau dans son registre. Il avait trente-trois noms. Lomacki n'était pas dans le bus. Quand le jeune en descendit Super et le chauffeur étaient à l'extérieur et le contremaître embarquait l'équipe pour le chantier.

Où est Lomacki ? cria le jeune.

Super regarda le contremaître et Fisk dit : Il a été muté.

Le jeune regarda Stratton et le superviseur choisit d'étudier le sol.

Le contremaître s'approcha. Garde-le sur la liste de paie, mon gars, dit Fisk. Il travaille plus loin sur la voie ferrée. Il est de nouveau aide-cuisinier. Pour lui c'est comme un billet pour le paradis. Je lui rends service à ce pauvre diable. Il travaille dans un autre camp mais tu le gardes sur notre liste de paie à nous. C'est nous les responsables de son salaire.

Est-ce que c'est exact ? dit le jeune.

Fais ce que la bonté exige que tu fasses. Garde Lomacki sur la liste de paie.

C'est très bien, dit Martin Bishop. Mais quand sa prochaine paie arrivera je veux la lui remettre personnellement. Je veux lui donner son enveloppe en mains propres.

À ta guise, dit Fisk. Il eut un rictus et s'éloigna. Il escalada le petit talus et embarqua dans une draisine sur les rails. Il avait toujours son rictus. Tout peut s'arranger, dit-il.

La collation de minuit était un repas froid préparé et placé sur les tables bien avant le retour de l'équipe de travail. Martin Bishop flâna jusqu'aux marches de la cantine où les aides-cuisiniers se détendaient. Il bavarda avec ces hommes un bout de temps dans la lumière grise du soir et fuma une cigarette puis monta les marches pour aller voir Prud'homme.

Il fait un somme, l'avertit le nouvel aide-cuisinier.

Ben je vais le réveiller, dit le jeune.

Dis-lui pour nous éviter des ennuis que nous avons essayé de t'arrêter.

Je vais dire que c'est vous qui m'envoyez, dit le contrôleur.

Il continua jusqu'à la cuisine. Le calme et le silence qui y régnaient lui donnaient l'impression qu'une présence vigilante le surveillait. Il tendit l'oreille pour repérer le couque et entendit battre son propre cœur effrayé. Il ne se dirigea pas vers le garde-manger où logeait le couque mais se glissa plutôt dans la cantine entre les chariots. Il continua jusqu'au bout de la pièce. Il tourna. Il sortit un sac de plastique de sa poche-revolver et l'ouvrit. Il revint sur ses pas et cette fois piqua de la nourriture sur chaque table et fourra tout ce qu'il prenait dans le sac. Il poursuivit le long de l'alignement des tables ramassant petits pains viande à sandwiches carottes et biscuits puis il revint à la cuisine où il attendit dans le silence.

Martin Bishop se faufila vers le garde-manger. La porte était entrouverte et il la poussa doucement pour l'ouvrir un peu plus. Il écouta et n'entendit pas ronfler le couque mais sa respiration oppressée et les inspirations et expirations sifflantes de son sommeil. Martin Bishop entra dans la pièce où le prophète de malheur était couché recroquevillé sur son grabat. Il s'y aventura plus avant et déroba des légumes-racines et des pommes qu'il ajouta à son butin. Il chaparda des fruits en boîte sur les étagères. Le jeune traversa le repaire du couque et sortit par la porte arrière du garde-manger par où les craqués étaient entrés une fois et il déverrouilla cette porte et descendit les marches. Il cacha son sac sous la roulotte.

Il repartit par où il était venu et se faufila le long de la masse endormie de Prud'homme. Téméraire et insouciant il pressa le pas et atteignit la porte. Il traversa la cuisine et ressortit par l'escalier d'en avant où les aides-cuisiniers se levaient parce qu'ils entendaient revenir l'équipe.

Je l'ai laissé dormir, dit Bishop.

Valait mieux.

Le jeune se rendit d'abord à sa chambre et quand les aides-cuisiniers furent rentrés il contourna la roulotte jusqu'à l'arrière du garde-manger où il récupéra son butin et prit la direction des bois.

Il contourna le camp caché par les arbres et les ombres qu'ils projetaient. Les hommes revenaient et certains se dirigeaient tout droit vers les bécosses. Martin Bishop les évita décrivit un arc de cercle et tomba sur le sentier qui descendait au dépotoir. Il s'y rendit.

Lomacki venait à cet endroit tous les jours quand il était aide-cuisinier et y déversait les déchets de cuisine. À cette heure tardive les ours éboueurs s'étaient évanouis dans la nuit. Le jeune tendit l'oreille pour repérer la présence des bouffeurs d'ordures. Il n'entendit aucun bruit. Il déposa son sac sur le bord de la fosse et attendit.

Vous êtes sur la liste de paie, dit Martin Bishop tout haut. Cela vous habilite à être nourris. Alors sortez de là et venez manger.

Il attendit mais les bois ne trahirent aucun signe de vie.

Vous pouvez sortir de là, dit-il.

Il laissa le sac et s'éloigna par le sentier et continua jusqu'à la cantine où il se joignit aux hommes qui prenaient la collation de minuit.

Martin Bishop occupait seul sa roulotte. Trente-trois nouveaux hommes étaient arrivés et le bus en avait emporté trente-trois et Lomacki aussi avait disparu. Le jeune succomba dans cette noire privauté à la sorcellerie de visions où se mêlaient des intimités de peau et de souffle. Puis il dormit. Ce n'était pas une terre de repos paisible et il se réveilla comme s'il avait su qu'il devait se réveiller. Une voix chuchotante et feutrée s'acharnait tout contre son oreille et il lui fallut un moment pour déterminer ce qui en cet endroit était réel et ce qui ne l'était pas.

Lomacki, dit-il.

Salut, petit.

Le jeune se redressa à demi.

Son cœur alarmé se calma et Lomacki s'assit.

Vous avez rejoint les craqués, dit Martin Bishop.

Pas de mon plein gré, mon gars.

Je vous crois. Avez-vous eu la nourriture ?

Tes cadeaux ont été bien reçus.

Bon.

Mais ils m'ont causé certains ennuis.

Quelle sorte d'ennuis ?

De la sorte qui ennuie. Y en a-t-il d'autres ?

À mesure que ses yeux s'ajustaient à l'obscurité le jeune discernait mieux la forme vague et imprécise de l'homme et ses gestes agités. Qu'est-ce qu'il y a, Lomacki ? Qu'est-ce qui se passe ?

Ils veulent me démolir, petit. Pour sûr ils vont me démolir.

Qui ?

Les craqués. Mon transfert ne leur a pas inspiré de sympathie.

Je ne comprends pas.

Le jeune rejeta ses couvertures et s'assit droit. Il se poussa vers le bord du lit pour dégager sa tête de la couchette du dessus.

Ils ne sont pas nombreux. Ils veulent continuer de rester peu nombreux. Moins de compétition pour les ordures.

Mais je vous ai apporté à manger.

Ils se sont régalés de chaque miette. Moi je n'en ai pas eu une seule. Mais ils se sont rendu compte que j'étais la source de ce coup de chance et ils voudraient que ça continue.

Je vous apporterai à manger, Lomacki. Mais uniquement si vous obtenez votre part. Dites-leur ça.

Parle tout bas, petit. Je ne souhaite pas qu'on me repère ici dedans.

Vous êtes sur la liste de paie. Vous avez le droit d'être ici. Dormez ici cette nuit. Qui le saura ?

Lomacki se gratta le ventre.

C'est bien tentant.

Personne ne le saura.

Les conséquences pourraient s'avérer trop horribles. Pour nous deux.

Personne ne le saura.

Ne crois jamais ça, mon gars. Fie-toi au vieux convalescent que je suis. Quelqu'un découvre toujours. Peu importe ce dont il s'agit. Quelqu'un découvrira.

Ben vous transmettrez aux craqués. Il n'auront pas d'autre nourriture s'ils ne vous donnent pas votre part.

Ce sont des paroles que je peux transmettre. Mais je dois te dire. Ce n'est pas le message qu'ils veulent entendre cette nuit. Ils attendent autre chose de toi.

Le jeune réalisa qu'il était nu et tendit le bras pour attraper son pantalon et son caleçon. Il se leva et les mit. Qu'attendent-ils de moi ? demanda-t-il.

Que tu ouvres la porte du garde-manger.

Je ne peux pas faire ça.

Si. Tu peux, mon gars. Si on est capables d'y entrer sans réveiller le chien alors on pourra se servir. On aura assez de nourriture pour que tout le monde prospère. On pourra survivre comme il faut. Sinon ils me l'ont fait comprendre. Ils me démoliront. Ils me démoliront avant de me donner une part des ordures qu'ils ramassent.

Je vous nourrirai, Lomacki. Venez ici chaque nuit. Je vous nourrirai.

Ils me démoliront, mon gars. J'espérais que leurs souffrances aient rendus ces hommes bons mais c'est une bande d'individus hargneux.

Ben je ne sais pas quoi faire.

Ouvre la porte du garde-manger. Tout le monde dira que c'est la faute au couque. C'est tout. Il n'en parlera probablement à personne pour ne pas s'attirer d'ennuis. Ouvre juste la porte du garde-manger de l'intérieur. C'est tout.

Je devrai me faufiler à côté du couque.

Il a le sommeil profond. Je le sais. Il m'est déjà arrivé de me faufiler à côté de lui pour me servir quelques petites gorgées dans sa réserve personnelle.

Il a de l'alcool n'est-ce pas ?

Entre autres. Mais c'est de nourriture que nous avons besoin pour survivre. Certains des autres. Ils ont l'air malades. C'est une bande de rancuniers, mon gars. Je ne peux pas risquer de les décevoir avec l'état d'esprit qu'ils ont maintenant.

Ça va, dit Martin Bishop.

Ça va quoi ?

Ça va. J'ouvrirai la porte du garde-manger.

Cette nuit ?

Demain nuit.

Dieu te bénisse, mon gars.

Et vous ? demanda le jeune. Allez-vous rester ici cette nuit ?

J'aimerais.

Alors restez.

Je n'ose pas. Ils m'attendent. J'ai tout intérêt à les avoir de mon bord. Ils sont à peu près les seuls êtres qui me restent en ce monde. Eux et toi.

Ben je suis de votre bord.

Je l'apprécie. L'homme se leva pour partir. Je m'en vais maintenant.

Lomacki ?

Quoi ?

Savez-vous que vous êtes toujours sur la liste de paie ?

Je ne m'attends pas à recevoir un gros salaire pour le type de travail que je fais en ce moment, mon gars.

Je parle juste pour parler. Vous êtes sur la liste de paie. Les autres aussi.

Comment est-ce possible ?

Réfléchissez-y.

Lomacki médita la nouvelle. Ça pue, dit-il.

Ça pue plus haut que le ciel.

Tu sais. Ce n'est pas mon principal souci.

Je le sais.

Écoute, mon gars.

Quoi ?

Prends bien soin de toi. Je ne veux pas que tu te mettes personne à dos. Tu pourrais être ma planche de salut maintenant. Entends-tu ce que je dis ?

Le jeune resta silencieux à réfléchir un moment.

J'y vais maintenant, dit Lomacki.

Je comprends, dit le jeune.

C'est important que tu comprennes.

Lomacki ouvrit la porte et se fondit dans le plus profond de la nuit et son ombre se confondit avec les arbres et il était parti.

Le jeune se déshabilla et s'étendit sur sa couchette.

Il tira les couvertures sur lui.

Il faut que je te dise, papa, murmura-t-il à la chambre comme pour ne pas réveiller le mort. Je ne sais pas ce qui est bien. Je ne sais plus ce qui est mal.

Le jeune se cacha les yeux dans le repli de son coude et se rappela une autre vie et invoqua le maître de la maison qu'il avait eue là-bas. Il sentit qu'il avait besoin de pleurer et lutta contre cette envie et fut assigné au sommeil avant d'avoir la chance de se rappeler jamais s'il avait gagné ou perdu ce combat.

NEUVIÈME JOUR

Martin Bishop étendu tout habillé sur sa couchette écoutait la nuit dans sa musique et sa retenue et regardait le croissant de lune qui traversait la fenêtre. Il n'avait pas attendu que le couque sombre dans le sommeil. Il s'était glissé dans le garde-manger pendant que Prud'homme s'affairait à nourrir les autres au repas du soir et s'était faufilé jusqu'à la porte et avait dégagé le loquet. Il espérait que le couque ne le vérifie pas une seconde fois. Il attendait. Un moment donné il entendit des bruits de pas feutrés sous la présence vigilante des arbres et il posa les pieds sur le plancher et laça ses bottes. Martin Bishop se leva et sortit sa veste de duvet du placard et la mit. Il se rassit sur sa couchette. Le contrôleur enleva sa montre et la plaça sur l'appui de la fenêtre. Il prit deux pommes sur son bureau et les fourra dans les poches de sa veste. Il attendait et la nuit était calme.

Le jeune attendait.

Il croyait que les craqués pourraient entrer par la porte du garde-manger puis s'enfuir avec la nourriture volée et disparaître dans la nuit sans se faire repérer. Il croyait aussi que leur expédition ne se limiterait pas à la nourriture. Prud'homme avait de l'alcool. Le contrôleur pensait qu'ils feraient main basse sur la réserve personnelle du couque et que l'audacieuse effraction déclencherait l'alerte générale. Le jeune était persuadé que les us et coutumes du monde lui devenaient de plus en plus familiers.

Il attendait.

C'étaient la cadence de son propre cœur et la voix de son propre souffle qui dans cette nuit-là faisaient le plus de bruit. Il attendait et le branle-bas qu'il avait prévu se produisit. Le couque poussa de grands cris et des voix hurlèrent pêle-mêle dans le noir atrophié de la nuit et le chien se lança dans une déplaisante diatribe. Le jeune attendait. Les cris éveillaient les esprits cruels de la nuit et on entendait la course folle des hommes sur le terrain du camp. Le jeune écoutait les coupables. Il écoutait se préparer les poursuivants et attendait.

Il calcula l'équivalent du temps qu'il lui aurait fallu pour s'habiller et s'aventura hors de sa chambre. Il suivit la limite extérieure du camp. Fisk tenait le chien en laisse et l'animal aboyait et était furieux. Les lumières du garde-manger éclairaient l'attroupement.

Ils m'ont attaqué dans mon sommeil, tempêtait le couque. Me sont tombés dessus avec des tessons de bouteille. Heureusement que j'ai pu les mettre en déroute. Ils voulaient me saigner à mort et me farcir la bouche de navets. Mon nez d'excréments.

On aurait bien aimé voir ça nous autres. Qu'est-ce qu'ils ont pris ? demanda Fisk.

De la nourriture, allégua Prud'homme. Ce sont des voleurs de nourriture et ils ont pris de la nourriture et quelques-uns de mes biens personnels. Cette fois ils sont allés trop loin. M'assaillir dans mon sommeil. Traque-les, Fisk. Ce sont des petits voyous. Peu importe ce qu'ils m'ont fait ou ce qu'ils comptaient me faire. C'est toi qu'ils défient chaque fois.

Fisk était arqué vers l'arrière pour retenir son chien. Tiens, petit, dit-il. Il lui passa la laisse et Martin Bishop la prit. Laissez-moi le temps de m'habiller pour la chasse. Toi et toi et toi et toi. Patrouille. Allez mettre vos bottes. On va traquer ces maudits voleurs et cette fois ils ne m'échapperont pas.

Et moi ? dit le jeune.

Tu es capable de maîtriser le chien n'est-ce pas ?

Oui.

Alors qu'est-ce que tu penses ? Tu viens aussi.

Je suis prêt, dit Martin Bishop.

Vaut mieux, dit Fisk. Le contremaître les laissa et s'en alla. Il revint avec son fusil. Les autres hommes attendaient et il les dépassa et se dirigea vers le bois. Le jeune se pressa pour le rattraper. Il marchait tant bien que mal derrière le chien et le chien flairait l'odeur d'une piste.

Les hommes continuaient de marcher dans les ombres jetées par la clarté de la lune. Ils frappaient des pierres l'une contre l'autre pour éloigner les ours et attirer les esprits de l'anima du lieu. Ils les frappaient pour terroriser les fuyards jusqu'au cœur et pour que leur sang se fige d'effroi dans leurs veines. Ils continuaient de marcher en frappant leurs pierres l'une contre l'autre et ils défilaient dans l'oligarchie de la nuit et leur nom même était venimeux et le groupe qu'ils formaient était la horde de la haine.

Le jeune tiré par le chien se retrouva vite en tête et les hommes dans leur marche insomniaque traînaient derrière. Le contremaître lui collait aux talons. Les bouffeurs d'ordures puent, dit Fisk. Rex va renifler leur odeur et je les aurai. Cela m'est égal de ne pas poser de rail demain. Je les aurai.

Qu'allez-vous faire ? demanda le jeune.

Tu me poses toujours ce genre de questions, grogna Fisk. Ce que tu verras cette nuit, mon gars, va te faire rouler les yeux jusqu'au fond de la tête.

Ben vous pouvez y repenser, dit Martin Bishop. Je ne vais pas vous laisser tuer quelqu'un et me contenter de regarder. Je ne participerai pas à cette chose-là.

Tu as du front tout le tour de la tête, mon gars. C'est pourquoi je te tolère. Mais ne t'oppose jamais à moi comme ces bouffeurs d'ordures. Ce qui va leur arriver t'arriverait à toi aussi et deux fois pire.

Grand parleur petit faiseur, dit le jeune.

Fisk l'attrapa par-derrière et le fit tomber. Le chien aboyait furieusement. Le contremaître se jeta sur le jeune et le maintint par la gorge contre le sol dur. Il résista puis renonça simplement parce que l'autre était trop fort. Le contremaître dit : Je ferai pire que ce que tu peux imaginer, mon gars. Il pencha la tête plus près de lui et murmura : Pire que ce que tu peux imaginer. Ne t'oppose pas à moi, petit. Ce jour-là tu voudras l'oublier mais tu n'en seras plus jamais capable.

Le contremaître se remit debout et Martin Bishop se releva tant bien que mal. Fisk lui donna un coup de pied et le jeune trébucha et s'agrippa à la laisse du chien et se pressa. Fichez-moi la paix, dit-il.

Trouve ces bouffeurs d'ordures, mon gars. Si je ne peux pas passer ma colère sur leurs carcasses je la passerai sur la tienne.

La remarque fit rire d'un rire nerveux les hommes qui suivaient et qui frappaient leurs pierres et le cortège progressait dans le noir qu'éclairait la lune de cette nuit.

Ils descendirent jusqu'à la berge de la rivière.

C'est ici que le plaisir commence, dit Fisk. Donne-moi la direction, mon gars.

Le jeune dirigea le chien vers l'arrière et l'avant le long de la berge et l'animal ne flaira pas de piste.

Ils ont pris par la rivière, dit Bishop.

Tu as trouvé ça tout seul ? lui demanda Fisk.

Le jeune attendit un moment sans rien dire.

Dis-moi par où ils sont allés, mon gars. Ce n'est pas au chien que je demande son avis.

Ben je ne sais pas.

Alors devine. Arrange-toi seulement pour deviner juste.

Le jeune se rendit compte alors à quel point sa situation était difficile. Il devait choisir une direction et choisir un côté de la rivière et s'il avait raison ce serait mal et s'il se trompait Fisk se chargerait à coup sûr de le châtier. Le jeune se fit du mauvais sang un moment puis la réponse lui vint comme charriée par la brise nocturne. Il ignorait le chemin qu'avaient pris les craqués pour s'enfuir. Il ne savait rien et était donc incapable de les trahir. Il n'avait qu'à deviner et ne pouvait se tenir responsable de la main de Dieu qui déciderait de l'issue de l'affaire.

Par là, dit-il. Il montra l'aval.

De quel côté de la rivière ?

Ce côté-ci, dit le jeune.

Fisk l'empoigna par l'arrière des cheveux. Tu crois qu'ils se sont placés dans le vent ?

Ben je ne sais pas. Je ne fais que deviner.

Tu ne penses pas qu'ils ont dû faire attention de garder le vent dans le dos ?

Ben c'est peut-être ce qu'ils ont pensé que vous penseriez.

Fisk le tint par les cheveux pendant un bout de temps et le cou du jeune était plié vers l'arrière puis il le lâcha.

Ça va, dit-il. On suit le gamin. Nous prions pour toi, mon gars. Nous prions que Rex découvre leur piste puante.

Le jeune pressait le chien d'aller de l'avant et la troupe progressait le long de la rive sous la vigilance du croissant de lune. La rivière dans son cours rapide et le martèlement des pierres étaient le bruit de leur désir et ils continuaient d'avancer tant bien que mal parfois dans l'eau parfois sur la berge et la nuit était le temple de leur séjour et le vaste ciel leur domaine et la forêt la gardienne de ce temps et le jeune celui qui rendait compte de chaque heure et de chaque minute et il avançait en trébuchant tiré par le chien.

Il était tiré de l'avant par le chien et pressait le chien d'aller de l'avant. Il distança le groupe le long de la rivière et ceux qui le suivaient étaient de plus en plus loin derrière. Il dirigea le chien jusqu'au sommet d'un éboulis puis à travers les bois touffus. Il s'y fraya un chemin et pressa le chien d'aller de l'avant et continua sous le secret des arbres et sema ceux qui avaient été avec lui. Il était égratigné et coupé et les gifles des arbres sur son visage étaient douloureuses et pourtant il pressait le chien d'aller de l'avant et ils progressaient rapidement dans le sous-bois.

Essoufflé le jeune se reposa.

Le chien se coucha à ses pieds.

Loin plus bas Fisk appelait son chien et les cris firent se dresser les oreilles de l'animal.

D'accord, dit Martin Bishop, et il lâcha la laisse. Va le retrouver.

Le chien se releva et écouta. Il regardait le jeune et les cris en contrebas partageaient son attention.

C'est d'accord, dit le jeune. Vas-y. Fais attention où tu laisses traîner ta laisse.

Fisk appelait : Rex.

Le chien aboya.

Vas-y, dit le jeune. Le chien semblait avoir envie d'obéir. Vas-y.

Le chien s'éloigna et partit en direction des cris puis il s'arrêta et regarda derrière lui et le jeune l'encouragea à continuer. Le chien repartit en courant dans le bois vers l'éboulis et le jeune se retourna et escalada seul le ravin.

Il gravit l'escarpement abrupt en s'agrippant aux arbres et en se tirant vers le haut. Quand le sol redevint plat il continua le long de la corniche vers l'amont de la rivière et par moments il entendait les abois du chien plus bas. Les hommes avançaient et le chien s'était immobilisé où sa laisse s'était accrochée et le jeune continua de marcher.

Il continua et atteignit le camp et s'en alla tout droit à sa chambre et s'allongea sur son lit. Il y resta couché dans l'obscurité pénitentielle et au bout d'un temps s'endormit.

Il se réveilla quand des hommes passèrent devant sa chambre pour monter à la cantine et il regarda par la fenêtre. La patrouille revenait dans la clarté du jour. Fisk et son chien ouvraient la marche. Le jeune s'attendait à ce qu'ils viennent à sa chambre et il attendit. Les hommes qui passaient avaient un visage de pierre. Ils ne vinrent pas tout de suite à sa chambre. Il s'habilla et attendit. Il n'alla pas déjeuner. Il attendit. Les hommes ressortirent de la cantine après le déjeuner et il les entendit se préparer à embarquer dans les camions. Il entendit partir les camions et une draisine et le camp redevint silencieux. Il sortit de sa chambre et se rendit à la cuisine.

Si tu n'es pas capable de te lever pour le déjeuner ne t'attends pas à ce que je te nourrisse plus tard.

J'étais peut-être dehors toute la nuit. Je me suis peut-être perdu. Je viens peut-être juste d'arriver.

Tu seras peut-être détruit comme je l'ai prédit, prescrivit le couque.

Vous n'êtes pas quelqu'un de crédible.

Je suppose que tu veux déjeuner maintenant.

Si ça ne dérange pas trop. Je peux me le préparer moi-même.

Ça dérange plus que ce que ça n'en vaut la peine.

Je peux me le préparer moi-même.

Et ravager ma cuisine ? Je ne le permettrai pas.

Je ferai des rôties.

Nourrissez ce garçon de pain et d'eau, cria le couque à son personnel qui semblait peu disposé à l'écouter. Je ne vois pas qu'il mérite grand-chose d'autre. Les aides-cuisiniers se préparaient leur propre déjeuner et l'un d'eux balayait la saleté sur le plancher.

Je pense que je vais lâcher le chien, dit Martin Bishop.

Que veux-tu dire lâcher ?

Je déteste voir un chien attaché. Je vais le libérer. Comme ça il pourra se promener dans tout le camp. Il risque de mordre quelqu'un mais ça je n'y peux rien.

Faites frire des œufs et du bacon à ce garçon, ordonna Prud'homme.

Les aides-cuisiniers continuèrent de vaquer à leurs occupations.

Vous ne m'avez pas entendu ? demanda le couque.

C'est déjà sur la plaque chauffante, dit l'aide-cuisinier qui tenait le balai. Le couque le dévisagea un moment ni surpris ni consterné mais comme s'il avait été trahi et comme s'il ne s'était pas attendu à moins.

Martin Bishop gagna la cantine et le couque lui apporta tout de suite son déjeuner. Prud'homme s'assit en face de lui. Qu'est-ce que tu vas faire de toi aujourd'hui ? lui demanda-t-il.

Martin Bishop mastiqua et réfléchit à la question. Il déglutit et sirota une gorgée de café. Je pense que je vais retourner dans le bois et continuer de chasser un peu ces voleurs de nourriture.

C'est quoi l'idée ?

J'aimerais les chasser de jour. Pourquoi faudrait-il que ce soit mon sommeil à moi que l'on dérange chaque nuit ? Pour faire changement je m'en vais déranger leur sommeil de jour.

Prud'homme fixa le jeune qui mangeait. Tu te moques de moi ? lui demanda-t-il.

Non, monsieur, dit Bishop. Je parle juste pour parler.

Mais c'est quoi l'idée ?

J'ai envie de les rencontrer, dit-il. J'aimerais leur dire allô.

Tu vas amener ce chien n'est-ce pas ?

Vous n'avez pas à vous tracasser. Cette fois je ne lâcherai pas la laisse.

Je déteste que ce chien coure en liberté.

Vous comme tout le monde, dit Martin Bishop. Même si moi cela m'est plutôt égal.

Endurci mais épuisé le jeune fit un somme puis il se leva et apporta de l'eau fraîche à Rex. Il détacha sa laisse et accompagné du chien se dirigea vers le bois. Le chien flaira les odeurs près de la porte arrière du garde-manger. Le couque en émergea et le jeune l'ignora.

Ce chien peut sentir ton anéantissement aussi bien que moi. C'est une sorte de chien prophétique en ce sens.

Vous n'êtes qu'une sorte de débile, dit Martin Bishop.

Mieux vaut ne pas insulter tes amis, petit contrôleur. Je ne vois pas en quoi cela peut te faire du bien.

Rex repéra une piste et Martin Bishop le suivit. Il dit : Je serai de retour quand je serai de retour.

Tu seras de retour à l'heure du repas sinon tu n'auras rien à manger, dit Prud'homme. C'est ce que je prophétise ici ce jour.

Le couque le regarda poursuivre son chemin dans le bois. Profond dans l'ombre de la forêt le jeune jeta un coup d'œil en arrière et il perçut le couque qui observait l'endroit où il avait disparu.

Il continua de descendre l'escarpement abrupt et raccourcit la laisse du chien pour l'empêcher de se coincer. Ils franchirent ensemble les pentes les plus escarpées et atteignirent la rivière où l'odeur allait de nouveau se perdre. Le chien était impatient de la retrouver.

On traverse, dit le jeune.

Ils passèrent à gué le cours rapide de la rivière. Le chien nagea pendant une partie de la traversée et ils grimpèrent sur les roches lisses de l'autre rive. Le jeune resta un moment debout dans le soleil pour se sécher et le chien fureta les odeurs et trouva une piste qui s'éloignait en droite ligne de l'endroit où ils venaient d'arriver sur la rive. Le jeune doutait qu'elle fut la bonne jusqu'au moment où il se rendit compte de la perspicacité de la bande. Leurs poursuivants avaient présumé que les craqués pour camoufler leur odeur s'étaient enfuis vers l'amont ou l'aval et personne n'avait imaginé qu'ils avaient traversé juste en face. Et si la patrouille était revenue sur ses pas et avait repéré cette piste ils auraient été loin déjà et se seraient enfoncés dans le bois ou peut-être auraient retraversé la rivière là où la patrouille les avait déjà cherchés.

Le jeune s'arrêta. C'était ce qu'il aurait fait et il se demanda s'il pensait comme un craqué.

Il fit avancer le chien et le suivit sans prêter attention aux nombreuses bestioles de la saison. Ils gravirent l'autre côté du ravin. Arrivé sur un plateau le chien se mit à tourner en rond et le jeune comprit que les hommes avaient attendu ici un bout de temps à guetter ceux qui les poursuivaient.

Le chien trouva de nouvelles pistes dans six directions différentes.

Le jeune n'avait pas envisagé ce genre de manœuvre. Il admira le savoir-faire de ces hommes qui vivaient dans la cruauté des bois. Six chemins possibles dont cinq ramenaient au cercle de départ et dont seul le sixième était celui de l'évasion. Il devait les vérifier avec Rex. Le chien était mêlé et le ramenait au point de départ puis ils essayaient une autre piste. Le subterfuge aurait permis aux hommes de gagner du temps si le chien la nuit précédente avait été sur leurs talons. Il se demanda qui avait dirigé le groupe et fait appliquer ses ordres. Le troisième essai de Bishop s'avéra le bon et la piste les conduisit vers les hauteurs puis les ramena vers le bas et de nouveau jusqu'à la rivière.

Il connaissait l'effet qu'avait eu la manœuvre. Après que Fisk eut récupéré son chien il avait patrouillé les deux côtés des berges en amont. Puis il avait fait demi-tour et avait vérifié les berges en aval et après que la patrouille fut passée les craqués avaient traversé de l'autre côté et étaient revenus sur leurs pas le long du secteur que la patrouille avait déjà exploré. Fisk ne les aurait pas trouvés mais le jeune pensait qu'il en serait lui capable et il repassa le courant à gué et le chien semblait content de retrouver la piste qu'il avait perdue la nuit précédente.

Nous formons équipe, dit le jeune. Toi et moi.

La piste zigzaguait vers le haut et le bas du fond de la vallée et les fuyards avaient gagné les zones plus rocheuses et progressé rapidement sur le roc. Le pont sur la rivière Buffalo se profilait au-dessus de lui. La piste s'interrompait au bord de l'eau et traversait de nouveau le courant et cette fois le chien ne put la retrouver sur l'autre rive.

C'est comme s'ils savaient que j'allais revenir, dit doucement le jeune. Il dut recommencer à chercher une piste qui le ramènerait à l'ancienne et il ne pouvait décider quelle direction était la meilleure. Il continua de progresser vers l'amont et n'alla pas loin. Le chien leva le nez et flaira l'air avec un certain désarroi.

Par où, mon chien ?

L'odeur qui troublait l'animal était nouvelle et ce n'était pas l'odeur éventée de la piste de la nuit dernière.

Qu'est-ce que c'est, mon chien ?

Martin Bishop entraîna le chien où la bête ne voulait pas aller et progressa tant bien que mal dans l'éboulement de gros blocs de pierre arrondis par l'érosion et escalada un de ces boulders et découvrit de l'autre côté la raison de l'agitation du chien. Lomacki était étendu immobile entre les pierres. L'aide-cuisinier était allongé le visage de côté et les rochers étaient tachés du sang de son agonie. Son crâne était fracassé et l'horreur qui en restait était un festin maintenant pour les mouches. Le jeune voulut vérifier le corps mais il se retint. Aucun homme n'aurait pu survivre à de telles lésions.

Le jeune leva les yeux.

Au-dessus de lui un précipice béait.

Martin Bishop tomba d'abord sur l'homme à tout faire et il lui demanda des outils. J'ai besoin d'un pic et d'une pelle, dit-il. Mettez-en deux de chaque.

Qu'allons-nous déterrer ? lui demanda le vieil homme.

Vous et moi ? Rien. Vous restez ici, le vieux. Apportez-moi juste les outils. Je vais chercher Prud'homme pour qu'il m'aide.

Un trésor enfoui ?

Pas exactement. Apportez-moi juste les outils s'il vous plaît. Je vous remercie.

Le contrôleur attacha le chien à l'endroit habituel et s'en alla trouver Prud'homme. L'homme à tout faire lui avait donné une idée.

J'ai trouvé un filon d'or, dit Bishop.

Le couque arrêta de mélanger sa pâte à biscuits. Répète voir.

L'homme à tout faire nous apporte des pelles.

Tu mens, dit Prud'homme.

Alors ne venez pas. Je verrai ce que je peux faire sans vous.

Le jeune sortit de la cuisine et laissa la porte-moustiquaire claquer sur ses talons. Le couque le suivit en défaisant son tablier.

C'est une région aurifère, cria Prud'homme. Tu as peut-être trouvé une vieille veine.

C'est possible, dit le jeune. Mais vous n'en saurez rien à moins de m'aider à creuser.

Tu mens, dit le couque.

Si je mens je mens, dit le contrôleur.

L'homme à tout faire leur tendit à chacun un pic et une pelle et il dit : Moi aussi je veux une part de cet or.

Je ne suis pas trop vieux pour balayer vos planchers. Alors je ne suis pas trop vieux pour partager le butin.

Contente-toi de te taire et tu auras ta part, stipula Prud'homme. Même si je crois qu'il n'y a rien nulle part à partager.

Nous sommes tous des travailleurs, leur rappela l'homme à tout faire. Je ne vois pas pourquoi vous me mettriez à l'écart. Il souriait comme s'il pensait que rien de tout cela n'était vrai et que seul un petit atome de lui envisageait que c'était peut-être possible quand même. Le moins que vous puissiez faire est de me ramener une pépite en souvenir. Ça c'est une part à laquelle un travailleur devrait avoir droit.

Le gros couque suivit le jeune. Ils escaladèrent le talus de la voie et redescendirent de l'autre côté. Ils descendirent sous le pont. Le trajet était laborieux pour le couque et il regardait sans cesse en arrière en pensant à l'escalade du retour. Il parvint au bord de la rivière et c'est là que le jeune lui dit la vérité.

Le couque était debout. Il était hors d'haleine et transpirait.

Tu m'as roulé pour que je vienne ici creuser sa tombe ?

Il était votre aide-cuisinier, Prud'homme.

Il a rejoint les craqués.

Pas de son plein gré.

Il a dévalisé mon garde-manger. Il a volé mon whisky.

Il aurait souffert sans. Je lui ai promis s'il mourait dans les parages de ne pas le laisser aux charognards. Je lui ai promis une sépulture décente.

Tu as promis. Moi jamais.

Il était votre aide-cuisinier. Vous auriez dû mieux veiller sur lui.

Ce qui est arrivé n'est pas ma faute.

Je vous ai entendu inciter Fisk.

Le couque s'essuya le front. Sa peau était à peine sèche que déjà des gouttes de sueur perlaient de nouveau. Ça va. On va l'enterrer, dit Prud'homme. Montre le chemin.

Il le conduisit où gisait le cadavre de Lomacki.

Le couque se sentit mal tout de suite et il régurgita son déjeuner entre les rochers. Je ne suis pas fait pour ça, dit-il quand il se sentit un peu mieux.

Vous parlez toujours de sang.

C'est une de mes phobies. Je ne peux pas supporter d'en voir. Je prédis juste qu'il va couler.

On va devoir le tirer plus loin. On ne peut pas creuser dans ces pierres.

Je ne suis pas capable de faire ça.

Ben va falloir que vous trouviez une façon. Je ne le laisse pas.

Je regrette amèrement le jour où nous nous sommes rencontrés, dit le couque.

Approchez-vous de lui de reculons. Je vous guiderai. Puis tenez-le derrière vous par les chevilles. Je prendrai le côté le plus amoché. Nous allons le transporter au bord de la berge.

Qu'est-ce qui te coule dans les veines, petit ? Ça ne doit pas être du sang.

Le voir me rend malade aussi. Mais ça ne veut pas dire que je sois prêt à vomir mes tripes.

Être prêt ? Être prêt n'a rien à voir avec ça.

Ben. Ça a tout à voir au contraire. Je ne vomirai pas mes tripes parce que je ne me permettrai pas de vomir mes tripes.

Tu es mon héros, mon garçon.

Allons-y, dit le jeune.

Je le prendrai par les chevilles mais ce que j'ai vu je l'ai vu. Si je dois le regarder encore je vomirai de nouveau.

Allons-y, répéta le jeune.

Prud'homme marcha de reculons et le jeune le guida entre les pierres et les grosses roches arrondies. Ils s'arrêtèrent et le couque obèse se baissa et tâtonna pour trouver les chevilles de Lomacki. Le jeune fit le tour et prit le cadavre par-dessous les épaules et s'efforça de ne pas regarder mais ne put s'en empêcher. Il regarda et dut se détourner et mordre sa chemise entre ses dents.

Allons-y, dit le couque.

Le jeune était immobile et crispé. Il finit par se retourner et se pencher et cette fois il ne regarda pas.

Ils soulevèrent le cadavre. L'une des jambes de Lomacki n'était plus attachée tout à fait à son corps et le jeune dut la contourner et rapprocher le couque et Prud'homme dut serrer le corps au-dessus des genoux et le transporter par les cuisses. Martin Bishop le souleva par l'autre bout et à deux ils le transportèrent.

Le couque trébuchait sur les rochers et la fatigue le faisait trembler. Le jeune dit : Ne le déposez pas tout de suite. Je ne veux pas avoir à le ramasser de nouveau. Ils continuèrent de le transporter à travers la partie asséchée du lit de la rivière et gagnèrent l'ombre des arbres le long de la rive et déposèrent le corps. Je vais chercher les outils, dit le jeune en laissant le couque et le mort, et il s'éloigna.

Il a pu tomber de lui-même, dit le couque quand le jeune revint. Courir partout et voler la nuit est une profession dangereuse.

Il y avait un quartier de lune, lui rappela Martin Bishop.

Ça ne veut pas dire qu'il a vu le rebord. Des accidents arrivent. Ce n'est pas ma faute si c'était un voleur et un pillard.

Je pense que Fisk l'a poussé dans le vide, dit le jeune.

Ne pense pas ça, mon garçon. Pas une fraction de seconde. Ne pense jamais ça ou bien toutes mes prophéties se réaliseront. Par gentillesse j'oublierai que tu as dit ce que tu viens de dire.

Le couque et le jeune fumèrent et le jeune chercha l'endroit où creuser la tombe.

Le sol est rocheux, dit le couque.

C'est pourquoi vous êtes là. Pour donner un coup de main.

Il y a une autre possibilité, dit le couque.

Laquelle ?

Les craqués l'ont poussé dans le vide. Peut-être qu'ils ne l'appréciaient pas dans leur groupe.

Je pense..

Je sais ce que tu penses mais je ne veux pas que tu le penses.

Ben je le penserai de toute façon.

Simplement n'en souffle pas un mot.

Nous l'enterrerons ici, dit Martin Bishop, et il donna un coup de pioche.

Ils creusèrent et enlevèrent les pierres. Le couque dit : Je vais rater le lunch.

Vos aides-cuisiniers sont capables de se débrouiller.

S'ils ont le moindre bon sens ils se débrouilleront.

Ils creusèrent.

C'est assez profond, dit le couque.

Ce n'est pas encore six pieds.

Même en creusant toute notre vie on ne parviendra pas à creuser six pieds dans ce roc. Allons. C'est assez profond. Peu importe la profondeur où on le met il n'est plus que de la nourriture pour les vers de terre.

Je lui ai promis une sépulture décente.

C'est assez décent comme ça. On la recouvrira de roches. Tu connais beaucoup de monde enterré dans un site avec une vue pareille ? Il aura la rivière qui coule devant lui et les arbres au-dessus. On va l'y déposer maintenant.

Martin Bishop réfléchit aux mérites de la tombe et donna son assentiment. Ils soulevèrent de nouveau Lomacki comme ils l'avaient fait plus tôt et ils gravirent la berge. Le jeune déposa son bout du cadavre et le couque laissa tomber son bout et ils installèrent Lomacki dans sa tombe visage contre terre.

Ben je pense qu'il faudrait qu'on le retourne.

Retourne-le toi. Je ne peux pas regarder.

Ben je pense qu'on devrait.

Alors fais-le.

Le jeune ferma les yeux et fit ce qu'il pensait qu'il était bien de faire et le souffle lui manqua quand il toucha le sang coagulé et une cavité dans le corps. Il se colleta pour remplir la tombe et creusa comme un chien. Les roches s'entassaient sur le corps et il continua jusque plus loin que les limites de sa fatigue et le couque plaça ses mains sur les épaules du jeune et sans attendre l'éloigna.

C'est fait, dit le couque. C'est fait maintenant.

Le jeune s'écroula sur la berge. Il se couvrit les yeux d'une main et s'efforça de respirer de nouveau calmement. Nous devrions dire quelques mots, dit-il.

Bon, mon garçon, dit Prud'homme.

Vous aimez parler comme un prédicateur, lui dit Bishop. C'est l'occasion où jamais. Il était votre meilleur aide-cuisinier. Vous lui devez quelques mots.

Peut-être, concéda le couque.

Je vous donne un moment pour réfléchir.

Le couque prit une pelle et ajouta un peu du sable de la rivière sur la tombe puis il déposa la pelle. Ici repose Lomacki, dit-il. Comme nous tous il venait de nulle part et ce nulle part nous n'en voulions rien savoir et voilà qu'il y est retourné. Lomacki de son vivant était un ivrogne. Quelque chose a dû mal se passer pour lui pour qu'il se retrouve ici et l'ivrognerie était le moindre de ses crimes et le plus véniel de nos péchés dans ce pays. Lomacki avait une douceur en lui. Nous avons pu tout à fait bien l'endurer. Ces paroles pourraient ne pas sembler positives mais dans n'importe quel regroupement de bêtes il avait de belles qualités. Ses vertus étaient seyantes. Elles lui allaient bien. Il était capable de peler les patates comme personne. Tu étais un ivrogne, Lomacki. Tu n'as jamais eu beaucoup la paix. Tu en trouveras peut-être une solide dose maintenant. En tout cas nous souhaitons qu'elle soit sur toi.

Le couque recula et resta debout à attendre. Le jeune sur le sol leva les yeux vers lui et le soleil le fit grimacer un peu.

Lève-toi, dit Prud'homme. À ton tour de dire quelques mots maintenant. Il était ton compagnon de chambre. Il était ton ami.

Le jeune se leva. Il fit face à la tombe. Il avait envie de pleurer et il ne pleurerait pas. Il écouta le cours rapide et régulier de l'eau derrière lui et regarda l'amas de pierres. Il dit à Lomacki : Ça va. C'est une sépulture très décente. Ne te fais pas le moindre souci pour ça. Les charognards ne pourront pas t'atteindre.

Il ne dit rien de plus et le couque après un moment le tira par l'épaule. Viens, le pressa Prud'homme. Rentrons.

Ils grimpèrent la paroi abrupte du ravin à quatre pattes comme des bêtes. Le jeune dut aider le couque qui s'arrêtait à l'ombre du pont partout où il le pouvait. Prud'homme avait le souffle court et rapide. Lomacki est peut-être mort mais sa mort va me tuer, dit-il.

Continuez juste de grimper. Sans vous presser. Cessez de vous arrêter à tout bout de champ.

Tu devrais être le contremaître du chantier, dit le couque. Tu es un tyran comme Fisk. Juste pire.

Allons-y.

Ils grimpaient sous le regard du soleil et quand ils arrivèrent au camp le couque avala un gallon de Kool-Aid avant de prononcer un mot. Ses aides lui racontèrent le lunch et lui dirent que le contremaître était mécontent de son absence.

Conduisez-moi dans mon lit, ordonna le couque. Je suis un homme malade. Ne nourrissez jamais ce contrôleur. C'est un ignoble individu.

Le couque partit faire sa sieste et les aides-cuisiniers improvisèrent un repas pour Martin Bishop qu'ils lui apportèrent dans sa chambre et qu'il mangea tout en se reposant.

Tard dans l'après-midi il retourna voir le couque. Il avait décidé. Il fallait informer la police montée.

Non, dit le couque.

Ce n'est que juste.

Ne t'attire pas d'ennuis.

Sa mort était peut-être accidentelle. Peut-être pas.

Tu vas juste t'attirer des ennuis. Peu importe ta façon de voir. Deux choses sont évidentes. Lomacki était dans le bois la nuit après un vol de nourriture. Et il est tombé. On ne pourra jamais rien prouver d'autre.

Ça c'est à la police de le décider.

Non, dit le couque. Ne les fais pas venir. Non. Jamais. Ne fais pas ça.

Martin Bishop quitta la pièce.

Il entra dans la cantine pour souper après que les hommes eurent pris place. Fisk le regarda et Bishop regarda Fisk. Ils mangèrent et Fisk quitta la table tôt sans dire un mot. Le jeune prit son temps par la suite et se délecta de trois portions de dessert et c'était la tarte aux pommes de Prud'homme. Quand il s'en alla il retourna à sa chambre et Fisk s'y trouvait et feuilletait le registre des heures de travail.

Tu t'es trompé, dit Fisk.

Non, monsieur. Je note le vrai temps de travail et je prends soin que mes relevés soient exacts.

Tu m'as dépossédé et tu as escroqué mes hommes des heures auxquelles nous avons droit.

Non, monsieur. Ce décompte est honnête.

Le jeune sentit son corps le trahir. Ses genoux tremblaient et il avait l'impression que ses mains étaient légères comme des plumes et ses épaules raides et lourdes.

Fisk fouilla dans les tiroirs.

Que cherchez-vous ?

Ta gueule, petit.

Le contremaître trouva un paquet de formulaires. Il les sortit du tiroir et les plaça sur le bureau.

Approche, ordonna Fisk.

Il approcha.

Tu sais ce que c'est ?

Des feuilles de temps, dit le jeune.

Signe-les, dit le contremaître.

Elles ne sont pas remplies, protesta Martin Bishop.

Même s'il redoutait que Fisk ne le frappe le coup de poing s'abattit sur lui sans qu'il s'y attende. Le direct à l'estomac vida son corps d'air et il vomit son dernier repas. Il était étendu sur le plancher malade et assommé sans être capable de retrouver la force de bouger. Le contremaître se pencha et le tira sur ses jambes. Il le poussa dans la chaise du bureau et lui flanqua le stylo dans la main.

Signe-les, ordonna Fisk.

Le jeune était incapable de parler. Il était incapable de bouger la main.

Je n'ai pas toute la nuit, dit le contremaître.

Je ne signerai pas, murmura Martin Bishop.

Le contremaître lui donna une claque à l'arrière de la tête mais c'était presque un coup gentil. Je vais te montrer quelque chose, mon gars. Tu as l'impression d'être quelqu'un d'important. Je suis ton contremaître. Je considère qu'il est de mon devoir de t'enseigner que tu ne l'es pas. Je vais signer ces formulaires. Puis je vais signer ton nom aussi. Pour mon nom j'inclinerai l'écriture d'un côté et pour le tien je l'inclinerai de l'autre. Regarde.

Le contremaître fit comme il venait de dire et noircit le bas de nombreux formulaires de leurs deux noms.

Maintenant c'est fait. Tu vois ? On n'a même pas besoin de toi pour ça.

Je ne falsifierai pas les feuilles de temps, s'obstina le jeune.

Non tu ne les falsifieras pas. Parce que je vais les remplir correctement. Voilà le genre d'homme que je suis. Mais toi ? Qu'est-ce que tu es ? Qu'est-ce que tu es, mon gars ?

Le jeune haussa les épaules sans comprendre.

Tu nous as dupés pendant un bout de temps. Puis j'ai commencé à avoir des doutes. Maintenant mes soupçons sont confirmés. Tu es un des leurs. Tu es toi-même un bouffeur d'ordures.

Le jeune secoua la tête.

Quoi ? Tu veux me dire quelque chose ?

Le jeune s'arrangea pour respirer un peu puis il dit à Fisk : Je ne suis pas un bouffeur d'ordures.

Ne me mens pas, mon gars. Je t'ai démasqué. Tu manges tes repas mais tu les vomis à tes amis. Tu es un menteur de mangeur de merde de face de porc de larve et à partir de maintenant tu vas rejoindre ceux de ton espèce. Il n'y a pas de place pour toi parmi les hommes.

Vous ne pouvez pas me faire ça, lui dit Martin Bishop d'une voix blanche.

Viens dehors, mon gars. Je vais te montrer ce que je peux faire.

Le jeune secoua la tête.

Viens dehors. Plus vite on commencera plus vite ce sera terminé.

Je ne sortirai pas, dit Bishop.

Certain tu vas sortir. Tu as le choix maintenant. Ou bien tu sors et tu fais semblant d'être un homme ou je te jette hors d'ici en morceaux. Cette partie de l'histoire dépend de toi.

Le jeune pouvait de nouveau respirer et il décida de se lever. Il se leva et marcha vers la porte. Le contremaître posa la main sur son épaule. Je suis navré que tu sois un pourceau bouffeur d'ordures, dit-il. Je parie que tu ne peux tout simplement pas t'en empêcher.

Ils sortirent et le contremaître garda la main sur son épaule. Des hommes traînaient aux alentours et fumaient la dernière cigarette de la nuit et beaucoup d'autres continuaient de descendre les marches de la cantine. Le contremaître le conduisit au milieu du groupe.

Messieurs, dit Fisk, et il éleva la voix pour obtenir leur attention. Les hommes cessèrent de parler entre eux et prêtèrent l'oreille. Nous n'avons pas posé comme il aurait fallu notre mille de rail par jour. Vous, les nouveaux, vous devez attraper la cadence. Je vous l'ai déjà dit et vous n'avez pas écouté. Vous m'avez défié. Vous vous êtes rendu compte que j'étais un brave type et vous avez abusé de mon gentil caractère.

Certains hommes pouffèrent de rire. Les nouveaux s'approchèrent et ceux qui étaient au camp depuis un bout de temps s'arrangèrent pour se glisser en douce aux derniers rangs de l'attroupement.

Je suis trop gentil de nature. Je le sais. Prenez ce qui se passe avec le jeune ici. Il m'a défié. Il nous a tous escroqués de notre légitime paie en consignant moins d'heures que celles auxquelles nous avons légitimement droit. J'ai laissé passer un bout de temps. Il a caché de la nourriture pour les bouffeurs d'ordures. Il a empoisonné la tête de mon chien avec ses ragots et ses nouvelles idées et a saboté nos recherches qui avaient pour but d'aider les bouffeurs d'ordures dans leur infortune. J'ai tout laissé passer à cause de mon tempérament gentil. Mais ce soir j'ai appris la vérité. Il a avoué. Ce garçon est lui-même un bouffeur d'ordures. Il vomit ce que nous lui donnons à manger et après il lèche son vomi. Il est indigne de vivre parmi nous. Aussi je veux que vous compreniez tous et particulièrement vous, les nouveaux, que je suis gentil. Mais ma tolérance a des limites aussi et ce jeune les a dépassées. Il a mangé avec nous ce soir. Puis il est retourné vomir dans sa chambre et lécher son vomi sur le plancher. C'est la raison pour laquelle il se tient le ventre.

La scène continuait d'amuser certains nouveaux. Le contremaître sourit pour les conforter dans leur bonne humeur.

Tout ceci c'est juste pour que vous sachiez. Si n'importe lequel d'entre vous vit parmi nous comme un homme alors qu'il est en secret un pourceau bouffeur d'ordures cela ne sera pas toléré. C'est votre dernier avertissement.

Fisk tourna le jeune et lui assena un nouveau coup de poing dans le ventre. Il s'écroula sur les genoux et perdit de nouveau le souffle. Le groupe maintenant se taisait stupéfait par la rapidité et la violence du coup. Fisk releva le jeune par les cheveux. Quand il parvint à garder cette position tout seul Fisk lui donna un coup de botte dans les dents.

Martin Bishop tenta de trouver l'énergie de riposter mais il était incapable de respirer. Il n'avait plus d'air dans ses poumons et le sang lui inondait la bouche. Il était étendu sur le sol et Fisk tournait autour de lui et lui donnait des coups de pied. Il luttait pour retrouver sa respiration. Les autres coups semblaient pleuvoir en toute impunité et il gisait meurtri sur le sol. Il regarda l'attroupement des hommes et n'y vit aucun salut. Il parvint à retrouver son souffle et cria : Couque ! C'était vous. Vous m'avez trahi.

Prud'homme ne s'avança pas et ne se recula pas non plus dans le coin d'ombre d'où il observait le rituel. Comme l'a voulu le destin, dit-il calmement.

Fisk alors l'attaqua très vite et brutalement et le roua de rapides coups de pied et le jeune se déplaçait pour bloquer les coups avec ses jambes et ses bras et il culbuta dans la poussière et se protégea la tête et les parties génitales.

Fisk lui tourna le dos et harangua ses hommes. Voilà le sort des tire-au-flanc, dit-il. Flemmardez pendant le travail de n'importe laquelle de mes équipes et vous serez sûrs de rejoindre vos frères bouffeurs d'ordures. Abusez de mon bon caractère et vous vous attirerez ma colère.

Votre juste colère, cria le couque.

Ma juste colère, concéda le contremaître.

Le contremaître se retourna pour administrer de nouveaux coups de pied au contrôleur mais il s'était relevé au milieu de la harangue et recroquevillé tordu claudiquait vers le bois.

Vous voyez, cria Fisk. Il ne peut pas attendre pour aller les rejoindre. C'est un bouffeur d'ordures jusqu'à l'os celui-là. On en est finalement débarrassés.

Plié en deux Martin Bishop gagna le bois pour trouver la sécurité dans l'abri de la nuit. La douleur de sa souffrance se mêlait à la torpeur de son esprit sous le choc de sa destitution du sein de la tribu des hommes. Il tomba et se releva et le sang coulait de sa bouche. Il pleurait de rage et d'humiliation et se fraya un chemin vers le bord de la rivière en bas. Il tomba plusieurs fois et s'écrasa dans les grosses branches et les troncs d'arbres et se fit mal. Il avait peine à bouger une de ses jambes et avait l'impression d'avoir perdu l'usage d'un bras. Il continua de descendre de peine et de misère et la rivière sous l'épaule claire de la lune dans son croissant lui fit signe et l'accueillit sur son rivage.

Il s'assit sur le bord et s'occupa de ses blessures. Puis il se hissa sur la berge.

Il était couché dans le giron de l'aurore polaire nocturne. Sa tête reposait sur une racine.

Je suis ici, dit-il d'une voix plus douce que la brise. Je suis par ici, dit-il comme pour convoquer certaines des formes là-bas de la gamme des ombres.

Martin Bishop dans la gravité pâle et lumineuse de cette nuit-là dormit.

2

LES CRAQUÉS

DU DIXIÈME JOUR
AU MATIN DU QUATORZIÈME JOUR

Dans l'ombre des trembles et des épinettes blanches jetée par la lune sur les berges de la rivière Buffalo Martin Bishop souffrait le martyre de son corps meurtri. Une de ses paupières était tellement gonflée qu'elle était fermée. Le sang qui suintait de la déchirure qu'il avait au front au-dessus de son œil valide lui brouillait la vue. Deux de ses dents supérieures étaient branlantes. Il les remuait avec la langue – sensation inédite pas tout à fait déplaisante. Respirer lui faisait mal. Il avait envie d'aspirer à pleins poumons l'air de la nuit. Il inspirait en pressant ses paumes contre sa cage thoracique et il endurait. Martin Bishop était couché près du bord de la rivière et la percolation de l'eau dans les pierres le consolait et lui parlait d'un temps qui passait et d'un temps qui restait à venir. Vers le point du jour une petite troupe d'ours noirs descendit taper le poisson dans le courant et festoyer de plaisir sur la rive. Des museaux humaient l'air et y détectaient un problème mais cette épave d'humain ne suscita pas longtemps leur curiosité et les ours se balancèrent sur leurs pattes antérieures et se remirent à fourrager comme tous les autres jours.

Martin Bishop dormit sans avoir peur des ours. Ils le lacéraient dans son rêve et il gémissait et appelait et ne croyait pas que c'était un rêve. Et dans le sortilège de son cauchemar il se hissa vers un petit miroitement de lucidité. Il ne se réveilla pas tout de suite. Il crut entendre des voix et s'émerveilla du langage de ces créatures. Le soleil lui traversa les yeux. Il se rendit compte qu'il était éveillé et réalisa qu'on lui avait rendu visite et vraisemblablement pas les ours noirs. On lui avait enlevé ses excellentes bottes et laissé à la place une paire dépenaillée sans lacets avec une semelle béante et des languettes effilochées. Des voleurs courtois. Il ne portait plus de veste de jeans. Il était vêtu d'une chemise écossaise lourde loqueteuse et puante. Il s'appuya contre un tronc pour se rasseoir et renifla la puanteur de l'homme qui avait naguère habité le vêtement. Il enfila les bottes et trouva dans l'une d'elles une boîte d'abricots en guise de bienvenue et comme paiement complémentaire.

Le jeune tint la boîte dans une paume et pour regarder l'étiquette frotta la croûte de sang qui couvrait son seul œil ouvert. L'image des abricots emplit son cœur d'une grande et heureuse tristesse et il aurait pu en pleurer et pleurer de joie. Ouvrir la boîte dépassait ses talents. Il s'assit sur les genoux et en tortillant les fesses descendit en glissant le court talus jusqu'au bord de l'eau. Le coude de la rivière Buffalo à cet endroit était couvert de pierres et il frappa la boîte avec ce qui lui restait de force et la boîte se bossela mais refusa de s'ouvrir. Il choisit un rocher pointu et appuya la boîte contre une pyramide de pierres et la cogna de toutes ses forces et parvint à la fendre. Il porta la boîte à ses lèvres et en siphonna le jus jusqu'à la dernière goutte. Il ressemblait à un ermite de la forêt suçant l'eau d'un caillou. C'est ce que croiraient les ours. Martin Bishop lança violemment la boîte contre le roc et elle se fendit de la longueur d'un doigt d'enfant. Il agrandit la fente avec une pierre et le fruit lui apparut. Un abricot glissa de la boîte. Il le laissa sur le sol. Il en versa un autre dans sa paume et dégusta le fruit avec une lente délectation. Il en mangea un autre puis avala tout le contenu de la boîte. Il récupéra le dernier demi-abricot sur la grève de galets et avec précaution se dressa sur ses jambes et trébucha vers le courant.

Les ours le regardaient venir. Ils s'écartèrent à contrecœur en se dandinant. Les animaux grognèrent et le jeune continua de boitiller de l'avant en tenant délicatement la moitié d'abricot dans la coupe de sa paume. Au bord de l'eau il tomba et l'abricot lui échappa de nouveau. Il plongea sur les pierres pour le récupérer dans le courant. Consciencieux comme un raton laveur il lava le fruit dans la rivière et mangea cette dernière nourriture et resta sur ses genoux endoloris aveuglé par le scintillement du soleil sur le courant rapide.

Il attendit là un bout de temps. La berge où il avait dormi semblait à une distance incalculable. Il y battit en retraite et demeura dans l'ombre sous le dais des arbres. Martin Bishop s'allongea sur la terre froide. Le verre de sa montre-bracelet était brisé. Il prit du temps à vérifier si une aiguille bougeait encore. Des moustiques se posaient sur sa peau et il les observait pendant qu'ils lui suçaient le sang. Son bras fléchit. Il sommeilla de nouveau et ne reçut la visite ni des ours ni des cousins bipèdes qu'ils avaient sur cette terre. Il se réveilla de nouveau et la nuit descendait sur le jour et le jeune pressentit l'émergence d'un autre temps. L'air annonçait un changement de saison. L'arrivée de l'hiver moissonnerait bientôt les derniers vestiges de lumière estivale.

Le jeune ne bougea pas. Il dormit où il était couché et resta figé sur place. Les croûtes de sang dans ses narines et le sang frais dans sa bouche ne lui remplirent pas la gorge et n'inondèrent pas non plus ses poumons. Il dormit dans l'angoisse de ces heures et dans ce froid. Et son sommeil lui fit du bien.

Au matin du second jour le désespoir l'envahit. Les craqués n'étaient pas là et aucun ami du camp n'était venu le poursuivre. Il était abandonné. Il avait l'impression que ses os étaient étirés et déformés. La pente du terrain semblait trop raide pour qu'il la grimpe en rampant et le dépotoir où d'autres avaient trouvé leur nourriture trop distant pour ses blessures. Il grimpa un bout de temps et se reposa de longues heures. Il grimpa de nouveau et écrasa les moustiques qui le dévoraient et grimpa dans sa rage contre les moustiques et grimpa et continua de peine et de misère sur le roc et entre les trembles et les peupliers baumiers rabougris et dans cet univers boréal sut qu'il honnissait cet endroit et que son cœur était rempli de cette haine abjecte chère aux seuls condamnés. Il atteignit le dépotoir dans le déclin de l'après-midi et boitilla dans l'odeur fétide et fouilla pour trouver des douceurs déjà mâchées puis jetées. Il mangeait dans le dépotoir et lançait des coups d'œil vers le bord pour vérifier si quelque ennemi l'y observait. Il savait dans le recueillement de son cœur qu'il étranglerait quiconque le verrait dans cette ignominie afin que disparaisse de la vie même de ce témoin sa propre ignoble honte.

Martin Bishop s'interdit la viande et mangea des restes de légumes et de fruits et de pain et de charlotte aux pommes. Il gravit tant bien que mal la déclivité du dépotoir et s'évanouit de nouveau dans la forêt d'où il était venu et se fraya un chemin jusqu'au bord de la rivière. Il se coucha non loin de la rive près de l'eau froide dans la lumière traînante du début du crépuscule. Il étudia sa montre. Le verre était brisé et la montre marquait l'heure de son anéantissement et l'instant de son bannissement en ce lieu. Elle ne révélait rien d'autre. Il enleva sa montre et la lança dans le bois et entendit alors des hommes revenir par le pont. C'est ainsi qu'il déterminerait l'heure. Il calquerait ses journées sur le mouvement des hommes et la tyrannie de leurs habitudes. Le soir l'entourait. Le contrôleur dormit un bout de temps. Entre chien et loup il observa le mouvement perpétuel et profond du courant. Ben cette heure est une heure, se persuada-t-il. Et ceci est un temps. Je ne peux pas rester ici assis simplement.

Le jeune observa la rivière.

Il la traversa.

Il tomba entre les pierres instables et la force du courant le fit trébucher. Désespéré glacé et le corps enflé il se traîna vers l'autre rive. Quand il était debout l'eau lui arrivait aux genoux et lui détrempait les fesses.

Martin Bishop escalada le roc et la pente qui montait jusqu'aux arbres. Arrivé à l'à-pic supérieur il continua d'avancer sur la pierre dans la lumière déclinante et quand il atteignit les rails de chemin de fer il regarda descendre l'orbe du soleil. Son second œil s'était ouvert. Avec la gratitude de l'aveugle qui vient de recouvrer la vue il contempla le coucher de soleil et la rouge incandescence qui traînait comme une veine ouverte entre la terre et le ciel attentionné. Il continua de marcher pendant un bout de temps. La lune se leva au-dessus d'un bosquet de bouleaux blancs et les arbres se dressaient vigilants fantômes et gardiens de cet univers. Pendant un misérable instant il se sentit intimement observé et pourtant tout à fait seul. Il marcha le long de la voie récemment posée et regarda les grosses machines qui semblaient de nature si paisible dans leur sommeil.

Les rails ne continuaient pas plus loin.

Martin Bishop descendit le talus de pierre et sélectionna les outils nécessaires à son travail en cette morne nuit. Il choisit une barre à riper un tourne-bille et une masse à crampons et les traîna sur le remblai. Il redescendit empêtré de son tourne-bille et prit des traverses au pied du talus. Une par une il les hissa jusqu'en haut. Il aligna trente traverses en rang parfait. Avec sa barre il décoinça un rail sur le wagon plate-forme et manœuvra de telle sorte qu'il glisse par petits à-coups. C'était un rail court. Le jeune le fit dépasser du chargement puis sauta d'un bond du wagon et se tint les côtes un moment à cause de la douleur du saut. Il se plaça sous l'acier et posa son épaule sous le rail et souleva et leva. Écrasé sous le poids il avança en chancelant et le rail bougea et glissa un peu. Le jeune grognait et transpirait sous la clarté de la lune et le rail glissait vers l'avant puis il tomba du wagon et de l'épaule du jeune qui d'un saut se libéra.

Il plaça les selles de rail sur le bois et se servit de sa barre à riper pour positionner le rail. Il ramassa des crampons et les parsema le long de la voie puis revint sur ses pas et commença par donner quelques coups légers sur chaque crampon puis il retourna enfoncer le premier.

Il souffla un bout de temps et fixa le crampon du regard. Il leva la masse entre ses mains et en ressentit le poids et l'aplomb et admira la mince bande continue du métal dans la clarté de la lune et la lune étincelait sur l'acier. Il leva la masse vers l'arrière et de toute la puissance de sa fureur frappa.

Le choc sonore d'une masse sur un crampon était un son vrai dont la musique tintait sur toute cette terre. Le jeune se délecta de la beauté de ce langage et cogna de nouveau. Il cogna de nouveau. Il passa au crampon suivant et cogna de nouveau. Il gardait le rythme et le son était pur et l'antithèse de la symphonie de la nuit dans cet univers et ce son ébranlait la revigorante paix et le répit laissé aux hommes et aux bêtes. Le jeune frappait en cadence et le son se réverbérait sur le roc et les rails et dévalait les ravins et c'était un bruit qui frappait le cœur des craqués. C'était un tapage qui tirait les dormeurs du camp de leur repos précoce. C'était un vacarme à cause duquel dans leur sommeil rare et inconsolé un couque et un contremaître se levèrent et prêtèrent l'oreille à leur fenêtre et c'était un signal qui fit aboyer un chien dans le lointain.

Le jeune balançait sa masse à crampons et sous la lune dans son croissant posait du rail.

En hommage à Lomacki Martin Bishop se déplaçait avec la barre à riper en guise de canne. Lomacki s'était débattu contre cette barre. Son poids avait été un fardeau pour l'homme fluet et n'était pas pratique non plus pour le jeune qui la traînait avec lui. Pourtant porter la barre était un réconfort comme si le geste contrebalançait sa piètre condition physique. Il brandissait la barre à bout de bras et les branches et les buissons lui cédaient le passage. Par moments il la transportait comme une canne et à d'autres comme un fusil et son biceps et son avant-bras endoloris le convainquaient qu'il reprenait des forces. Sur les alluvions du bord de la rivière il portait la barre comme une palanche en travers des épaules et accrochait ses poignets à chaque extrémité. Il portait le poids de cette barre comme un défi à sa souffrance. Il transportait la barre comme preuve tangible de son travail sur la voie ferrée.

Il dormit ce jour-là et cette après-midi-là se glissa jusqu'au dépotoir et y fourragea avec les ours et pointa sa lance pour écarter un mâle encombrant. Il gratta de la surface de ce cloaque de détritus des croûtes de rôties et les œufs jetés aux déchets et ramassa tous les légumes verts qu'il put y découvrir.

Il se retira dans la forêt et revint à la voie ferrée lorsque la lune bombée se leva. Il y avait déjà du rail disposé sur le sol. Il présenta des crampons aux selles de rail et s'attaqua aux crampons à coups de masse et cogna en cadence et l'hostile vacarme retentit dans la nuit. Le jeune posait du rail.

Au cours de la journée Martin Bishop s'accroupit dans le courant. Ses intestins avaient lâché et il s'était nettoyé avec des feuilles mais ce n'était pas le bon moyen alors il se cramponna dans les eaux glacées de la rivière Buffalo et le courant clapota contre lui et il se sentit nettoyé. Après il nettoya ses vêtements. Il les plaça dans le courant et les coinça sous de grosses pierres. Sa chemise et ses jeans et ses sous-vêtements nageaient comme des poissons colorés et la rivière les battait et les lavait. Il suspendit les vêtements à une branche dans le soleil et se plaça dans le soleil aussi parce qu'à l'ombre les mouches étaient plus agressives. Il se sentait entier. Il se sentait propre. Et c'était toute une joie.

La troisième nuit qu'il posait du rail les craqués étaient présents. Ils avaient émergé des ombres du sous-bois dans la clarté de la lune de plus en plus ronde et s'étaient accroupis et observaient le balancement rythmé de la masse à crampons et la détermination de ce jeune retourné à l'état sauvage. Un mince nuage balaya le ciel au-dessus de cette terre et la lumière de la lune alors se voila. Le jeune frappait en cadence avec sa masse et les craqués ne disaient pas un mot. Ils continuèrent de l'observer même quand il se mit à pleuvoir.

Quand le jeune eut terminé son travail il les dévisagea.

Il remuait sa dent branlante avec sa langue.

Un homme de forte carrure s'assit sur le rail que le jeune avait assujetti aux traverses et le regarda avec un mépris évident. Le plus petit de la bande portait la veste de jeans et les bottes de Martin Bishop et l'observait comme un animal prêt à bondir de côté à la première attaque. L'intermède semblait intéresser très peu les trois autres comme s'ils n'étaient pas convaincus que l'activité de Bishop puisse avoir le moindre effet sur leur existence.

Le jeune les dévisageait.

Quelques-uns le regardaient aussi. Ils ressemblaient à des gnomes voûtés trempés sur le rail noirci.

Le crachin persistait.

C'est ma veste, dit le jeune.

C'est ma chemise, rétorqua le plus petit.

Ben je ne te l'ai pas prise, dit Martin Bishop.

Pas d'importance, dit le petit homme. Je te la laisse volontiers.

L'homme était debout. Il s'avança vers Martin Bishop et fouilla dans la poche de sa chemise à la recherche d'un cadeau qu'il lui offrit. Bishop regarda la main mutilée de l'homme et la montre-bracelet qu'elle tenait.

Elle doit être à toi, dit l'homme. Je l'ai trouvée.

Elle ne marche plus, dit Martin Bishop.

Prends-la quand même. Elle est à toi.

Le jeune regarda la main sans pouce et accepta la montre.

Qu'est-ce qui est arrivé à ta main ? demanda-t-il.

Le chien en a mordu un bout.

Il t'a arraché le pouce ?

La morsure était pas mal profonde. Et ce qu'il n'a pas arraché c'est le médecin qui l'a enlevé.

J'en ai entendu parler. Tu es le précédent contrôleur.

Tu penses que je t'ai porté malheur ? Je n'ai rien eu à voir là-dedans.

C'est quand même ma veste.

Qu'est-ce qui est le plus chaud ? murmura le petit homme.

Ce n'est pas la question, dit Martin Bishop en murmurant lui-aussi comme s'ils partageaient un secret.

Qu'est-ce qui est le plus chaud ?

Ben la chemise.

Et voilà.

Mes bottes sont meilleures que les tiennes.

Ça veut dire que tu veux me rendre mes abricots aussi ?

Le jeune réfléchit un moment. Non, dit-il.

Donc tu acceptes tout ça comme un échange honnête.

Le jeune y réfléchit.

En plus je te rends ta montre, dit l'homme. Un contrôleur doit avoir une montre même si elle ne marche pas.

L'homme s'éloigna et rejoignit les autres et alors le costaud qui était assis sur un rail se leva. Il regarda le jeune et le jeune en un sens se sentit menacé mais tint tête et s'appuya sur sa barre à riper. Le costaud rebroussa chemin vers le bois et les autres se levèrent et le suivirent. La pluie cessa. Un souffle de vent agitait les cimes des arbres. Le jeune retourna dans la forêt par le même chemin que les craqués et n'en revit plus la moindre trace.

Il s'allongea sur la pierre pour dormir le reste de la nuit. Il avait établi un premier contact et trop agité pour fermer les yeux il contempla l'éclat de la lune qui émergeait derrière le cours d'un nuage. Il avait froid et était tendu et dans ses os il se sentait victorieux. Plus tard l'angoisse de son rejet de la tribu des hommes l'envahit et la lune disparut. Et plus tard le soleil se leva et lui octroya le repos.

DU QUATORZIÈME JOUR AU MATIN DU SEIZIÈME JOUR

Le jeune s'éveilla tard dans la matinée. Affalés autour de lui les craqués l'observaient. Il serra sa barre à riper d'une main et s'en servit pour se relever tout en s'appuyant contre la grosse roche arrondie derrière lui.

Salut, dit le plus petit des hommes. Il avait un visage étroit de fouine. Ses cheveux étaient fins et lissés vers l'arrière. Sa barbe était hirsute et noire avec une mèche de blanc. Il grattait avec le moignon de son pouce la peau de son nez qui pelait.

Salut, répondit Martin Bishop. Cette fois les autres s'intéressaient plus à lui que sur la voie ferrée. Ce qu'il voyait d'eux à la lumière du jour corrigeait l'image qu'il en avait gardée après les avoir vus sous l'éclairage de la lune. L'un était métis moitié blanc moitié indien. Il ne l'avait pas remarqué jusque-là. Et même dans sa déchéance l'homme était digne et droit et semblait solennel et n'être pas à sa place comme si une idée de voyage lui occupait l'esprit. Il était imberbe et la longueur des poils sur le visage des autres attestait du temps que durait leur misère. Celui qui portait la barbe la plus longue était un homme maigre et efflanqué. Ses joues étaient creuses et ses yeux enfoncés dans leurs orbites. Il avait l'air d'un pauvre bougre avec juste la peau sur les os. À regarder ses yeux le jeune comprenait que cette maigreur ne lui était pas naturelle et qu'elle était due à son bannissement ici.

L'homme à la barbe grise et à la calvitie naissante semblait un individu hargneux. Il avait le regard malade et balafré de cicatrices sous un œil. Il n'était pas très maigre et le jeune se rendit compte que son air inquiétant lui était naturel et n'avait rien à voir avec les circonstances injustes qui gouvernaient ses jours. Le costaud dont l'autorité avait été évidente la nuit passée arborait la barbe la plus courte. Son corps était bien en chair et le jeune en déduisit une vérité. La bande était perpétuellement dirigée par sa plus récente recrue. Le niveau de santé la vigueur et le seuil de tolérance mentale du dernier arrivé étaient meilleurs. Martin Bishop était un rival pour ce gars et le regard de l'homme trahissait son inquiétude.

Le plus costaud fit un signe de la tête. Il était assis les fesses bien installées sur un rocher lisse. L'homme à la face de fouine fouailla derrière lui et brandit une boîte de maïs en crème. Le jeune examina la boîte. La fouine sortit un ouvre-boîte et ouvrit la boîte. Ensuite il la passa au jeune. Déjeuner, dit-il.

Le jeune porta la boîte à ses lèvres et but à grand bruit le maïs en crème et la nourriture le pénétra et lui enflamma les sens. Il s'essuya les lèvres et offrit la nourriture aux autres. On a mangé, dit le plus costaud.

On a mangé, répéta la fouine.

Faut te remplumer un peu, dit le balafré qui avait un début de calvitie. On ne sait jamais comment vont tourner les choses. On pourrait avoir faim plus tard.

Qu'est-ce que vous voulez ? demanda le jeune.

Dis-nous, commença le plus costaud, puis il garda le silence. Puis il demanda : C'est quoi l'idée de poser du rail la nuit ?

Le jeune hocha la tête. Il avala bruyamment un peu de maïs. Je suis toujours sur la liste de paie. Je travaille pour gagner cette paie. C'est tout.

Tu es toujours sur la liste de paie, répéta la fouine.

Nous le sommes tous, dit le jeune.

Les cinq hommes se regardèrent et le balafré à qui le jeune trouvait un air de crapule demanda : Alors pourquoi tu poses du rail quand tu vas être payé rien du tout et que tu ne vas pas toucher ta paie de toute façon ? C'est ça la question.

Le jeune avala encore un peu de maïs. Il dut marquer un temps d'arrêt tant il éprouvait de reconnaissance de goûter cette saveur-là et de sentir dans son gosier avec une telle vivacité une vraie nourriture qui n'était ni pourrie ni moisie.

Quand j'aurai fini le travail ils seront forcés de me payer. Ou bien ils seront forcés de me flanquer à la porte et de m'expédier ailleurs. Je ne serai pas un bon petit bouffeur d'ordures comme vous autres qui faites faire de l'argent à ce voleur. Il n'aura pas mon salaire. C'est tout.

Les craqués se concertèrent de nouveau pour trouver ce qu'il convenait de répondre. Celui qui n'avait plus que la peau sur les os demanda : Quel bien ça fait de poser du rail ? Il avait une voix stridente et fêlée.

Ben c'est juste la première étape.

Quel bien ça fait ? C'est ça la question, demanda la tête de crapule. Tu réponds à nos questions quand on te les pose ou tu n'auras plus la chance de parler de nouveau.

Je veux juste attirer leur attention, dit le jeune qui prenait la menace au sérieux.

T'as pas l'air d'avoir réussi, nota le plus costaud.

Ben j'ai attiré la vôtre et c'était ce que j'avais en tête aussi. Martin Bishop finit le maïs et enfonça profondément la langue dans la boîte et lécha ce qui y restait.

Pourquoi faire ? demanda l'indolent métis.

Parce qu'on doit tous s'y mettre, expliqua Martin Bishop.

M'a tout l'air que tu as un plan, dit le chef. C'est quoi ton plan ?

Ouais. Dis-nous ton plan, dit la fouine.

Ben je vais le garder pour moi, dit le jeune.

Pourquoi tu veux le garder pour toi ?

Parce que j'ai l'intention d'y participer. C'est mon plan. Si vous le connaissiez vous pourriez ne plus vouloir que j'y participe. Je ne veux pas que vous m'écartiez.

Mieux vaut que ce soit un bon plan, dit la tête de crapule, sinon tu risques de ne plus jamais rien planifier du tout.

Le jeune présuma qu'il ne s'exprimait que par menaces. Il déposa la boîte et le plus costaud se leva. Les autres se levèrent aussi excepté le jeune.

Je sais quelque chose que tu ne sais pas de toute façon, dit le plus costaud.

Quoi ? lui demanda Martin Bishop.

Je sais pourquoi Fisk t'a flanqué hors du camp.

La remarque amusa les hommes. Ils poussèrent de petits rires et celui qui avait parlé s'esclaffa de bon cœur.

Tu sais quoi ? demanda-t-il.

Quoi ?

Je te flanquerais hors de mon camp si j'avais un camp d'où je pourrais te flanquer.

Les hommes semblaient encore plus amusés même s'ils ne disaient rien.

Vaut mieux que tu fasses attention avec ton plan, avertit l'homme. Si tu me fais de la misère avec ton plan je te ferai dix fois pire que ce que Fisk t'a fait.

Comment tu sais que c'était Fisk ?

La question fit sourire le plus costaud d'un air satisfait.

Ils s'en allèrent à la file indienne. Le dernier était l'espèce de tête de crapule un peu chauve. Il s'attarda un moment et regarda Martin Bishop de haut. Si Jeeter décide de te mettre en morceaux, dit-il.

Qui est Jeeter ? demanda le jeune.

Le grand gars. Le patron ici. Si tu nous fais de la misère et que Jeeter décide de te mettre en morceaux…

Ouais ?

Je l'aiderai. Je lui donnerai un coup de main. Je te casserai les os.

Ouais ?

Ouais. Je t'arracherai la gorge et t'extirperai le gésier. Je ferai frire ta queue. Ce sera la saucisse de mon déjeuner et je l'envelopperai dans ta langue. Ce sera comme hors-d'œuvre.

C'est ce que tu dis, lui dit Martin Bishop qui se sentait à la fois brave et effrayé.

En général je fais ce que je dis, lui dit la crapule. Tôt ou tard j'achève le travail.

Puis il prit le sentier dans lequel s'étaient glissés les hommes avec leurs bottes usées et le jeune se retrouva seul. Il se sentait plus seul que jamais et d'une manière prémonitoire il se sentait aussi sur le qui-vive.

Les craqués le regardèrent travailler cette nuit-là et à la fin du quart de travail du jeune ils travaillaient avec lui. Ils posaient du rail tous les six. Les hommes apportaient au projet toute leur sagacité et leur créativité. Ils posèrent du rail courbe sur le talus droit et maintenant les rails n'étaient plus parallèles. Ils se séparaient. Chaque rail filait de son côté dans le bois. C'était un dur labeur. Ils grognaient et transpiraient sous la pleine lune et haletaient et ahanaient et se reposaient sur leurs outils d'une manière que Fisk n'aurait pas tolérée.

On a fini pour la nuit, décréta l'homme qui s'appelait Jeeter. Il se réservait le droit de dire quand ils pouvaient arrêter. Il se réservait ce vestige d'autorité.

Le jeune regarda les rails qui s'en allaient chacun de son bord.

Nous méritons notre salaire, dit-il. Ce n'est pas notre faute si nous n'avons pas de superviseur compétent.

La pertinence de la remarque fit rire les hommes et ils déposèrent leurs outils. Le jeune reprit sa barre à riper et suivit leur odeur puante dans la forêt et dans la nuit.

Il les suivit sous le frôlement du clair de lune qui illuminait la terre. Il marchait trente pas derrière car il était capable de les voir de loin maintenant et ne savait pas s'il était le bienvenu. Ils grimpèrent sur une corniche de pierre et l'endroit lui était familier. C'était là que Fisk avait tué l'ours et que le jeune l'avait enterré. Et sur cette plate-forme ils se séparèrent le butin de leur dernier raid contre le garde-manger. Le jeune s'assit avec eux. Ils mangèrent des haricots en boîte et des betteraves en boîte et partagèrent une boîte de pêches comme dessert.

Nous mangeons ces jours-ci, dit Jeeter.

C'est surtout grâce au petit, attesta la fouine.

La bande resta silencieuse un bout de temps. J'en sais rien, fit remarquer Jeeter. Qui a envoyé cet aide-cuisinier lui parler ?

Je parlais juste pour parler, dit la fouine. Le petit nous a aidés. Un point c'est tout.

Maintenant c'est nous autres qui l'aidons.

Mais on veut connaître ton plan, insista le grand efflanqué. Si je ne sais pas ce qui se prépare je ne pourrai pas continuer à poser du rail toutes les nuits de ma vie. J'ai besoin de mon sommeil chéri tu sais.

Demain je ferai du pouce jusqu'à Pine Point, annonça Martin Bishop.

On va te le déconseiller, dit la fouine. Et c'est ce qu'ils firent. Chaque homme à son tour lui dit que l'entreprise était dangereuse.

C'est ça ton plan ? le harcela Jeeter. Faire du pouce jusqu'à Pine Point ? Si c'est ça ton plan t'as pas besoin de manger avec nous. La prochaine fois t'auras qu'à apporter ton manger. Jeeter pouffa de rire pour lui tout seul.

On pourrait peut-être lui faire dégueuler ce qu'il a déjà mangé, dit avec un méchant rictus la tête de crapule.

Le jeune serra ses genoux entre ses coudes. Il respirait la puanteur de ces hommes et l'odeur nauséabonde de l'ours mort qui pourrissait dans le sol. Ils étaient installés dans cette dépression du roc que le grizzly avait choisi comme hamac pour rêver à l'hiver. Le jeune dit : La première partie du plan consiste à déranger un peu. C'est tout ce que j'en dis pour le moment. Demain ils devront défaire ce que nous avons fait cette nuit. Pendant qu'ils seront occupés je trouverai le moyen d'aller à Pine Point. Je veux faire naître quelques soupçons en ville. Voir comment ça marche. Si ça ne marche pas bien ça ne changera pas beaucoup mon plan. J'ai un plan de rechange. Cela voudra juste dire qu'on passe à l'étape suivante. C'est tout.

C'est quoi l'étape suivante ? demanda le métis.

Comme on n'a pas de superviseur compétent on va commencer à démonter le rail qu'ils ont déjà posé. On laissera Fisk expliquer l'affaire à ceux qui inspectent son travail.

Tu vas nous faire pleuvoir des ennuis, prédit la fouine.

On a déjà eu assez de misère, fit observer la tête de crapule.

De toute façon je vais à Pine Point, dit le jeune. Ça vaut la peine d'essayer.

On va te le déconseiller, répéta la fouine.

J'y vais, leur dit Martin Bishop. Je sais ce que vous en dites mais je veux tester ce point de vue par moi-même.

Ils restèrent silencieux et mangèrent le reste de leur nourriture. Jeeter dit : Laissons-le aller. Il est assez grand garçon. Assez têtu. S'il ne revient pas entier ce sera tout à fait comme on l'aura prédit.

J'ai hâte de voir ça, dit la crapule.

Les craqués allumèrent un feu et cela surprit le jeune car il ne les en pensait pas capables. Tout à la fois léthargique et concentré un des hommes rassembla des brindilles avec un mince et long bâton. La crapule tira jusqu'à leur bivouac des branches mortes qui s'étaient empilées dans la tristesse et le calme du jour. Jeeter était celui qui transportait les allumettes et il n'en avait pas beaucoup. Il en alluma une et mit ses mains en coupe autour de la frêle lueur. Les craqués observèrent avec appréhension comme si l'acte même d'observer était en soi une forme de prière et ils attendirent dans un profond silence de voir si une flamme allait s'élever. Le feu prit lentement et à genoux comme un homme pitoyable et repentant devant son Créateur la crapule souffla doucement sur les filaments des flammes.

Le feu de camp s'embrasa et les hommes s'en rapprochèrent. Le jeune pensait que le temps de dormir était venu mais personne n'en avait le courage au milieu des insectes et sous l'implacable loi du noir. Ils étudiaient le feu. Et la voix de la flamme et la dérive de la fumée suscitaient des paroles chez ces hommes avides de parler et la nuit se passa en conversations passionnées.

Adam a donné une pomme à Ève. Et pour une raison ou pour une autre on a appelé cette pomme le fruit de la connaissance mais voyez ce que ça l'a fait, dit d'un ton songeur celui qui avait un visage de fouine et qui avait été contrôleur avant Martin Bishop.

Qu'est-ce que ça l'a fait, Grease ? s'enquit la tête de crapule. Y avait un ver dedans ? Il rit pour marquer sa propre hilarité et pencha son visage près des flammes pour respirer la fumée et comme pour se rôtir lui-même à la broche. Le jeune était persuadé qu'il avait plus peur de l'intensité de l'obscurité dans son dos que d'être condamné à périr par le feu.

Tu as vu ce que ça l'a fait, Scully. Tu es un exemple de ce que ça l'a fait. Cette pomme a apporté la mort et la destruction et la guerre sur terre. Un petit peu de connaissance nous a revirés en animaux stupides qui ne savent pas qu'ils sont des animaux stupides.

Qui t'appelles un animal stupide ici, Grease ? Je pourrais te donner envie de faire attention à ce que tu dis. Je ne voudrais pas que ta langue se fasse brûler accidentellement-par-exprès.

Regardez ce qu'on a fait, dit Grease en ignorant Scully. On a fait descendre un morceau du soleil sur la terre et on a dit aux gens de l'empire du Soleil-Levant : Tenez. Voici le soleil qui se lève sur votre pays. Tenez. Il se lève à Hiroshima. Et tenez. Il se lève à Nagasaki. Qu'est-ce que tu penses de ça, mon gars ? Si une petite pomme a pu faire tant de dégâts alors qu'est-ce que tu penses que ça va faire comme dégât de semer la pagaille avec le soleil lui-même ? Il n'en sortira rien de bon. Et c'est nous. C'est nous le monde. C'est nous la génération qui a fait ça. C'est nous la gang de coupables.

Ils réfléchissaient à leur place dans l'histoire de l'univers et le feu flamboyait devant eux et les ombres dansaient dans leurs dos.

Si tu veux te lancer dans une guerre faut t'attendre à de la mort et à de la destruction, dit Scully. Tout ce que t'as à faire à la guerre c'est gagner. C'est pour ça qu'on appelle ça la guerre. Y a rien d'autre que gagner qui compte. Rien. Tu gagnes en tuant. Meilleur tueur tu es plus tu as de chances.

Tu penses que tu as été un bon soldat là, Scully ? lui demanda Jeeter.

Meilleur que toi. Meilleur que tous vous autres. À la guerre c'est tuer dont il est question et c'est aussi ce dont il est question dans mon cas. Il regarda le jeune. Tuer, dit-il.

Mon papa était un chasseur à pied, annonça Martin Bishop. Il détourna les yeux du regard menaçant de Scully. Quand ils l'ont envoyé à la guerre il a perdu pied. C'est ce qu'il avait l'habitude de dire. Qu'il avait perdu pied. Quand il est revenu il a voulu se planter les pieds sur le solide d'une terre et c'était tout. Il n'a pas été plus fermier qu'il n'avait été fantassin mais il a essayé. Il a fait de son mieux.

Le métis hochait la tête et dans un geste de contemplation le grand à côté de lui lissait d'une main le nid de sa longue barbe.

M'man était une mariée de la guerre comme elle s'appelait elle-même, poursuivit le jeune. Il avait envie de parler de ces choses à ces hommes. Ils appartenaient à une génération plus vieille que la sienne sensibilisée à la guerre et aux bouleversements qui avaient régi la vie de sa mère et celle de son père. Ma mère accusait la guerre d'un paquet de choses et la rendait particulièrement responsable de son mariage. Elle a attendu que je sois assez vieux pour m'en parler. Et c'est quand j'ai eu sept ans. Elle a attendu que je sois assez vieux pour me dire pourquoi elle s'en allait. Elle n'a pas réussi à me l'expliquer d'une façon que je puisse comprendre. Elle n'arrêtait pas de dire qu'elle était une mariée de la guerre comme si je n'avais pas besoin de savoir grand-chose d'autre. Je suppose qu'elle avait ses raisons de partir et maintenant que je suis plus vieux elles sont assez faciles à imaginer. Ma mère n'était pas plus une femme de fermier que mon père n'était un fermier. Mais lui il voulait être ce qu'il n'était pas et elle ne voulait pas.

Qu'est-ce qu'il raconte ? demanda le maigre.

Il parle de sa maman chérie et de son petit papa, expliqua la fouine. Ils lui manquent. Je me demande pourquoi. Hé, petit. Moi c'est Grease. Lui c'est Herm. Et là-bas c'est Joe John. Jeeter. Et Scully.

Je n'ai pas demandé qu'on me présente, dit Scully.

C'est ça qui est formidable quand on est avec du monde poli, dit Grease. On n'a pas besoin de demander.

Je m'appelle Martin Bishop, dit le jeune.

Qui te l'a demandé ? dit Scully.

Est-ce que tu consignes ce temps-là, petit contrôleur ? voulut savoir le grand maigre qui s'appelait Herm. Est-ce que tu consignes le temps où les navires coulaient dans la mer et où les hommes en train de se noyer étiraient leurs mains au-dessus de la surface de l'eau et essayaient de tenir bon ? Leurs têtes sont disparues sous la surface de la mer et ils tendent les mains pour chercher de l'air. Ils les tendent pour agripper leur ultime instant de vie. Ils lèvent les mains au-dessus de l'eau et respirent par le bout des doigts ce seul et dernier frôlement de l'air et ils veulent se cramponner à cet air qu'ils veulent serrer et dans lequel ils veulent se hisser et la seconde d'après ils ne sont plus. Petit contrôleur ? Est-ce que tu consignes un temps où les bombes nagent comme des poissons dans la mer et les bateaux explosent et tu exploses du pont et tombes dans l'océan en plein hiver ? Est-ce que tu consignes le moindrement ce genre de temps-là, contrôleur ?

Martin Bishop n'avait pas envie de répondre à la question parce qu'il n'en comprenait pas le sens.

Et toi, Joe John ? demanda le jeune. As-tu déjà été à la guerre ?

Le métis ne répondit pas. Il continua de regarder fixement le feu comme s'il était parti quelque part ailleurs.

Il a été à la guerre, dit Grease.

Joe John a fait du corps-à-corps, dit Jeeter. J'ai eu ma part de batailles mais Joe John a fait du corps-à-corps.

J'ai fait du corps-à-corps, admit Joe John.

Il a d'abord reçu une balle dans le corps ensuite des coups de baïonnette et il s'en est quand même sorti.

Une fois j'ai abattu un homme au pistolet tout près de moi.

C'est ce que tu avais à faire, Joe John. Je n'arrête pas de te le dire. Chaque fois que tu es dans un corps-à-corps et qu'on t'a tiré dessus et que tu as reçu des coups de baïonnette c'est ce que tu dois faire, lui dit Jeeter.

Vraiment tout près, dit Joe John.

Face à face je parie, dit Grease.

Nez à nez, opina Joe John. C'était surtout l'haleine de l'autre que je respirais. Jusqu'à ce qu'il cesse de respirer.

C'est ça que j'aimerais faire un jour, dit Scully. Abattre un homme vraiment tout près et le regarder lentement mourir.

Ils restèrent silencieux un bout de temps. Grease ajouta d'autres petites branches. Scully se leva et craqua une grosse branche pourrie sur son genou et l'ajouta au feu. Il le ranima avec un bâton et la lumière des flammes illumina leurs visages et leur donna des airs de fantômes.

Scully s'étendit de nouveau près du feu et l'attisa avec un bâton et mâchouilla un bout de bois. Il fixait du regard le contrôleur et le dévisageait et ne détourna pas les yeux avant que le jeune ne détourne d'abord les siens.

Joe John a fait du corps-à-corps, répéta Jeeter. J'ai eu ma part de batailles mais je n'ai jamais fait de corps-à-corps. Les seuls Boches que j'ai vus étaient prisonniers. Je n'ai jamais vu ceux qu'on a tués. Jamais dit : Salut comment va.

T'étais-tu à la guerre, petit ? demanda Herm.

Comment aurait-il pu avoir été à la guerre ? Il n'était pas encore né, dit Grease.

Ma mère était une mariée de la guerre, dit quand même Martin Bishop. Mon papa était un chasseur à pied qui a perdu pied pendant la guerre.

Une fois j'aurais pu faire du corps-à-corps mais j'ai raté cette bataille, se rappela Jeeter. J'ai dormi tout le long. Les nôtres faisaient un tir de barrage et on devait avancer aux premières heures du jour mais l'artillerie nous a pilonnés nous autres aussi. Alors on a eu l'ordre d'avancer pendant qu'il faisait encore noir et je ne me suis pas levé avec mes camarades et je n'ai pas foutu le camp. Je dormais. Ç'aurait dû être impossible bien sûr dans les circonstances mais quand je me suis réveillé j'avais mal et je pense que c'est le froid qui m'a assommé pendant que je dormais. Alors je suis resté bien tranquille et gelé. Et nos gars ont eu un petit corps-à-corps jusqu'à ce que les Boches décident très gentiment de rompre. Je me suis pointé après la bataille et personne n'a jamais su que je l'avais ratée. C'était la bataille la plus féroce que nous ayons jamais livrée et j'ai dormi tout le long.

On dirait bien que tu en fais une habitude de dormir, Jeeter.

J'aime mon sommeil.

Est-ce que tu consignes ce temps-là, petit contrôleur ? Est-ce que tu gardes en toi ce genre de temps-là ?

Le feu craquait et les étincelles montaient dans le ciel pur de la nuit se mélanger aux étoiles là-haut.

Je n'ai pas été à cette guerre-là, leur dit Scully. Elle a fini trop tôt pour moi.

Aucune guerre ne finit trop tôt, dit Grease.

Tu as mené tes propres guerres, dit Jeeter. Contre la police.

Les chiens m'en ont fait baver. Je me suis pas mal battu contre eux. Mais vous savez quoi ? Je me suis rendu compte que ton pire ennemi est quelqu'un de ta propre espèce. En prison ton ennemi ce n'est pas le gardien. En prison ton ennemi c'est le bonhomme à côté de toi. Est-ce que tu crois ça, petit ? Est-ce que tu sais que ton pire ennemi te regarde sans doute en pleine face ?

Parfois c'est vrai à la guerre, dit Jeeter. Tu es proche de tes camarades. Mais parfois l'homme que tu détestes plus que l'ennemi ou même plus qu'un officier c'est quelqu'un qui est dans le même bivouac que toi.

Ils restèrent silencieux un bout de temps. Les flammes claires flamboyaient et le bois pourri craquait et crachait des étincelles qui montaient vers le ciel.

Étais-tu à la guerre, petit ? lui demanda Herm.

Il n'était pas encore né, répéta Grease.

Je veux savoir si ce petit contrôleur garde ce temps-là, dit Herm l'air fâché.

Je garde ce temps, admit Martin Bishop. En compagnie de ces hommes sur une corniche rocheuse par une nuit comme celle-ci sous les étoiles et près du confort d'un feu garder ce temps en soi n'était pas difficile, croyait le jeune. Il voulut le dire à Herm mais ne le dit pas.

Quand le monde a été ravagé ? le pressa Herm.

Je garde ce temps.

Sauf la terre par ici, dit Grease. La terre par ici n'a jamais été ravagée.

C'est peut-être pour ça qu'on y est. Pour corriger cette erreur, dit Scully, et il rit tout seul. Pour la dévaster.

C'est comme si on avait été envoyés, dit Grease qui partageait l'avis de Scully.

Est-ce que tu garderas ce temps quand tu iras à Pine Point ? demanda Herm.

Ne t'occupe pas de Herm. Il perd un peu plus la tête chaque jour. Chaque heure. Chaque minute.

Un moment donné on va devoir le faire piquer comme un chien malade.

Fous la paix au petit, Herm, dit Jeeter. C'est un jeune qui a un plan.

On ne sait jamais, dit Scully. Peut-être qu'il en a un pour vrai. Si c'est le cas vaut mieux qu'il marche. S'il ne marche pas m'a lui péter les os et gruger la viande qui reste dessus.

Le soleil se levait et le feu mourant n'était plus qu'un tas de braises quand les hommes se laissèrent aller à dormir.

Les craqués avaient conseillé à Martin Bishop de suivre la rivière Buffalo jusqu'au pont de la route. Le trajet prit du temps et le jeune se trouvait idiot. Il marchait avec difficulté sur la rive accidentée et au détour d'un dernier méandre il vit le pont qui se dressait comme une vieille ruine délabrée. Le jeune courut le long du bord de l'eau et escalada le ravin à quatre pattes. Le pont était un pont de fortune. Une construction temporaire et basse à une seule voie. Bishop traîna sur la route et attendit. Il poussait un caillou du bout du pied. Le temps passait et le jeune perdait patience. Il continua de marcher sous un soleil plus chaud.

Jeeter lui avait dit qu'il amènerait les craqués jusqu'au chantier et qu'ils s'assoiraient sous les arbres pour voir s'il parvenait à dépasser ce point-là. Ils feraient un pique-nique et observeraient. Martin

Bishop ne s'était pas demandé combien de véhicules empruntaient cette route. À mesure que le temps passait il se prenait à penser qu'il allait juste marcher puis retourner à la falaise retrouver les craqués et subir leurs sarcasmes et leur mépris.

Le premier véhicule fut un camion-citerne rempli d'eau qui roulait dans l'autre sens en direction du camp du chemin de fer. Le conducteur klaxonna et la cordialité du contact réconforta Martin Bishop. Il se demanda si ce camion allait revenir par la même route.

Le véhicule suivant fut un camion à benne ouverte. Une dizaine d'hommes étaient assis à l'arrière. Le camion s'arrêta dans un tourbillon de poussière et le moteur à l'arrêt fit du raffut. Le jeune s'avança dans la poussière pour aller voir le conducteur barbu qui fit un geste et un signe de tête. Le jeune grimpa sur la rambarde de planches et les hommes à l'arrière lui firent de la place. Le camion avançait lentement et bruyamment sur cette route cahoteuse. Les hommes étaient assis le dos contre les planches avec les jambes et les bottes étendues vers le centre.

Vous êtes des mineurs ? demanda le jeune.

Personne ne répondit pendant un bout de temps puis un homme dit : Construction.

Une question démangeait le jeune et il voulait aussi ne pas la poser mais il ne put s'en retenir. J'ai entendu dire que c'était comme une ruée vers l'or là-bas.

Ouais. On pave les rues avec de l'or, dit un homme. Il lança d'une chiquenaude son mégot sur la route et sa remarque déclencha l'hilarité générale.

Va falloir trouver à utiliser toute cette poudre d'or. Pas possible de juste la balayer dans la rue.

De l'asphalte en or, dit un autre homme.

Aucun bitume n'est assez bon là-haut. Mélanger de la pisse et de la poudre d'or et en paver les rues. C'est ça qu'on fait toute la journée.

Du papier-cul en or.

Ça gratte un peu mais pas pire.

Des boutons en or.

De la soupe en or.

Des bottes en or. À Pine Point je marche dans des chaussures en or. Je me peigne les cheveux avec un peigne en or.

On apporte des pleins camions de terre et de roches juste pour atténuer l'éclat de toute cette poudre d'or.

Ça va, dit Martin Bishop.

Ça va quoi ?

Je sais que c'est une ville de zinc et de plomb.

Du zinc et du plomb ? Z'avez vu le moindre zinc et le moindre plomb en ville ?

Les hommes haussèrent les épaules. Ils n'avaient pas vu la plus petite once de zinc ou de plomb.

Ben c'est dans la terre, dit le jeune.

Tout est dans la terre, dit un homme. C'est dans la terre que vit le monde réel.

La piste était primitive et plus pénible de ce côté-ci du pont et les hommes dans les cahots les nids-de-poule et les soubresauts avaient du mal à garder la tête immobile. Ils n'éprouvaient pas de curiosité particulière pour le jeune. Ils connaissaient moins que lui cette partie du trajet et regardaient les bois qui défilaient. La barbe du jeune avait poussé et camouflait ses ecchymoses. Il était maculé de crasse et de vieille sueur et l'inquiétude qui se lisait sur son visage était une expression familière dans ce coin de pays. Ils continuaient de rouler.

Le jeune faisait bouger sa dent branlante avec sa langue.

Ils voyageaient sous un ciel d'azur et l'étendue du ciel le réconfortait. Ça c'est un ciel de fermier, dit-il à l'homme à côté de lui. Ensoleillé bleu et humide avec la promesse de la pluie. C'est ce que mon papa avait l'habitude de dire.

L'homme ne lui répondit pas. Plus tard il sortit ses cigarettes et en offrit une et le jeune accepta et fuma sous les effluves de l'air serein et dans le vacarme belliqueux et tonitruant du camion. Il entendit les roues du véhicule traverser la voie de chemin de fer.

Ils croisèrent un camion qui se dirigeait en sens inverse et les deux véhicules durent négocier l'étroit passage. Les hommes dans la benne du camion de Martin Bishop se levèrent et hululèrent et poussèrent de grands cris. Debout dans la benne de l'autre véhicule il y avait des filles et des femmes. C'étaient des Indiennes. Elles souriaient et les cris des travailleurs les faisaient rire. Martin Bishop chercha les yeux de Nicole Granger dans les yeux des filles mais elle n'était pas à bord ni personne qui lui ressemblait. Puis les camions s'éloignèrent et poursuivirent leur route. Les hommes se rassirent et peu après ils entendirent leur camion ralentir.

Le camion s'arrêta. Le jeune regarda d'un air inquiet à travers les planches et vit la gang du chemin de fer dans sa fervente et frileuse progression. Le conducteur s'extirpa du camion en laissant le moteur en marche et la portière ouverte. Il s'engagea dans les débris de roches dynamitées pour aller voir les ouvriers. Il sauta de boulder en boulder. Le jeune se recroquevilla pour passer inaperçu. Il attendait et respirait et fumait et priait le calme du ciel et la lisse de lumière sereine.

Le conducteur revint. Il baissa le panneau arrière et mit ses coudes sur le plancher de la benne. Foutez ce fainéant dehors, dit-il.

Les hommes bougèrent. Martin Bishop s'arma de courage et dit : Vous ne comprenez pas.

Déboulez-le si je peux dire, dit le conducteur.

Deux hommes l'agrippèrent. Les autres regardaient en silence. Martin Bishop résista et l'un de ceux qui le tenait dit : Ne complique la vie à personne, petit.

Vous ne savez pas ce qui se passe, protesta-t-il. Ils le hissèrent sur le rebord de la benne et le maintinrent plié par en arrière. Martin Bishop dit : Allons. Hé.

Ils le laissèrent tomber par-dessus le rebord du camion. Il atterrit sur l'épaule et la douleur du contact avec la route fut violente et effroyable. Il poussa un cri aigu et se rassit tant bien que mal. Le camionneur s'approcha. À la revoyure, dit-il. Il grimpa dans sa cabine et le camion s'éloigna et déjà Martin Bishop regardait ceux qui accouraient vers lui.

Il tenait son épaule et la douleur assaillait tous ses sens. Il fixait le tourbillon de poussière soulevé par le camion et les ouvriers du chemin de fer qui venaient dans sa direction et cognaient leurs pelles de bourrage. Il les avait retardés dans leur travail. À cause de lui ils avaient dû faire du temps supplémentaire et avaient eu des ennuis et une diminution de salaire. Ces hommes éprouvaient peu de compassion pour ses problèmes et encore moins pour lui. Ils ne seraient pas payés pour réparer ses dégâts et au-dessus du bruit de leurs pelles qui martelaient la terre s'éleva la voix de Fisk. Le contremaître cria : Voilà celui qui vous fait perdre votre gagne-pain. C'est lui le coupable qui double vos heures de travail et diminue vos salaires de moitié. Ramenez-moi ses poils de cul raclés à coups de bâton. Ramenez-moi ses poils de cul avant le lunch. Ou bien aucun de vous ne mangera. Martin Bishop courut. Il fuyait vers l'asile de la forêt et à l'orée de la ligne des arbres il trébucha et tomba et regarda derrière lui. Les hommes couraient à sa poursuite et il vit plus loin Rex qui tirait l'homme qui tenait sa laisse et le chien tourner sur sa laisse et essayer de mordre la main de l'homme et l'homme lâcher prise et le chien donner la chasse aussi. Le jeune serra son épaule et se releva et pénétra dans la pénombre du bois et courut tête baissée dans le vacarme du demi-jour.

À bout de souffle Martin Bishop tomba et haleta éperdument sur le sol. Il aspirait l'air et la douleur entre ses dents. Chancelant il se releva de nouveau et ramassa ses forces et se baissa sans pitié pour lui-même et se jeta de toutes ses forces contre un tronc d'arbre. Il rebondit en hurlant et se tordit sur la terre désolée. Il étreignit son épaule brûlante et poussa un cri et entendit d'autres voix qui criaient en même temps que la sienne et qui venaient dans sa direction.

Le contrôleur essuya ses larmes et se remit sur ses pieds en vacillant et percuta de nouveau le tronc d'arbre et hurla de nouveau et se remit debout de nouveau et se jeta de nouveau de toutes ses forces contre le tronc d'arbre et cette fois la douleur fut plus violente et atroce que jamais mais son épaule démise s'était replacée.

Il resta quelques instants couché sur le sol puis se releva.

Les craqués émergèrent des arbres d'où ils avaient observé le rituel et leur chef dit : Tu nous as mis une nouvelle patrouille aux fesses. Je t'ai dit ce qui arriverait si on avait plus d'ennuis à cause de toi.

C'est juste moi qu'ils veulent, dit le jeune.

Est-ce que le chien le sait ? Tu nous as de nouveau mis le chien aux fesses.

J'ai le tour avec le chien, dit le jeune. Ils entendaient le chien courir à toute allure dans le bois et le jeune dit : Filez.

Les craqués s'enfuirent dans la forêt et le jeune attendit.

Le chien surgit du sous-bois ivre de rage et le jeune dit : Hé, Rex. Viens, Rex. Comment ça va, mon chien ? Et le chien poussa de petits geignements et s'approcha de lui avec affection et lui lécha le visage. Viens, Rex. Le jeune attrapa la laisse du chien. Tu viens avec moi.

Le jeune et le chien coururent dans le bois où les craqués s'étaient dispersés. Ils continuèrent de courir. Le jeune se blottit dans une anfractuosité entre de gros affleurements rocheux et s'arrangea pour que le chien reste tranquille à côté de lui. Ils étaient couchés là tous les deux haletants et protégés par le roc.

Les hommes qui lui avaient donné la chasse étaient loin derrière et ils renoncèrent à le poursuivre. Un des hommes hurla et le chien aboya. Et l'homme hurla de nouveau contre l'injustice qu'il subissait et les autres lui rasèrent le poil du cul avec le bord tranchant d'une roche pour ramener son tribut au contremaître. Les hommes repartirent par où ils étaient venus et le jeune attendit de retrouver son souffle puis il se remit en route.

Martin Bishop descendit avec Rex à travers bois jusqu'au bord de la rivière Buffalo et ils pataugèrent dans l'eau un bout de temps. Le jeune se sentait épuisé endolori vaincu et déterminé. Ses ennemis étaient plus forts qu'il ne l'avait pensé et il ne les sous-estimerait pas une autre fois. Le jeune entendit la gang du chemin de fer revenir pour le lunch puis repartir. Longtemps après le départ des hommes il escalada lui aussi le ravin jusqu'au camp. Il entra sans se presser dans ce camp vide et solennel et attacha Rex sur le côté de la roulotte du contremaître et lui apporta son bol d'eau. Puis il se retourna et se retrouva devant le couque armé d'un fusil de chasse pointé sur son ventre.

Pourquoi faire le fusil ? demanda Martin Bishop au couque.

Pour me protéger, décréta Prud'homme. Ces jours-ci Fisk amène son chien au chantier. Je reste sans défense contre les ours et les pourceaux bouffeurs d'ordures dans ton genre. À part ce fusil.

Le jeune hocha la tête. Comment ça se fait qu'il amène Rex avec lui maintenant ? Il ne le faisait jamais.

Tu sais pourquoi.

Non.

Tu n'en as pas idée ?

Pas la moindre.

Il prend le chien parce qu'il sait que tu pourrais le voler s'il le laissait seul ici. Tu en es capable.

Je ne suis pas un voleur, dit Martin Bishop.

Tu es pire que n'importe quel voleur. Tu ne gardes pas ce qui ne t'appartient pas. Tu piques ce qui ne t'appartient pas et tu le rapportes. Ça c'est pire que n'importe quel voleur. Si un homme ne peut plus avoir confiance en son propre chien alors tu as fait du tort à ce chien et c'est un délit pire que le vol.

Tu sais quoi, couque ?

Quoi ?

Tu es un prophète. C'est vrai.

Je le suis. Tu en es convaincu maintenant que tu as été rabaissé comme je te l'avais prédit.

Ça ne m'impressionne pas tellement. Je crois que tu es prophète parce que tu as raison pour le fusil. Tu vas en avoir besoin un de ces jours et ce ne sera pas à cause des ours.

Je vais peut-être t'abattre tout de suite et m'épargner le désagrément d'avoir à le faire plus tard.

Martin Bishop secoua la tête. Il passa devant le couque et se dirigea vers le bois. En chemin il s'arrêta et se retourna. Le couque le suivait avec le fusil de chasse et le jeune restait une cible. À propos, couque, dit-il. Il avait les jambes molles et ses genoux tremblaient et il croyait que c'était à cause de la faim. Si tu m'abats ? Avec cette patente ? Ce sera le plus gros dégât que tu auras jamais vu. Le sang jaillira de partout. Il y aura plus de sang que ce que l'homme à tout faire pourra torcher. Je suis un saigneux. Je te le garantis. Mes tripes dégoulineront à tes pieds. Bon. Ça c'est ma prophétie à moi.

Ne me fais pas vomir, espèce de pourceau bouffeur d'ordures.

N'appuie pas sur cette gâchette.

Continue de t'en aller.

Dis merci à Fisk pour le prêt.

Quel prêt ?

La compagnie de son chien.

Continue de t'en aller.

Je m'en vais. Mais je reviendrai.

Ne t'y risque pas, dit Prud'homme.

Disons juste que c'est prédit.

Martin Bishop continua de marcher lentement jusqu'au bois sans perdre son calme. Il y disparut dans l'obscurité et la fraîcheur du feuillage.

Les craqués traînèrent dans la forêt jusqu'à ce que l'équipe de travail quitte le chantier pour aller souper. Ils sortirent de leur cachette et fouillèrent dans les outils laissés sur place et volèrent ce dont ils auraient besoin.

Je ne vois pas pourquoi on doit se déménager plus haut sur la voie quand on peut tout aussi bien faire notre sale besogne ici, dit Herm.

Vous verrez. Cet endroit sera gardé cette nuit, dit Martin Bishop. Fisk ne peut pas nous laisser continuer à poser des rails qui filent dans le bois.

Comment peux-tu en être absolument certain ? demanda Grease.

Ben je le sais. Vous verrez plus tard par vous-mêmes si vous voulez.

Mieux vaut que ça marche, dit Scully, ou bien je me servirai de ces outils pour autre chose.

Au crépuscule ils traversèrent la rivière Buffalo. Chaque homme transportait un pied-de-biche ou une barre à riper ou une clé à boulons d'éclisses comme si les outils étaient des armes. Quand la nuit se fit plus noire ils se déplacèrent sous la clarté du bulbe de la lune et continuèrent vers l'ouest du site du camp. Ils défirent ces rails. Ils descendirent le long de la voie et forcèrent avec leurs pieds-de-biche et arrachèrent les crampons des traverses. Joe John utilisait une clé à boulons et Jeeter et Herm utilisaient des barres à riper pour démancher les rails et ils s'y mettaient tous ensemble pour les culbuter jusqu'au bas du talus et jetaient les selles de rail dans le bois. Ils se mirent en ligne et levèrent un rail et le transportèrent jusqu'au bois et là-bas le laissèrent tomber. Il était bien caché. Ils peinaient dans le peu de lumière et parlaient.

Je ne sais toujours pas quel bien ça fera, dit Herm.

T'en fais pas. Le petit a un plan, dit Jeeter d'un ton moqueur.

Je suis sûr que son plan a du bon sens, dit Grease.

On désassemble cette voie pour les garder occupés, expliqua le jeune. Pourquoi pensez-vous que Fisk n'a pas couru après nous aujourd'hui ? Parce qu'on sabote son échéancier. Il n'a pas le temps. Il ne peut pas s'occuper de nous quand il ne respecte pas ses échéances. Il doit poser du rail. Il doit réparer les tronçons qu'on enlève et donc il n'a pas le temps de pourchasser dans le bois les bouffeurs d'ordures.

Peut-être que le petit a un plan après tout, dit Scully.

Pour une cervelle comme la tienne, dit Jeeter.

Qu'est-ce que c'est censé vouloir dire ça ?

Trouve-le tout seul. Je te donne une dizaine d'années.

Pourquoi tu me donnes une dizaine d'années ?

Ça aussi tu peux le trouver tout seul.

Fais attention à toi, dit Scully.

Je tremble dans mes culottes.

Tu ne diras pas que je ne t'ai pas averti.

Ils travaillaient en cadence et démanchèrent d'autres rails.

Vous connaissiez Lomacki, les gars, dit Martin Bishop.

Il a été des nôtres pendant un temps, admit Grease. C'est vraiment dommage ce qui lui est arrivé.

Avez-vous vu quand ça s'est passé ? Savez-vous comment ça s'est produit ?

Ils restèrent silencieux un bout de temps.

Jeeter demanda : Comment sais-tu ce qui est arrivé ? Qui te l'a dit ?

Personne ne me l'a dit, dit le jeune. J'ai trouvé le corps.

Tu as trouvé le corps ?

C'est juste.

Qu'en as-tu fait ? demanda Grease.

Je l'ai enterré, dit Martin Bishop. C'est ce qu'il voulait. Lomacki disait toujours qu'il voulait une sépulture décente.

Les hommes travaillaient côte à côte et le vent du nord était frais.

Montre-moi la tombe un de ces jours, dit Herm. J'y planterai des fleurs sauvages.

Nous ne savons pas ce qui est arrivé à Lomacki, dit Grease.

Il est tombé, dit Jeeter.

Ou peut-être quelqu'un l'a poussé, suggéra le jeune.

Qui ? demanda Jeeter. Qu'est-ce que tu en sais ?

Peut-être que Fisk l'a poussé, dit le jeune.

Peut-être c'est moi, dit Scully. Ça ne me dérangerait pas.

S'il a été poussé nous on ne l'a pas vu, dit Jeeter.

Mais on l'a vu écrasé à terre, leur rappela Joe John. En bas d'où il est tombé.

Et on n'a jamais pensé l'enterrer, dit Herm. C'est une de tes bonnes idées, le jeune.

Il a une belle vue sur la rivière, dit le jeune. Jeeter s'esclaffa.

Qu'est-ce qu'il en a à foutre ? Il est mort. Il n'a plus de vue du tout.

Ben je ne sais pas. Si de là-haut il regarde la terre peut-être qu'il verra que ses os sont dans un endroit joli. Ça le réconfortera peut-être. Je ne sais pas.

Il est peut-être en enfer, dit Scully. Ce serait tout à fait sa place.

Ils avaient démanché un bon tronçon de voie et le jeune dit : Maintenant on va arracher les traverses.

Jeeter s'objecta. Pourquoi ? On n'a pas à faire ça. Je n'ai pas l'intention de travailler toute la nuit pour zéro paie. On devrait être en train de voler de la nourriture. On a besoin de plus de nourriture pas de plus d'heures sur la feuille de paie.

On est en train de voler de la nourriture, dit le jeune.

Les hommes s'arrêtèrent de travailler chacun son tour.

Et comment qu'on fait ça ? voulut savoir Scully.

Est-ce que ça fait partie de ton fameux plan ? demanda Jeeter.

Ta gueule, Jeeter, dit Scully.

Je veux savoir. Est-ce que ça fait partie de son fameux plan ? Et toi. Mieux vaut faire attention à comment tu me parles. Ne prends pas l'habitude. J'ai bien envie de t'aplatir.

Ouais ?

Ouais peut-être.

Enlevons simplement ces traverses, dit Martin Bishop.

Comment est-ce qu'on est en train de voler de la nourriture ? demanda Grease. Si on vole de la nourriture quand c'est qu'on va la manger ?

Réfléchissez à ce qui se passe, dit le jeune. Déjà Fisk doit envoyer une patrouille pour garder la voie la nuit. Il vont amener le chien avec eux. Et maintenant ils amènent le chien au chantier pendant le jour.

En d'autres mots, dit Grease.

On peut se servir, dit Scully. Hé. Ça marche. Le plan du petit marche.

Vous ne connaissez qu'une partie du plan, dit le jeune.

Peu importe. La première partie marche.

Alors enlevons ces traverses, leur dit le contrôleur.

Enlevons-les, approuva Scully. S'il y en a un qui ne fait pas sa part, je lui pète le crâne.

Ils travaillèrent l'esprit plus tranquille et avec un sentiment d'urgence accru. Les hommes arrachaient les traverses sur le talus et les traînaient dans les fossés de chaque côté. Ils les traînaient à travers le déblai jusqu'au bois et là-bas les jetaient dans l'obscurité.

Ça va les ralentir.

Oui ça les ralentira.

Comment êtes-vous devenus des bouffeurs d'ordures, les gars ? leur demanda Martin Bishop.

Les hommes traînaient les traverses à travers le déblai et ils demeurèrent silencieux un bout de temps.

C'est moi qui ai été le premier, dit Herm. Il y en a eu un autre avant moi mais je ne l'ai jamais trouvé. Le couque nous donnait de la mauvaise nourriture. Tout le monde était d'accord. Le porc qu'il nous servait était infect.

Je le trouvais bon.

Ça prouve que tu es un vrai bouffeur d'ordures, Scully.

Et toi tu es un furoncle au cul d'une chèvre malade, Grease.

Herm s'est levé à la cantine, raconta Joe John. Il a dit qu'aucun être vivant homme ou bête ne pouvait manger cette nourriture.

C'était vrai, insista Herm.

Le couque est sorti de la cuisine et il a dit…

Espèce de pourceau bouffeur d'ordures. C'est ce qu'il m'a dit. J'ai dit : Pas moi. Je ne mange pas cette ordure. Elle est juste bonne à rendre un homme malade.

C'est alors que Fisk s'est levé, dit Jeeter.

Je n'avais rien à foutre de lui.

Il lui a dit d'aller retrouver l'autre, expliqua Grease. On savait ce que ça voulait dire. Le jour où on est arrivé Fisk a isolé un homme que personne ne connaissait et il en a fait un bouffeur d'ordures juste pour l'exemple.

Je l'ai cherché mais je ne l'ai jamais trouvé. Ou bien il s'est échappé ou bien il est mort en cours de route. J'ai gaspillé mon énergie à chercher cet homme. Le premier d'entre nous. J'aurais dû essayer de partir pendant que j'en avais encore la force. Après deux jours à mourir de faim je n'étais plus capable d'aller nulle part. Regardez-moi maintenant. Je pose du rail au clair de lune.

Tu as reçu tes victuailles ces derniers temps, dit Scully.

On faiblit.

Le petit gars va nous sauver, dit Scully. Il a un plan qui marche. Vaut mieux que vous travailliez tous pour lui.

Est-ce que vous avez été chassés l'un après l'autre ? demanda le jeune.

Après Herm ça a été au tour de Scully parce qu'il s'est bagarré avec un gars qui disait qu'il volait. Fisk a laissé l'autre gars tranquille parce que c'était un bon travailleur et il a envoyé Scully dans le bois. Joe John a été le suivant parce qu'il a refusé tout net de nourrir le chien. Fisk lui a demandé de nourrir le chien parce qu'il trouvait que Joe John n'avait pas l'air enthousiaste à l'idée de poser du rail. Mais j'ai noté que Joe John n'a pas d'enthousiasme pour grand-chose. Joe John devait nourrir le chien pour l'exemple mais il a dit non et pour lui c'est ça qui a été ça. Moi j'ai été flanqué hors du camp parce que le chien m'a mangé le pouce comme si c'était ma faute. Jeeter maintenant. Bien. Dans ce temps-là Fisk formait des patrouilles juste pour embêter le monde et il nous pourchassait pour s'amuser. Il nous pourchassait puis nous attrapait puis nous relâchait. Il a arrêté quand on est devenus trop bons et qu'il n'était plus capable de nous attraper. En tout cas. Au cours de l'une de ces poursuites Jeeter a été accusé de dormir dans le bois.

On m'a dit que si je voulais dormir dans le bois c'était libre à moi. Ce type, dit Jeeter. C'est un ancien militaire. Je vais lui régler son compte.

Certain que non. Tu es une gale au cul d'une pute, dit Scully, et Jeeter laissa tomber la traverse qu'il transportait.

C'est ça. Toi et moi. Maintenant. Juste ici.

Non, dit Martin Bishop.

Ferme ta gueule, petit.

C'est moi qui donne les ordres maintenant et vous n'allez pas vous battre pendant le travail.

Tous les hommes le regardaient.

Je ne me souviens pas de t'avoir nommé chef, dit Jeeter.

Mieux vaut lui que toi, dit Scully, et le jeune fut content de l'avoir de son bord.

Je vais te fermer la gueule, menaça Jeeter.

Il a raison, dit le jeune. Mieux vaut moi que n'importe lequel de vous. Vous vous rappelez ? C'est moi qui ai le plan. C'est moi qui peux nous sortir d'ici vivants. On ne va pas se battre les uns contre les autres. D'accord ? On a déjà assez d'ennemis comme ça.

Jeeter et Scully se mirent en garde face à face mais aucun des deux ne bougea.

Tu vas nous sortir d'ici, petit contrôleur ? demanda Grease.

C'est exact.

Nous libérer total ? s'enquit Herm.

Complet, dit le jeune. À moins que ces messieurs ne se battent. Alors je chercherai juste à m'en sortir tout seul.

Arrêtez ça, les gars, dit Grease. C'est fini.

À condition que le petit gars soit le patron maintenant. Je veux entendre Jeeter le dire.

Je ne dis rien.

Il n'a pas à le dire, dit Martin Bishop.

Pour moi si.

Arrêtez ça, dit Grease.

Ça suffit, ajouta Joe John. Si vous vous battez tous les deux moi j'aplatis celui qui gagne.

Joe John ne parlait jamais beaucoup et ce qu'il avait à dire les convainquit. Épuisés par leur vie de souffrance dans la forêt les deux hommes baissèrent les poings et se remirent au travail.

Ce qui se passe ici n'est pas bien, dit Martin Bishop. Fisk ne peut pas traiter les gens comme ça.

Il n'existe ni bien ni mal, dit Herm.

Certain que ça existe. Que veux-tu dire ? Tu veux dire que le bien et le mal n'existent pas ici ?

Ici. Ailleurs. Partout. Il n'y a ni bien ni mal. Tout ce qu'il y a dans ce monde c'est ce qu'on peut faire sans être puni et ce qu'on ne peut pas faire sans être puni. Si les hommes peuvent faire quelque chose en toute impunité alors ils le feront. Peu importe ce que c'est. Même si c'est très mal ou très révoltant. Si un homme peut faire quelque chose en toute impunité alors il y en a parmi nous qui s'arrangeront pour le faire.

Ils retournèrent à la voie ferrée et s'assirent sur le talus un bout de temps exténués brisés de fatigue et en sueur dans la fraîcheur de la nuit.

Ben je crois au bien et au mal, marmonna le jeune.

Libre à toi de penser croche, déclara Herm de sa voix fêlée.

Il fait juste ça penser croche, dit Jeeter. Tu sais qui est le yâble, petit ?

Je ne suis pas porté à croire au diable, lui dit Martin Bishop avec une indifférence évidente.

Tu ne crois pas au yâble même s'il est tout proche ? le harcela Jeeter.

Je ne crois pas qu'il soit tout proche, dit le jeune.

Fiche-lui la paix avec tes histoires de yâble, l'avertit Scully.

Pas étonnant que tu ne saches pas le reconnaître, poursuivit Jeeter. Quand on ne croit pas au yâble comment peut-on savoir que c'est lui quand on le rencontre ?

Ben je ne crois pas que Fisk soit le diable.

Tu ne sais pas qui tu fréquentes, petit. Voilà pourquoi ton plan va partir en couille.

Son plan va tout à fait bien marcher si ta grande gueule cesse d'en parler pendant cinq minutes, dit Scully, et sa colère pesait de tout son poids sur la nuit.

Ouais certain, dit Jeeter.

Il est capable de contrôler le chien. Pas vrai ? Un gamin capable de contrôler ce chien est capable de nous faire sortir d'ici.

Les hommes étaient couchés sur le talus et contemplaient les étoiles éparses. Le temps semblait immobile comme s'il n'avait pas de commencement et ne pouvait jamais porter à conséquence.

Quand je suis monté la première fois, dit le jeune, il y avait des aurores boréales.

Y en a pas maintenant, dit Herm.

Les hommes étudiaient le ciel comme si des lumières pouvaient apparaître. Comme si quelque délire de joie céleste pouvait les sauver de n'importe quelle apparente condamnation.

Ils ne parlaient pas. Ils ramassèrent leurs outils et les mirent sur leurs épaules. Puis les craqués quittèrent sans bruit leur lieu de travail.

DU DIX-SEPTIÈME JOUR AU MATIN DU VINGT-QUATRIÈME JOUR

Martin Bishop descendit à la rivière Buffalo. Les craqués l'accompagnaient. Avec les pieds ils s'aplatirent un sentier pour marquer le chemin. Les hommes se lavèrent et suivirent l'exemple du jeune qui battait ses vêtements contre le lit de la rivière. Ceux qui le voulaient restaient nus pendant que leurs vêtements séchaient au soleil. Les autres se les laissaient sécher sur le dos. Le jeune attendit que l'équipe retourne au chantier après le lunch. Puis avec les craqués il se glissa jusqu'au camp du chemin de fer.

Ils attendirent tapis et vigilants dans la pénombre des bois.

Le jeune les avait avertis de ne faire aucun bruit. Pas de chuchotage. Pas de traînage de pieds dans les parages.

On a affaire au yâble, leur rappela Jeeter, et tous obéirent. Ils étaient couchés sur le ventre dans l'ombre et observaient les insectes qui se baladaient sur leur peau. Des mouches les achalaient mais les hommes n'émirent aucun juron et leur odeur ne pouvait plus les trahir.

Le temps passait. Scully sacra tout bas et Martin Bishop le fit taire.

Ils attendaient. Le soleil avait traversé le ciel et brillait dans leurs yeux. Ils virent le couque émerger de sa cuisine pour aller faire un tour aux bécosses. Il avait son fusil. Les hommes attendirent. Martin Bishop regarda les craqués qui l'entouraient. Ils étaient sur le qui-vive et aucun ne dormait. Prud'homme franchit la porte étroite par laquelle il avait peine à passer et défit ses pantalons. Ils avaient peur qu'il ne laisse la porte ouverte pour avoir de l'air mais le couque s'assit puis se servit de son fusil pour attraper le loquet et referma la porte sur son intimité. Martin Bishop leva la main pour retenir ses hommes un moment. Puis il bondit du boisé et les hommes bondirent avec lui.

Ils avancèrent à pas furtifs. Leurs pieds effleuraient le sol et ils avaient les yeux fixés sur leur proie. Ils avançaient sous le couvert du vent dans les cimes des arbres et sous le couvert du chant des oiseaux. Ils entourèrent la bécosse où le couque assis grognait et se regroupèrent à l'arrière. Martin Bishop regarda chaque homme. Ses lèvres articulèrent un mot sans le dire à voix haute et chacun comprit qu'ils avaient à culbuter tous ensemble à la fois la bécosse et le gros chef. Pesant. Les craqués firent jouer leurs biceps pour montrer qu'ils avaient compris et Martin Bishop leva un doigt en l'air.

Puis deux.

Puis trois.

Les craqués poussèrent sur la bécosse et crièrent sous l'effort et Prud'homme mugit dans sa pauvre cabane. Au début la bécosse n'eut pas l'air de vouloir tomber et le jeune attela lui-même ses muscles à la tâche. Chacun s'efforça de trouver un meilleur point d'appui et chacun poussa plus fort. Le couque beuglait de colère et de peur et la bécosse pencha. Les craqués hurlaient comme des fous et poussaient plus fort et la petite cabane étroite bascula avec sa porte fermée aplatie contre le sol.

Le bois craqua mais la bécosse tint bon et les hommes entendirent Prud'homme à l'intérieur tomber sur le ventre et se vider de son souffle. Il criait des invectives et des mots virulents dans l'air de l'après-midi.

Ménage ta salive, dit Martin Bishop. On ne te laissera pas sortir de là.

L'obèse se débattait dans sa bécosse comme un cadavre mécontent de l'agencement de sa tombe.

Installe-toi confortablement là-dedans, couque. Tu vas te faire mal.

C'est moi qui vais te faire mal quand je sortirai d'ici, contrôleur. Tu ne peux pas me faire ça. Je ne l'accepterai pas.

Je ne jouerais pas au dur si j'étais toi. Tu n'es pas en position.

Scully donna un coup de pied dans le côté de la cabane et la martela de coups de poing pour faire grimper la fureur du cuisinier. Tu es bien installé là-dedans, couque ? Allons. Prépare-moi un sandwich au jambon avec un peu de moutarde.

Je rêvais de cuisses de poulet, mentionna Herm.

Le couque se tint tranquille un moment. Puis ils l'entendirent se débattre et le canon de son fusil de chasse pointait entre ses jambes hors du trou dans le plancher de la bécosse renversée. Joe John attrapa le fusil et le tira d'un coup brusque et violent. Le couque cria de douleur quand le fusil lui fut arraché des doigts et à cause aussi de l'ignominie de sa défaite.

Sois prudent avec cet engin, dit Grease. Il y a peut-être de la merde dessus.

Peut-être que t'es pas le yâble après tout, dit Jeeter, et il regarda par le trou de la bécosse le couque dans sa fâcheuse posture. Peut-être que t'es juste un vieux gros couque avec un vieux gros cul.

Venez, dit Martin Bishop. On a à faire.

Ils laissèrent le couque gigoter dans la bécosse et se rendirent à sa cuisine.

À l'arrivée des craqués les aides-cuisiniers se rangèrent dociles et courtois. Un homme saisit un fendoir mais se ravisa tout de suite et le déposa avant même de remarquer le fusil. Le fusil les tint en respect. Ils saluèrent Martin Bishop de la tête et Martin Bishop les salua parce qu'ils se connaissaient bien. Les craqués traversèrent la cuisine et entrèrent dans le garde-manger où ils choisirent de grands sacs à patates et des sacs à oignons pour embarquer la nourriture qu'ils allaient choisir.

Montre-moi ton bœuf, dit Scully à l'un des aides-cuisiniers, et l'homme le conduisit au placard à viande. Scully ramena six gros steaks et revint à la cuisine où il ordonna qu'un aide les cuise.

Les steaks grésillaient sur le grill. Scully promenait son regard sur la pièce et pointait le fusil.

Un moment donné il sortit et hurla à travers le terrain du camp : Ta gueule toi là-bas ou je te tire une balle dans le cul.

Prud'homme cessa son tapage pendant un bout de temps.

Scully revint à l'intérieur. On a de la misère à s'entendre penser ici dedans, marmonna-t-il pour lui tout seul. Certains des aides-cuisiniers ne purent s'empêcher de sourire et quelques-uns rirent et celui qui s'esclaffa trop fort eut le fusil de chasse pointé vers sa tempe. Tayeule.

Ouim'sieur.

Les hommes dans le garde-manger bourraient les sacs. Martin Bishop leur donna ses instructions. Prenez ce que vous êtes capables de transporter et laissez le reste. Préparez un ballot pour moi et un autre pour Scully. Je reviens dans une minute.

O.K., patron, dit Grease, et Jeeter lui lança un regard furieux pour le terme qu'il venait de choisir.

Le jeune traversa le terrain du camp et gravit l'escalier de bois jusqu'à la chambre de Fisk. Comme il s'y était attendu le contremaître était maintenant son propre contrôleur. Il constata que les autres craqués et lui s'étaient vu consigner de bonnes heures pour leur travail et remplit un formulaire additionnel pour réclamer du temps supplémentaire. Il demanda du temps et demi en guise de compensation pour la nourriture et le logement et consigna trente-six heures par jour. Puis il alluma l'émetteur-récepteur radio et attendit que la ligne se libère.

Il parla dans l'émetteur. J'appelle le superviseur Stratton. Superviseur Stratton à vous. Le jeune attendit un bout de temps et écouta le grésillement des parasites. Fisk avait laissé une cartouche de cigarettes sur la table et le jeune s'en servit plusieurs paquets. J'appelle le superviseur Stratton. Ici le contrôleur Bishop de l'équipe supplémentaire numéro onze à vous.

La voix qu'il cherchait lui parvint. Ici Stratton à vous.

Super on a des problèmes. Des rails ont été démanchés. De la nourriture volée. Fisk a perdu le contrôle des hommes. Il n'est plus capable de poser plus d'un quart de mille de voie par jour.

Salut, petit. Passe-moi le contremaître.

Il est sur la voie. Je voulais juste vous aviser de ce qui se passe. Tout le bazar s'en va à la dérive.

Passe-moi Prud'homme d'accord ?

Pourquoi voulez-vous parler à un cuisinier ? On a des problèmes sérieux ici. Vous devriez faire quelque chose.

Passe-moi Prud'homme d'accord ?

Ben il est indisposé. À vous et terminé, Super.

Il éteignit la radio. Puis ressortit.

L'homme à tout faire était debout l'air piteux au milieu du carré du camp. Le vieil homme regardait le jeune et secouait la tête comme si cette misère ne devait jamais finir. Je t'avais averti, dit-il. Ne va pas au dépotoir tout seul. Tu as rejoint les craqués. Ils t'ont emmené.

Le jeune sourit. Allô, le vieux. Comment allez-vous ?

Je vais bien. Toi ?

Je vais bien. Juste en train de me débrouiller pour trouver de quoi manger.

Il faut qu'un homme se nourrisse.

Oui c'est vrai. J'ai besoin d'un marteau et d'un paquet de clous, dit le jeune. Et d'une bonne longueur de corde solide avec ça.

Le vieil homme hocha la tête comme s'il s'était attendu à cette demande. Je vais t'arranger ça, dit-il.

Merci.

Pas de quoi.

Martin Bishop attendit l'homme à tout faire puis rejoignit les hommes qui quittaient le garde-manger. Ils retournèrent près du couque empêtré dans sa bécosse renversée. Vous avez enfermé les aides-cuisiniers comme je vous l'ai demandé ?

Ouais on les a enfermés, dit Grease.

Vous ne leur avez pas fait de mal ?

Ils ont été d'obligeants prisonniers, dit Herm, et le jeune eut confiance en sa parole.

C'est bien. Je pense que la gang devrait se passer de repas cuisiné aujourd'hui. Ainsi les hommes connaîtront ce que c'est.

C'est juste.

C'est juste.

Le jeune sortit son marteau et ses clous. Combien tu pèses là-dedans, Prud'homme ? demanda-t-il en plantant un clou dans la bécosse. Trois cent cinquante livres ? Quatre cents ? Il planta d'autres clous.

C'est quoi ça ? brailla le couque en guise de réponse. Arrête ces coups de marteau.

Trois cent soixante-quinze ? Quatre cent vingt ?

Le jeune planta des centaines de clous dans les trois côtés de la bécosse et le couque dans son étroite prison vociférait et se débattait et jurait de l'anéantir à la première occasion. Je te mets au menu, mon petit. On va t'arroser les entrailles de leur jus. Te mâcher les intestins. Tes couilles flotteront dans mon prochain ragoût.

Le jeune continuait à enfoncer des clous avec toute la rage refoulée de ces derniers jours qu'il laissait maintenant s'exprimer et le couque criait après lui.

Qu'est-ce que tu fais ? hurla le couque, et sa question ressemblait fort à un appel à la clémence.

Ben je réfléchissais. Un homme qui pèse trois cent quatre-vingts…

Je ne pèse pas tant que ça. Je suis petit n'oublie pas. Deux cent quatre-vingt-quinze max.

Là tu mens, couque.

Je ne sais pas. Je ne peux pas me peser au camp.

Ben je réfléchissais. Un homme qui pèse autant que toi vaudrait mieux qu'il ne fasse pas basculer cette boîte à merde à l'envers. À moins que tu préfères te retrouver avec un paquet de trous cloués dans le derrière.

Redresse la bécosse, implora le couque. Je retire ce que j'ai dit. Je te laisserai faire tes affaires en paix.

Ben je ne peux pas faire ça, couque.

Bishop ! Tu es un grossier barbare ! Les temps nous sont advenus où le sang coulera et…

Ah la ferme, couque. Je ne veux pas entendre tes sornettes aujourd'hui.

La vérité fait mal, Bishop. Les temps nous sont advenus. La rivière coulera et elle sera rouge de sang et ce ne sera pas le mien.

Tu es un fameux prophète, couque.

Je suis un fameux prophète.

Tu es un disque rayé.

La vérité doit être répétée si nécessaire. Tu peux te sauver, Bishop. Sors-moi d'ici.

Herm regarda par le trou dans le bas de la bécosse renversée. Navré que tu n'aies pas eu le temps de finir ta petite affaire là-dedans, monsieur couque. Navré qu'on ait dû t'interrompre.

La remarque fit rire les craqués. Le couque tapait du pied tant bien que mal contre le plancher de la bécosse. Ça je ne le pardonnerai pas, jura-t-il.

Je ne vois pas de quoi il se plaint, dit Scully. Ce n'est pas comme si on l'avait jeté dans la fosse à merde.

Allons-y, dit Martin Bishop.

Les craqués chargèrent leurs provisions et s'apprêtèrent à retourner dans le bois.

Je nous ai cuit des steaks, se rappela Scully.

Où sont-ils ?

Sur le poêle.

Va les chercher.

Il traversa le terrain au pas de course et revint en courant. Le sourire sur son visage exprimait le bonheur et l'émerveillement. Du steak ! dit-il. Cuit !

Trop cuit, nota Grease.

Ben on ne peut pas transporter nos sacs et manger du steak en même temps, dit Martin Bishop.

On a besoin de se nourrir, observa Herm.

D'accord. Mangeons, dit le jeune. Les hommes s'assirent par terre près de la bécosse et chacun prit un steak dans ses mains et le rongea et le mastiqua. Le couque à côté d'eux geignait avec l'affliction du vaincu.

À t'entendre tu as l'air d'un vieil âne pitoyable, dit Grease. Cela manque de dignité.

Martin Bishop était du même avis. Tu nous as chassés dans le bois sans nourriture et on n'a jamais chialé autant que toi.

Prud'homme gémissait : Je ne peux pas respirer ici dedans. Je vais devenir fou. Je suis claustrophobe, Bishop. Sauve-moi.

Ces steaks sont succulents, couque. Comment se fait-il qu'on n'en ait jamais mangé de pareils à la cantine ? Je mange mieux comme bouffeur d'ordures que je n'ai jamais mangé quand j'étais contrôleur. Comment ça se fait, couque ?

Le couque cria parce qu'il venait de se blesser sur un clou.

Calme-toi là-dedans, couque, ou tu vas saigner à mort. Tu ne pourras pas dire que je ne t'ai pas averti.

Les hommes quittèrent le camp chargés de nourriture et avec leurs vêtements propres sur le dos. Ils transportaient leurs sacs et ravis se sentaient magnifiques et comme en état de grâce.

Ils escaladèrent le sentier qu'ils avaient aplani jusqu'à leur repaire où ils revenaient pour se partager le butin. Je vous avais dit que ce jeune avait un plan, dit Scully. Je vous l'avais dit.

Moi aussi j'ai déjà réussi à nous procurer de la nourriture, dit Jeeter. Le jeune le trouvait d'une susceptibilité incongrue pour un homme de sa force et de son âge.

C'est la première fois qu'on a eu de la nourriture sans qu'on nous pourchasse. C'est la première fois qu'on a eu du steak. C'est la première fois qu'on ne court pas avec des sacs sur le dos.

Ben je ne vous garantis pas qu'on ne devra pas courir encore, dit le jeune.

Cela fit rire les hommes mais pas lui.

Regardez cette nourriture, dit Herm. Regardez-moi ça.

Il y avait des conserves en quantité. Assez pour nourrir une foule. Le jeune n'avait jamais vu de boîtes de ce format dans les épiceries et elles semblaient irréelles comme si les craqués avaient pillé la tanière d'un géant. Des tomates en conserve. Des betteraves en conserve. Des pommes de terre en conserve. Des boîtes plus petites de maïs en crème. Des oignons en conserve. Des soupes en conserve. Des haricots beurre en conserve. Des jaunes et des verts. Des pêches en conserve. De la compote de pomme en conserve. Des bines en conserve. Des carottes en conserve. Des poires en conserve. Des quartiers de mandarine en conserve. Des ragoûts en conserve.

Comment va-t-on manger les bines ? réfléchit Grease.

Tu en prends une poignée et tu lapes, conseilla Jeeter.

Ils avaient de vraies oranges qu'ils pelèrent et mangèrent avec les autres aliments éparpillés au milieu du groupe. Ils avaient chapardé de vraies carottes aussi et de vraies pommes de terre et quelques navets et une poche de sucre et un sac de café.

Qui va faire du café ? demanda Grease.

Scully se proposa. Je peux bricoler une cafetière avec ces boîtes.

Du café. Je n'en reviens pas. C'est formidable.

Est-ce que quelqu'un a piqué d'autres allumettes ?

Personne n'a dit qu'il en avait piqué.

Certains avaient prévu en prendre, dit Jeeter.

Ta gueule, l'avertit Scully.

Messieurs, dit le jeune. Nous devons tenir un meeting.

À quel propos ? demanda Herm.

À propos de foutre le camp d'ici.

Entendu, dit Grease. Je suis pour.

On a de la nourriture maintenant, dit le jeune. Ici c'est l'hiver du Grand Nord et il est proche.

Très proche, dit Joe John.

C'est maintenant ou jamais. On a une bonne réserve de nourriture et l'hiver approche. Messieurs. Il est temps de partir.

Pas par la route. On ne pourra pas. Il y en a qui nous trahiront sur la route. Je le sais. Je l'ai prise une fois.

Il s'est fait botter les fesses, dit en riant Scully.

Toi, ta gueule.

Martin Bishop était d'accord : On ne peut pas prendre la route. Trop facile pour eux de nous rattraper avec leurs camions. Mais. On peut descendre la rivière Buffalo jusqu'au Grand Lac des Esclaves. Puis suivre le rivage jusqu'à Hay River. C'est un bon bout. Je ne veux pas vous raconter d'histoires. C'est loin. Mais avec les voies d'eau on ne peut pas se perdre. Et maintenant on a assez de nourriture pour le voyage.

Les hommes restèrent sans rien dire un moment. Ils savaient qu'il y avait d'autres points à aborder et ils attendirent un bout de temps que chacun ait la possibilité de s'exprimer.

Si ça nous dispense de démancher d'autres tronçons de voie ferrée alors je suis d'accord, dit Herm. Il pensait les faire rire mais les craqués n'étaient pas d'humeur à rire.

Ils vont se mettre à nos trousses avec le chien, dit Jeeter.

Alors on amènera le chien avec nous, dit le jeune.

Si on fait ça ils vont se mettre à nos trousses garanti.

Alors on n'amènera pas le chien. Ils ne sauront pas qu'on n'est plus là. On décampera sans laisser de traces. Fisk s'il nous poursuit ne nous poursuivra pas longtemps parce qu'il a du rail à poser. Il est déjà en retard dans son échéancier à cause des tronçons qu'on a défaits.

Il va se mettre à nos trousses quand il trouvera le couque. Prud'homme l'y poussera. Et alors il se rendra bien compte qu'on est partis.

Il faut qu'on se sorte de ce trou infernal, dit Scully. Sinon on va mourir.

On risque de mourir de toute façon. Je pense que c'est ce que dit le jeune, nota Grease.

Faut qu'on essaie. Mieux vaut mourir en essayant. Pas vrai, petit contrôleur ?

On a la nourriture. Ce n'est pas encore l'hiver. On devrait réussir. Je ne vois pas pourquoi on ne réussirait pas.

Après ce qu'on a fait au couque ils vont nous traquer, répéta Joe John.

Peut-être. Peut-être pas. Ils ont du rail à poser et Fisk n'arrêtera pas la job. L'hiver va le coincer aussi. La gang n'est pas habillée pour l'hiver. Fisk ne peut pas poser du rail dans le noir. Ses machines ne marcheront pas dans le froid. Ses échéances sont serrées et on s'est arrangés pour les rendre encore plus serrées. À part ça. Je suis capable de contrôler son chien.

Jeeter ? demanda Grease.

Ils attendirent que Jeeter s'exprime.

Je dis qu'on ne s'en va pas, dit Jeeter.

Je dis qu'on n'a qu'à te laisser là, dit Scully. Je dis qu'on t'écrapoutit et qu'on te laisse là.

Va te faire foutre.

Pourquoi pas toi ?

Écoutez-moi, dit Jeeter.

Les hommes étaient agacés.

Écoutez-moi. Je dis qu'on se refait des forces pendant un bout de temps avec cette nourriture et qu'on part après. De toute façon on ne peut pas toute la transporter. On laisse Fisk nous pourchasser et on l'esquive dans les bois. On a de meilleures chances si on ne transporte pas toute cette nourriture. Quand il renonce et qu'on a retrouvé nos forces… alors on y va. Alors. Qu'est-ce que ça vous dit ? Soyez francs.

Tu veux savoir ce que j'en pense ? demanda Scully.

Je te demande une opinion franche. Ouais.

Voilà mon opinion franche, dit Scully, et il pointa le fusil vers lui. J'ai attendu après ça. C'est le moment maintenant.

Fiche-lui la paix, Scully, dit Grease.

T'as pas les couilles, dit Jeeter.

Scully appuya sur la détente et le coup explosa en plein visage de Jeeter qui bascula vers l'arrière sous la violence du choc et ses jambes revolèrent et il s'effondra mort et couvert de sang les yeux et la peau arrachés. Il était étendu sur le dos effondré contre terre et son visage n'était plus qu'une bouillie de sang mêlée au pus blanc de sa peau brûlée et seuls le pourtour de sa barbe et la lisière de ses cheveux indiquaient où son visage avait été et le sang formait une flaque à côté d'une de ses oreilles.

Tu t'es encore trompé, dit Scully.

L'écho de la déflagration rebondit sur le roc et dans le crâne des craqués. Et l'écho de la mort résonna dans la tête de chaque homme et chaque homme se sentit la tête vide et le fracas de la violence remplissait ce vide et ils regardaient fixement le cadavre et écoutaient l'onde de choc se réverbérer se réverbérer sans fin et au loin les croassements des corbeaux.

Je vote qu'on descende la rivière Buffalo avec le petit gars et qu'on quitte le coin tout de suite, dit Scully, et il ouvrit la culasse et retira la douille utilisée de l'un des deux chargeurs.

Je suppose qu'il n'y a pas d'autre vote à prendre là-dessus, marmonna doucement Grease.

Martin Bishop restait immobile. Le choc de l'assassinat le faisait trembler comme si c'était son propre visage que l'on venait d'oblitérer et dans les dédales de sa stupeur et de son effroi les prophéties de Prud'homme s'abattirent sur lui. L'esprit figé il se demanda quelles forces avaient été libérées pour ainsi se déchaîner et sévir forcenées dans ce pays au sein de la tribu des hommes.

Peu importe ce que chacun peut en penser maintenant, dit Joe John. Ils vont nous poursuivre le long de la rivière qu'on le veuille ou non.

Ils entendirent très loin les abois féroces du chien et surent qu'une patrouille se formait. Les ouvriers du chemin de fer étaient revenus et avaient été confrontés à la colère du couque. Le tapage du chien tira Martin Bishop de sa stupeur et il détourna le regard du corps anéanti et de son visage absent.

Je suppose que tout en jasant on s'en va maintenant, dit Herm.

Martin Bishop retrouva la voix et se racla la gorge pour la clarifier. Il dit : Rassemblez ce que vous êtes capables de transporter de nourriture sans forcer. Vous trouverez de la corde dans mon sac. Faites cinq ballots. Prenez-en assez pour qu'on se rende là-bas. N'en prenez pas au point de ne plus pouvoir avancer.

C'est ça qui est ça, les gars, dit Scully. Il nous court après en plein jour. Fisk ne posera pas de rails. On l'a enragé maintenant.

Et c'est pour ça qu'on décampe, annonça Herm.

Grease se pencha sur le cadavre. Il fouilla dans la poche de chemise de Jeeter et en sortit le carton d'allumettes. Il le tint en l'air pour que les autres le voient et l'enfonça dans sa propre poche.

Scully était debout près du jeune. Il le regarda et le jeune aussi lui lança un regard apeuré. Les yeux de l'assassin étaient radieux et enfiévrés comme si une apparition lui avait illuminé les sens. Je suis de ton bord, dit Scully. Je suis avec toi, petit contrôleur. Je savais que tu étais venu nous tirer de là. Je le savais depuis le début.

Martin Bishop hocha légèrement la tête. Debout on y va, dit-il.

Ouais, dit Scully. Il se tourna vers les autres. Ayez confiance en ce jeune, dit-il aux craqués, et il y avait un air de menace dans ses paroles. Il va nous sortir d'ici. Celui qui lui met des bâtons dans les roues peut tout aussi bien donner un baiser d'adieu au monde.

Ils avançaient en file indienne sans se presser. Chaque homme transportait un chargement attaché dans le dos. Le jeune marchait avec une barre à riper dont il se servait comme canne et qui frappée sur les rochers émettait un son métallique et avertissait les ours de l'arrivée prochaine des craqués. Grease marchait en tête et Scully suivait avec le fusil serré dans ses bras. Le jeune était au centre. Herm lui emboîtait le pas et Joe John fermait la marche et ouvrait grand les oreilles pour entendre ceux qui méprisants s'acharnaient à les rattraper.

Les craqués s'en allaient sans se presser par un sentier furtif qui cheminait entre les affleurements rocheux et descendait vers la rivière Buffalo. Ils brouillèrent l'odeur de leur piste dans l'eau et plus tard déviérent de nouveau vers les hauteurs. Puis se dispersèrent et revinrent sur leurs pas puis de nouveau vers la rivière puis continuèrent de marcher et de suivre un itinéraire fantaisiste qui embrouillerait le chien.

Ils continuaient de marcher.

Le jeune faisait tinter sa houlette contre la pierre et Grease frappait des roches l'une contre l'autre et ils continuaient de marcher. Ils entendaient le chien près de la rivière. Ses aboiements allongeaient leurs foulées et ils continuaient de marcher. Le chien semblait se rapprocher. Ils retournèrent alors sous les arbres et y progressèrent tant bien que mal puis traversèrent un champ de pierres sur lequel ils pouvaient aller plus vite puis revinrent à la forêt où la progression était lente et devait s'entreprendre avec méthode. Le jeune prit la tête. Il se servait de sa barre comme d'une faux pour aplatir les broussailles et le poids de la barre lui donnait mal au bras et ils continuaient de marcher. Ils écoutaient le bruit de la rivière en contrebas et l'agitation des eaux leur servait de guide. Ils se dispersèrent et revinrent de nouveau sur leurs pas et tournèrent en rond pour se rencontrer à l'intersection des cercles et choisirent un autre chemin en espérant qu'il faudrait au chien du temps pour le repérer. Ils continuaient de marcher et transpiraient sous l'ardeur du soleil déclinant et le fardeau sur leur dos les épuisait même si l'espoir que leur donnait le contenu des sacs leur accélérait l'esprit. À un méandre de la rivière ils redescendirent filer le long du rivage puis ils traversèrent au méandre suivant et gravirent l'autre rive et revinrent vers l'eau de nouveau. Puis le jeune dit : On ne peut pas faire et refaire ça tout le temps. Il plaça ses mains sur ses genoux et haleta. Si Fisk vient jusqu'ici il comprendra ce qu'on fait maintenant. En suivant la rivière il ira plus vite que nous ne pouvons aller à travers bois.

Qu'est-ce qu'on fait ? demanda Joe John.

On reste près de la rivière et on avance vite nous autres aussi.

On est en plein jour. Ils pourraient nous voir.

On continue le long de la rivière jusqu'au moment où ils nous verront. Il doit savoir à l'heure qu'il est qu'on se dirige vers le nord. On ne peut pas le laisser nous dépasser sinon on est foutus.

On est foutus de toute façon, dit Herm.

Dis pas ça, réclama Scully.

Herm se tint coi.

Ils continuaient de marcher. Ils n'entendaient pas le chien ni leurs autres poursuivants et présumèrent qu'ils n'avaient pas découvert leur première piste. Ils continuèrent un bon moment dans le fond de la vallée. L'ombre dans la gorge les empêchait d'avoir trop chaud et l'eau coulait à côté d'eux. Un grizzly pêchait et représentait une menace pour les craqués. Le jeune se résolut à quitter la rivière de nouveau et ils escaladèrent la berge. Le jeune s'arrêta et s'accroupit. Les fougères à cet endroit étaient épaisses et difficiles à pénétrer et il dit : On continue à plat ventre.

Quoi ?

Pour franchir le passage le plus difficile. Si on est obligés de ralentir ici alors ils devront ralentir aussi.

Mais il se pourrait qu'ils ne viennent pas par ici. Tu as dit…

On est ralentis de toute façon. Alors s'ils suivent le même chemin autant qu'ils aient de la difficulté. Le grizzly pourrait les forcer à passer par ici comme ils nous a forcés nous autres.

Les hommes étaient d'accord. Ils poursuivirent leur route à plat ventre et le jeune leur traça la voie à travers les fougères les plus épaisses. Les buissons et les mouches leur ensanglantaient le visage et ils continuaient de ramper. Le jeune s'arrêta pour souffler un moment. Il vit devant lui le visage ravagé et désintégré de Jeeter et cette vision le rendit complètement malade et la nausée monta de sa mœlle et se logea dans le creux de son âme et l'horreur et la honte lui emplirent les yeux de larmes et Grease lui tapa les bottes pour qu'il continue d'avancer. Le jeune se retourna et dit : Scully. Il aurait mieux valu que tu retires l'autre cartouche.

Ils l'entendirent ouvrir le fusil.

Elle est enlevée maintenant, dit Scully.

Ils rampèrent et émergèrent de nouveau dans la lumière sur une forteresse rocheuse plus dépouillée.

Ils pressèrent le pas pour franchir ce domaine et dans l'ombre de l'autre côté se reposèrent.

Tu veux qu'on se déploie ? demanda Scully.

Pas la peine. S'ils viennent par ici ils sauront que nous descendons la rivière.

Alors déployons-nous, suggéra Herm. On prendra un chemin qui n'a pas l'air de descendre la rivière.

Cela me semble sensé, dit Scully.

Joe John et Martin Bishop échangèrent un regard et le regard du métis invitait le jeune à s'affirmer comme chef. Le jeune dit : Ben on ne peut pas procéder de cette façon.

Pourquoi pas ?

Peu importe le chemin qu'on prendra pour aller à la rivière ils se contenteront d'aller à la rivière et de nous y intercepter. Alors on y va tout droit nous autres aussi.

Tu crédites cet homme de beaucoup de perspicacité, dit Grease.

Oui. Ça vaut mieux que l'inverse.

C'est juste, dit Scully. Le jeune a encore raison.

Ils se reposèrent un bout de temps puis s'engagèrent sur la pente du versant. Ils atteignirent la rivière et continuèrent de marcher.

S'il vient jusqu'ici, dit le jeune, il saura vers où nous allons.

Les rives du Grand Lac des Esclaves.

Il devra décider.

Décider quoi ?

S'il nous poursuit ou non.

Pourquoi ne nous poursuivrait-il pas ?

Il doit poser du rail. Et il sait qu'ici on ne sera plus dans ses jambes. Espérons qu'il s'en satisfera.

Que penses-tu qu'il va faire ? demanda Herm.

Il doit poser du rail. Il peut se donner un peu de temps mais pas beaucoup.

J'espère que tu as raison.

Je ne fais que présumer. Je ne prétends pas être prophète comme Prud'homme.

Je pense que tu présumes juste.

Ils marchaient dans la lumière du soir et tout en avançant discutaient des avantages d'un camp pour la nuit.

On ne peut pas marcher toute la nuit. Herm n'y parviendra pas, avisa Grease.

Je me débrouille très bien. Prends garde là, mon gars.

D'accord, dit Grease. C'est moi qui n'y parviendrai pas. On a été des bouffeurs d'ordures. Tu nous as remis en forme mais pas assez pour marcher jour et nuit.

Campons près de la rivière, dit Joe John.

Pourquoi près de la rivière ? demanda le jeune.

On peut les voir venir. Les entendre. Être avertis à temps.

Si on les voit on peut les semer. Abandonner nos sacs dans des endroits différents et les amener promener.

Faire tourner ces gars en rond.

Très bien, dit Bishop. On continue jusqu'à ce qu'il fasse à peu près noir puis on dresse le camp.

Mes pieds endoloris te remercient.

Mes ampoules sont si grosses que ça n'a plus d'importance que je bouge ou que je ne bouge pas.

Ben on doit manger de toute façon.

C'est bon de savoir qu'on peut manger. Je pense que je vais transporter de la nourriture sur mon dos pour le reste de mes jours. C'est une sensation réconfortante.

Je ne dormirai pas au camp, dit Martin Bishop.

Quoi ?

Je retourne.

Retourne ? Qu'est-ce que tu veux dire par retourne ?

Je veux savoir où ils sont.

Je te conseillerais de ne pas y aller, dit Grease.

Le jeune sait ce qu'il fait, dit Scully.

Je donne juste un conseil, dit Grease. Je ne dis rien.

C'est correct, Scully. Ça ne me dérange pas d'écouter un conseil.

Si quelqu'un te tombe sur les nerfs fais-le-moi savoir.

Ben je ne veux pas que tu abattes de nouveau quelqu'un.

Je sais. On a besoin de tout le monde pour transporter la nourriture. Je sais ça.

Contente-toi de n'abattre personne.

Tu l'as entendu, Scully ?

Quelque chose te tracasse là, Grease ?

Contente-toi de ne plus abattre personne, dit Herm.

Un ça suffit, dit Grease.

Un c'est un de trop, dit Joe John.

Tu as un problème, Joe John ?

Changez de sujet, dit le jeune. Scully ne va plus abattre personne et c'est ça qui est ça.

Ils continuaient de marcher.

Je persiste à croire que tu ne devrais pas retourner, dit Grease.

Ben.

Herm était du même avis : Ils sont derrière nous. C'est tout ce qu'on a besoin de savoir.

Je veux avoir le chien, dit Martin Bishop. Je veux qu'il coure avec nous et pas avec eux.

Tu es capable de faire ça ?

Certain que je suis capable.

Ce serait fameux.

Alors on serait en sécurité. Alors on ferait comme on veut.

Quand tu ramèneras le chien je peux l'abattre si tu veux.

Ce ne sera pas nécessaire, Scully.

Je parle juste pour parler.

Merci. Mais c'est correct.

D'accord.

Si je ne suis pas revenu demain matin suivez la rivière. Suivez la rivière et je vous rattraperai.

Ils continuèrent de marcher et quand la nuit descendit sur le jour ils établirent le camp sous les arbres au bord de la rivière. Ils ouvrirent des boîtes de ragoût et allumèrent un feu pour cuire et réchauffer la nourriture et ils la mangèrent et le goût de la nourriture était merveilleux et elle les apaisa. Les hommes rassemblèrent des branches et se firent des paillasses sur le sol puis ils contemplèrent avec ferveur le ciel nocturne. Leur épuisement était incommensurable. Ils établirent un tour de garde et le jeune se prépara à repartir.

Tiens, dit Grease. Prends mes bottes. Ce sont les tiennes en réalité.

Merci, dit le jeune.

Pas besoin de merci.

Les bottes lui seraient utiles et sa détermination lui donnait des forces supplémentaires.

Tu devras dormir un moment donné, lui dit doucement Joe John.

Une fois que j'aurai le chien nous pourrons nous reposer tranquilles.

Bonne chance, petit, dit Herm.

Scully dormait déjà. Il dormait couché sur son fusil.

Dans le méandre de la rivière Grease montait la garde sous la clarté des étoiles naissantes. Le jeune lui fit un signe de la tête alors qu'il reprenait le chemin par où ils étaient venus. Il marcha vers l'amont et Grease le regarda partir.

Laissez les morts enterrer les morts. La maxime s'était enracinée dans l'esprit du jeune sans qu'il s'en rende compte et sans qu'il la comprenne. Laisser derrière soi un monde à l'agonie ou un mode de vie périmé – ces notions-là il les comprenait. Mais l'idée d'abandonner les mourants pour les laisser mourir le frappait comme une atteinte à la grâce divine. Abandonner les morts et les laisser pourrir semblait n'être pas bien. Lomacki avait imploré une sépulture décente et peut-être la valeur d'une tombe convenable résidait-elle dans l'acte même des vivants qui la creusaient et proclamaient ainsi la non-existence de la mort. Si les morts n'enterrent pas les morts et si ce sont les vivants qui les conduisent au repos est-ce que cela fait vivre les morts ? Son père était vivant en lui et il l'avait enterré comme il faut. Lomacki était vivant en lui. Même ce fier grizzly était vivant en lui et le jeune se frayait un chemin vers l'amont et ceux qui le poursuivaient. Laissez les morts enterrer les morts. Son père avait été un homme religieux même si son interprétation de nombreuses questions différait de celle des pasteurs qu'il avait connus. Il n'avait jamais discuté de cette maxime avec son père et maintenant qu'il était disparu il regrettait son absence. C'était la damnation pour les morts d'enterrer les morts. Il devait retourner ensevelir Jeeter. Le jeune était du nombre des vivants contre lesquels il luttait en lui-même et il devait enterrer les morts pour leur donner la paix. Il avait pris la responsabilité des craqués et Jeeter avait été l'un d'eux. Sa propre complicité dans l'assassinat le tourmentait et il avait besoin d'accomplir le rite pour se purifier lui-même et retrouver la paix.

Martin Bishop avançait assez vite sur les berges rocheuses de la rivière Buffalo. La clarté des étoiles l'éclat de la lune qui sur le tard s'était levée et le clapotis furtif du courant le guidaient. Il se sentait le corps léger et plus agile sans son sac sur le dos et chaussé de ses bonnes bottes il marchait sur les pierres d'un pas alerte et léger. La barre à riper qu'il tenait dans ses mains lui était un réconfort. Il continua d'avancer.

Il aperçut plus loin le feu de camp de ses poursuivants. Rex grognait et jappait de temps en temps après des animaux nocturnes et il entendit Fisk lui ordonner de se taire. Le jeune s'arrêta pour sentir le vent sur sa peau et s'assurer de sa direction. Il décida de traverser la rivière et de contourner le camp puis de s'en approcher en restant sous le vent par rapport au museau de l'animal.

Il progressa avec précaution à travers le bois. Le feu de camp était pratique. Il voyait les hommes qui dormaient et ceux qui éveillés restaient debout. Fisk avait dû être profondément insulté pour être venu si loin avec des provisions et une telle détermination et la disposition du camp indiquait qu'il comptait les poursuivre au moins aussi loin que le Grand Lac des Esclaves.

Le chien s'était endormi pendant qu'il approchait. Il rêvait d'une proie et ses oreilles bougeaient et sa tête tressautait. Le jeune continua de ramper. Fisk dormait et son chien s'était discrètement éloigné de lui vers la douceur du feu. Plus loin que le petit feu et plus loin que les formes assoupies une sentinelle était assise sur un rocher et sirotait du café pour se garder les yeux ouverts. Le jeune resta sur les genoux un bout de temps. Il se glissa dans le camp au milieu de la patrouille endormie. Il toucha délicatement le col du chien et Rex se réveilla d'un coup. Le jeune lui dit tout bas de se taire et posa son nez contre le museau de l'animal. Le chien lui lécha le visage.

Qui va là ? demanda le garde. La question était amicale et sans agressivité. Les poursuivis ne sont pas censés se promener au beau milieu du camp de leurs poursuivants. Le jeune décrocha la laisse du chien et s'avança vers la sentinelle. Dans la lumière il était une ombre et ce royaume était le royaume des ombres et c'est là qu'il se sentait à l'aise maintenant. Martin Bishop donna un coup de pied dans le feu.

Hé ! chuchota la sentinelle pour ne pas réveiller les autres. Pourquoi tu fais ça ?

Martin Bishop s'avança vers lui.

Tu as presque éteint ce feu. Fais donc un peu plus attention.

Arrivé près de lui Martin Bishop leva sa barre à riper et chargea. Il frappa l'homme et le fit tomber de son rocher. L'homme s'écroula sur le dos et resta couché sur le sol le souffle coupé.

Je suis un bouffeur d'ordures, lui murmura Martin Bishop. Je suis venu chercher le chien. Et il partit en courant.

Commotionné et couché sur le dos la sentinelle sonna l'alarme. Le jeune entendit les hommes derrière lui s'éveiller et farfouiller pour trouver leurs bottes et leurs vestes. Il entendit la voix de Fisk qui fulminait de la colère du juste et le jeune éclata de rire même s'il avait peur. Il continua de courir. Il traversa la rivière et le chien courait à côté de lui. Sur l'autre rive il lui enleva sa laisse. Viens, mon chien, dit Martin Bishop. Viens avec moi.

De l'autre côté de la rivière le contremaître appelait : Rex ! Rex ! Reviens !

Viens, mon chien, dit doucement Martin Bishop. Viens. Il courait sur la berge et le chien courait à côté de lui. Les hommes le poursuivaient mais il était capable de les semer maintenant.

Il courait et son esprit cette nuit avait des ailes et cette fuite était sa vie. Il maintint une cadence que les hommes plus âgés ne pouvaient garder et cette course et la liberté de cette nuit ravissaient le chien qui l'accompagnait. Rex courait en tête et attendait ou pataugeait dans la rivière et jappait puis arrivait à la course ou restait sur place un moment à haleter puis revenait en courant pour ne pas perdre son compagnon de vue.

Bon chien, Rex. Bon chien.

Le jeune gardait la cadence et ses forces augmentaient et la nuit était sainte et lui donnait le sens aigu de son destin et cette terre était sa terre et cette forêt sa forêt, croyait-il, et c'était ce qu'il revendiquait. Il courut jusqu'à ne plus pouvoir courir et quand il s'arrêta il était seul sous le ciel d'août. Seul à respirer l'haleine de l'hiver comme s'ils étaient nez à nez main dans la main. Il continua sous un fragment de lune et la paix l'habitait et son courage l'habitait et il sentait sa colonne vertébrale se tendre aussi haut que la gorge de la rivière jusqu'aux cimes des épinettes blanches et il avait l'impression de marcher sur le bord du monde et le monde entier sous ce ciel et sous ce roc écoutait ses pas et prospérait au bruit de son passage. Le monde lui semblait un lieu tellement lointain et l'empire des nations et des sociétés une conflagration étrangère. L'étoile Polaire semblait plus singulière et plus proche. Il continua de marcher comme s'il voyageait dans l'assemblage des constellations et que l'univers était sa destination et les étoiles sa carte et sa jeunesse le vaisseau même qui l'emportait si loin.

Le jeune reprit le chemin qui à travers les bois plus denses et l'obscurité plus profonde menait à l'ancien bivouac où Jeeter avait été abattu. Je suis venu enterrer les morts, dit-il au chien, et l'affabilité de sa voix fit gambader Rex et le chien continua de marcher avec lui. S'il appartient aux morts d'enterrer les morts cela signifie-t-il que je les ai rejoints ?

Il se rendit à l'endroit où ils avaient campé et où il avait déjà enterré le grizzly. Et maintenant il allait laisser en dépôt le corps d'un homme à côté de celui de l'animal. Il fouilla pour trouver les outils laissés sur place et retrouva une pelle de bourrage. Rex gémit un peu et geignit et aboya une seule fois.

Ouais tu connais l'endroit. On est déjà venus. Tu te souviens de la nuit où Fisk a abattu ce vieux grizzly. Pas vrai ? La lune était une lampe accommodante. Le jeune se mit à creuser et le chien jappa. Le jeune creusait et se servait de sa barre pour déplacer les grosses pierres et dans cette implacable terre il ménagea une fosse peu profonde.

O.K., Jeeter. Tu ne m'as jamais fait de tort. J'imagine que tu mérites un lieu de repos décent.

Mais le tertre qu'il avait pris pour Jeeter n'était qu'une bosse dans le terrain.

Jeeter ?

Le mort était parti. Le jeune se dépêcha de regarder partout pour se rappeler où il était tombé et c'était bien là qu'il avait été abattu. Il en était certain. Jeeter avait été allongé là avec son visage oblitéré et ce moment avait ébranlé le jeune jusqu'aux os. Martin Bishop n'avait pas l'habitude de sentir la violente et sauvage agitation d'un cœur qui se débat sous l'effet de la peur et de l'effroi et dans son épouvante il haletait pour retrouver son souffle.

Jeeter.

Il prononça le nom comme pour sommer les morts dans leur ordonnancement et en assigner un à comparaître parmi les vivants. Le chien était inquiet aussi et finalement le jeune porta attention à ce qui agitait Rex. Il observa ce qui suscitait l'intérêt du chien et s'aventura dans l'ombre plus profonde et cria quand la main d'une feuille le toucha.

Rex aboya.

Excuse, mon chien. Ça va. Je regarde.

Il dut se baisser et se baissa et avança lentement et franchit une dizaine de pas avant de toucher quelque chose d'étrange. Il fit un bond en arrière et trébucha sur le chien. Rex geignit et recula. Le jeune tendit de nouveau la main et la retira précipitamment de nouveau et la tendit encore et la laissa se poser sur l'invisible chose qui se trouvait là. Il déplaça sa main sur la protubérance et s'appliqua à porter un jugement. Il sut alors qu'il tenait la pointe de la botte d'un homme.

O.K., mon chien, dit-il. On l'a trouvé.

Le jeune présuma que c'était Fisk et sa bande qui avaient caché Jeeter dans les buissons à l'abri de tout regard indélicat. Il tint le corps par les chevilles et le tira de nouveau hors des buissons. Il le traîna sur les rochers et le disposa dans sa tombe et s'assit un moment pour se calmer et respirer.

Rex flaira le corps étendu puis revint s'asseoir à côté du jeune.

Martin Bishop flatta les oreilles du chien et le jeune tout autant que le chien était heureux d'avoir un compagnon.

Ils m'appellent le contrôleur et disent que c'est moi qui consigne le temps, dit-il au chien. Sais-tu comment je compte le temps maintenant ? Je compte les tombes que je creuse.

Le jeune se releva et commença à remplir le trou. Il pelleta de la terre sur les pieds de Jeeter. Puis il recula d'un bond et sa pelle hurla dans l'air froid de la nuit.

Il se serra de nouveau la poitrine et son cœur frénétique battait maintenant de terreur.

Ben non.

Le chien avait détalé aussi. Le jeune ne savait pas si l'animal avait fait le saut à cause de lui ou parce qu'il avait entendu le même bruit.

Le jeune se mit à genoux dans cette clarté lugubre. Il rampa doucement vers la tombe. À la lueur de la lune filtrée par le feuillage et sous les étoiles prescientes il contempla le visage disparu de cet homme appelé Jeeter.

Il n'entendit aucun bruit. Juste le souffle erratique du vent dans le ciel.

Dans le cou de l'homme se produisit un autre gargouillis et le jeune fit un bond en arrière.

Non. Jeeter. Maudite merde. Tu respires.

Le jeune s'écarta pétrifié de désarroi avant de se rapprocher de nouveau rempli de honte et de compassion.

Jeeter. Tu m'entends ? Il parlait à voix basse au corps dont la gorge émettait ce faible gargouillis. Tu es vivant, Jeeter ? Oh mon Dieu. Tu as rampé d'ici tout seul.

Le bruit ténu fit aboyer le chien.

Jeeter ! Jeeter ! Réveille-toi. Non. Ne te réveille pas. Tu n'as plus de visage. Oh mon Dieu… Jeeter. Il ne savait que faire et le dit au corps. Je ne peux pas t'aider. Je ne peux pas de tirer de là. Jeeter ! Il parlait d'une voix basse et douce tout à la fois murmure et cri. Jeeter ! Réveille-toi !

Il s'éloigna de nouveau comme si rester près était dangereux. Il se lissa la barbe et se balança doucement sur le sol. Il ne pouvait déplacer le corps et ne pouvait chercher du secours. Les yeux le nez la bouche de l'homme avaient explosé et il se rappelait le sang et le pus et pensait que c'était la cervelle qu'il avait vu suinter. Le jeune pris de panique s'encourut et tomba tout de suite et terrassé par l'horreur qui lui était infligée cria pour implorer pitié.

Rex avait sauté sur lui et lui piétinait le dos et le jeune étreignit le chien.

Il fallait qu'il se calme. Il lutta contre le désordre intérieur de ses frayeurs et lutta pour recouvrer la maîtrise de soi. Il s'approcha du corps dans la tombe. Il écouta le gargouillis ininterrompu et murmura : Je ne peux pas te tirer de là, Jeeter. Tu dois te laisser mourir ici. D'accord ? Il n'y a rien à faire. Il n'y a pas de médecin. Il n'y a pas moyen de t'en sortir. Jeeter. Tu es au bout de ton rouleau. Vas-y. Laisse-toi mourir. D'accord ?

Des spasmes secouèrent le jeune et il se cramponna jusqu'à ce que la crise passe puis de rage et de colère il dit tout haut d'une voix plaintive : J'aurais dû dire à Fisk que je ne savais pas conduire ce camion. C'est comme ça que tout a commencé. J'aurais dû lui dire que j'étais incapable de conduire Lomacki en ville.

Cette corniche dans le roc jetait sur son avilissement un éclairage singulier et tout découlait de ce seul moment, croyait-il, et il s'étonna qu'une seule action puisse engendrer une telle série de conséquences. Il recouvra son calme et baissa les yeux vers cette ombre qui était un cadavre vivant. Le jeune s'enfonça en lui-même et dit tout haut d'une voix pacifiée juste pour le chien : Je parie que je ne suis pas venu pour enterrer les morts après tout. Je suis ici pour enterrer quelqu'un qui est toujours vivant. Je suis venu enterrer les vivants et je préférerais n'être pas venu.

Il ramassa sa pelle et pelleta de la terre sur les bottes de l'homme et de la terre sur ses tibias et ses genoux et de la terre sur ses cuisses puis vers le haut du corps jusqu'à sa taille. Il pelleta de la terre sur son ventre et ses propres jambes se mirent à trembler et il se sentit incapable de continuer à pelleter. Il tomba sur le sol et gratta la terre pour enlever de là celui qui gisait dans la fosse puis il arrêta de nouveau et se tint le visage dans les mains et sacra et supplia doucement.

Jeeter. Ta gueule.

Le jeune à genoux reprit sa pelle et leva haut la lame et envisagea d'en donner un impeccable coup dans le visage monstrueux du mort vivant. Sa respiration s'accéléra et tout son corps se raidit jusqu'au moment où il rejeta l'idée puis se leva et s'éloigna.

J'aurais dû dire à Fisk que je ne savais pas conduire ce camion, dit-il.

Le chien geignit.

Le jeune prit la barre à riper.

Espèce de salopard, Jeeter, dit-il. Pourquoi tu m'obliges à faire ça ?

Il leva la barre. Il regarda longuement le ciel et respira l'air vif de la nuit. Je ne peux pas le laisser ici s'il n'est pas mort, dit-il aux étoiles.

Le jeune se plaça au-dessus du cadavre vivant.

Puis il entendit dans sa gorge un gargouillis.

Martin Bishop sema ses poursuivants quand la patrouille se dirigeant en sens contraire passa près de lui dans la forêt. Sans l'avantage du chien pour traquer les fugitifs les hommes avaient perdu leur enthousiasme et leur principal atout et Fisk avait choisi de retourner poser du rail, pensa le jeune. Il continua de marcher pour rattraper les craqués. Le jour était levé quand il atteignit le camp qu'ils avaient quitté et où son sac l'attendait. Il déjeuna d'une boîte de bines et nourrit le chien de ragoût irlandais. Puis ils continuèrent de marcher et de suivre le cours de la rivière.

Le jeune ne rattrapait pas vite le terrain perdu. Il s'arrêtait souvent et s'asseyait au bord de l'eau comme pour contempler le courant mais sans rien y voir. Il se perdit dans le vide de sa tête et tomba dans une léthargie insomniaque. Quand le chien se couchait pour se reposer le jeune se reposait aussi. Il transporta longtemps sa barre à riper mais finalement la jeta dans la rivière et l'y laissa et continua de marcher.

Il continua dans le lit de la rivière et le long de la berge et une fois ne put s'empêcher de crier. Il continua de marcher et sentit son cœur céder au désespoir et souhaita que Fisk le pourchasse peu importent les conséquences. Il dut se forcer pour poursuivre et dut secouer sa détresse. Il continua de marcher accablé par les événements.

Le soleil prenait le jour d'assaut quand il repéra le feu des craqués. Il mit sa laisse à Rex et clopina vers leur bivouac. Scully vint à sa rencontre pour être le premier à le saluer. Le chien était trop épuisé pour japper ou se faire des ennemis. Scully appela le jeune « patron ». Il prit son sac et l'accompagna jusqu'au camp.

Joe John sortit une boîte pour le chien. Le jeune tint la nourriture entre ses paumes et l'animal qui les avait pourchassés si souvent ne s'occupa que de manger sans leur prêter la moindre attention.

Est-ce qu'ils arrivent ? demanda Grease quand le jeune s'assit. Il surveillait de près le chien qui lui avait mutilé le pouce.

Mmm ? Le corps de Bishop s'écroula sur le rocher. Ils se rapprochaient des régions arctiques. La forêt qui les entourait était plus clairsemée maintenant que la taïga cédait à la toundra.

Fisk. Il est à tes trousses ?

Fisk a abandonné, dit le jeune. On est en sécurité.

Je vous l'avais dit. Je vous avais dit qu'il allait nous tirer de là, maintint Scully.

Joe John et Grease hochèrent la tête.

Café ? demanda Grease.

Ouais. Donne-lui un café, dit Scully. Le jeune hocha la tête.

Le chien s'installa confortablement à côté de lui et se coucha contre une de ses jambes.

Ce chien est de notre bord maintenant, dit Joe John.

Il est fatigué. Comme moi.

Qu'est-il arrivé ? insista Grease.

Rien à raconter. J'ai volé le chien. C'est tout. J'ai ramené les hommes de la patrouille vers le camp et ils y resteront.

Il reçut son café et le goût lui enflamma la tête au point qu'il eut l'impression qu'elle allait exploser. Il sortit de la poche de sa chemise un des paquets de cigarettes qu'il avait dérobés dans la chambre de Fisk et fit passer le paquet. Grease s'agenouilla et alluma sa cigarette dans le feu et la fit passer et les autres s'allumèrent à cette cigarette et les hommes fumèrent. Joe John dit : On a des betteraves et du maïs.

Fameux.

Le jeune ferma les yeux un bout de temps. Puis il les rouvrit. Où est Herm ?

Les hommes se turent un bout de temps puis se regardèrent pour décider qui parlerait.

Herm n'est pas là, dit Grease.

Le jeune regarda chaque homme. Il regarda Scully. Tu l'as abattu, Scully ?

Scully grogna. Je ne l'ai pas abattu, patron. J'aurais dû. Mais je ne l'ai pas fait.

Où est Herm, Joe John ?

Il est parti. Il a dit qu'il ne pouvait plus continuer. On a discuté avec lui mais il est quand même parti. Il est retourné. On se disait que tu l'avais vu.

Je ne l'ai pas vu.

Il s'est sans doute caché.

Grease lui passa de la nourriture dans une boîte à conserve. Le jeune avala bruyamment le maïs et mastiqua les betteraves.

Tu l'as abattu, Scully ?

Il ne l'a pas abattu, dit Grease. Herm a décidé de lui-même de retourner.

Scully ouvrit le fusil et montra la chambre vide et l'autre qui était chargée. Je n'ai pas d'autre balle. J'en ai utilisé une pour Jeeter. L'autre j'aurais pu m'en servir pour Herm mais il est parti de lui-même.

La nouvelle troubla le jeune. Il se faisait du mauvais sang. Il se demanda comment Herm pourrait survivre et aussi s'il avait la force de retourner une autre fois pour aller le chercher.

Il a pris de la nourriture, dit Joe John. Et on a laissé de la nourriture derrière. Il devrait être correct pour un bout de temps.

Pour un bout de temps, dit Scully.

Alors il reste juste nous, dit le jeune.

Juste nous, confirma Grease. La journée a été bonne aujourd'hui. On a descendu un bon bout de rivière.

Il reste encore bien du chemin, dit Joe John.

Espérons que le beau temps se maintienne, dit Martin Bishop. On n'est pas arrivés aussi loin que vous le pensez.

Ils restèrent à fumer un bout de temps autour du feu.

On est vraiment navrés pour Herm, dit Grease.

Le jeune hocha la tête.

Vous n'auriez rien pu faire, dit-il.

Je ne suis pas navré, grogna Scully. J'aurais dû abattre ce débile quand j'en avais l'occasion.

Ils le regardèrent un bout de temps et lui aussi les fixa jusqu'à ce qu'ils détournent la tête.

Ils avaient deux jours de marche dans le corps et il leur en restait beaucoup d'autres. Le temps se gâta et ils se réveillèrent un matin sous un manteau de neige. Après le déjeuner ils marchèrent pendant une vingtaine de minutes et découvrirent devant eux le Grand Lac des Esclaves. Au bord du lac il y avait un village indien. Ils choisirent de le contourner sans se faire repérer.

Ils ne peuvent rien pour nous sauf raconter que nous sommes passés. On le contourne, dit le jeune.

Ils contournèrent le village. Rex aboya en réponse aux abois des chiens qui détectaient leur passage. Ils continuèrent de marcher et chaque homme éprouvait une immense solitude et se sentait attiré par la pâle fumée des cheminées et la paisible distribution de ces familles dans l'ordre de leurs existences.

On devrait peut-être aller les voir, dit Grease. Juste pour dire bonjour.

Je ne voulais rien dire, dit Martin Bishop.

Dis-le de toute façon.

Regarde juste de quoi on a l'air.

Chaque homme regarda ses compagnons et tout de suite ils éclatèrent tous de rire parce qu'ils étaient une vraie bande de pouilleux. Décrépits amaigris hagards affreux couverts de crasse l'air menaçant et avec des mines de proscrits et de dépossédés qui empêcheraient n'importe quel étranger de les accueillir avec chaleur dans sa vie et dans son cœur. Ils riaient de leur allure et se surveillaient les uns les autres aussi.

Je ne sais pas si j'ai vraiment l'air d'un pouilleux, dit le jeune, mais vous avez tous l'air encore plus pouilleux que moi.

Tu as l'air plutôt pouilleux toi-même, dit Grease. Tout poqué et tout.

Je me dis qu'au fond j'ai fait une fleur à Jeeter, dit Scully.

Les hommes cessèrent de rire et ils continuèrent de marcher. Martin Bishop resta un bout de temps à hauteur de Grease et il dit tout bas : Voilà pourquoi.

Pourquoi quoi ?

Pourquoi on ne peut pas aller au village.

Scully risque de tuer quelqu'un.

Exact.

Vaut peut-être mieux quelqu'un du village que l'un de nous. Il n'a qu'une seule cartouche.

Quelles seraient nos chances après ça ? Mais ce n'est pas la question. Je ne veux pas qu'une personne étrangère à nos problèmes soit tuée pour un geste de gentillesse.

Quand ils eurent dépassé le village ils revinrent vers la grande eau et restèrent debout sur le rivage.

Le lac était d'une sauvage beauté et le jeune se demanda pourquoi cette beauté lui était si familière alors qu'il n'avait jamais dans sa brève existence vu d'étendue d'eau aussi gigantesque. C'était une mer intérieure et l'autre rive n'était pas visible. Le roc aux alentours était pratiquement dépourvu de végétation. Il se dit que l'endroit ressemblait à la Lune et c'est alors qu'il se rendit compte pourquoi ce paysage lui était connu. Le lac ressemblait au ciel nocturne vaste tranquille et inaccessible à ceux qui devaient se résigner à rester sur le rivage. Ils suivirent la rive du lac et marchèrent dans les bois clairsemés. À certains moments il n'y avait plus de bois du tout et alors ils avançaient plus vite. Pendant la journée la neige fondit sous leurs pieds. Le soir ils se reposèrent.

C'est encore loin ?

Des jours et des jours.

Bon Dieu.

Après on sera libres.

Peut-être, dit Scully.

Pas de peut-être. À Hay River tout le monde saura ce qu'on nous a fait endurer. Je vous le dis. On sera payés pour notre travail. On sera récompensés pour ce qu'on a dû subir. On dénoncera la corruption et les journaux nous appelleront des héros. Vous verrez.

Comment comptes-tu t'y prendre exactement ? demanda Scully.

Je connais les policiers.

Tu connais les policiers.

Je les ai rencontrés quand j'ai amené Lomacki.

Peut-être, suggéra Grease, vu les circonstances. Tu sais. Peut-être que tu ne devrais pas te donner la peine de parler aux policiers.

Quelles circonstances ?

Jeeter, dit Joe John.

Rien à voir avec Jeeter.

Je ne veux pas parler aux chiens, dit Scully. Qu'est-ce qu'on en a à foutre. Tout ce que je veux c'est m'en aller d'ici.

À ta guise. Moi je vais faire ce qui est bien. Après tout ce que Fisk a fait il ne doit pas s'en réchapper.

Je rentre chez nous. C'est tout, dit Joe John.

Oublie les policiers, conseilla Grease.

Je dois faire ce qui est bien, déclara Martin Bishop. Libre à chacun d'agir comme il veut.

Tu ne devrais pas penser autant au bien et au mal, dit Scully d'un ton agressif. Et penser un peu plus à ce qu'on peut faire sans se faire attraper et à ce qu'on ne peut pas faire.

Ouais ? dit Martin Bishop.

Ouais, lui dit Scully.

On verra ce qui arrivera, dit le jeune.

Peut-être que certains le verront et que d'autres ne le verront pas.

Je vous sors d'ici, fit remarquer le jeune.

Ça ne veut pas dire que je te dois quelque chose.

Non. Ça ne veut pas dire que tu me dois quelque chose.

Alors tu te la fermes avec cette histoire.

Le jeune leva les mains et ne dit plus rien. Il se coucha à côté du chien qui était agité de mouvements convulsifs. Il sentait qu'il avait envie de pleurer et s'il avait été seul il aurait pleuré et qu'une telle peur l'étreigne si fort et habite son cœur avec tant de virulence était, il le savait, signe qu'il s'affaiblissait.

Grease posa la main sur son épaule comme pour le réconforter. Tu me rends ces bottes ou tu les gardes ?

Ben ce sont mes bottes.

Je te les ai rendues mais c'était juste un prêt. Je n'ai pas dit que c'était pour toujours.

Ce sont mes bottes. Si tu veux que je te les passe tu devras me les enlever. Le jeune regarda Grease et sur son visage impassible ne put lire aucune expression d'accablement particulier. Si tu en as le courage, ajouta-t-il.

Martin Bishop pensait qu'il avait attrapé la fièvre au cours de cette étape. Il était couché sur le sol et se retourna pour chercher la fraîcheur de la nuit.

Grease était assis recroquevillé à côté de lui et regardait son dos. Ensuite il s'éloigna puis se coucha sur le ventre et dormit un peu.

À mesure que les jours passaient leurs sacs devenaient de plus en plus légers et leurs pas de plus en plus lourds de la fatigue de la marche. Ils avaient épuisé les boîtes de ragoût et n'avaient plus de viande. Même le chien devait manger du maïs en crème entre les paumes du jeune. Les hommes se querellaient pendant qu'ils marchaient et la nuit en ce temps de l'année où les jours raccourcissaient les disputes et les récriminations faisaient rage. Scully ne lâchait jamais son fusil et personne ne le laissait marcher directement dans son dos.

Un soir ils installèrent le camp et allumèrent un feu avec leur dernière allumette. Ils se rassemblèrent autour du feu. Scully une main sur son fusil fit du café et Grease demanda : Où est passé Joe John ?

Le métis leur avait faussé compagnie. La dernière fois qu'ils l'avaient vu il était en tête. Il les avait semés parce qu'il était capable de marcher plus vite. Ils n'étaient plus que trois maintenant.

Ben qui a besoin de lui ? dit Martin Bishop.

Tu restes avec nous, contrôleur ? demanda Scully. Parce que si tu ne restes pas je veux le savoir.

Je reste avec vous jusqu'à ce qu'il n'y ait plus personne.

Je ne vois pas pourquoi tu ne peux pas me prêter ces bottes pour un jour, argumenta Grease. Je ne vois pas pourquoi on ne peut pas partager.

Si je te prête ces bottes tu vas rattraper Joe John et je ne les reverrai plus.

Scully rit pour lui tout seul.

Je ne me sens pas bien, contrôleur. Je suis malade, dit Grease. Tu sais quoi. Je serais bien incapable de rattraper Joe John même si je pouvais marcher dans le ciel.

Ben ces bottes sont à moi.

Je te les ai échangées contre des abricots.

Et moi je t'ai remboursé avec plus de nourriture que tu n'es capable d'en manger.

Mes pieds me font pire que mal. Ils sont en compote.

Tu as les pieds fatigués ? demanda Scully.

Fatigués et couverts d'ampoules. Il enleva ses bottes pour leur montrer.

Il avait les pieds à vif et en sang.

Si tu veux je peux te les tirer, dit Scully. Il pouffa de nouveau d'un rire dément pour lui tout seul comme s'il ne faisait pas partie du trio.

Grease remit ses bottes.

Dormons un peu, dit Martin Bishop. Il faut qu'on y arrive. On ne doit plus être très loin.

Ils s'installèrent dans des crevasses entre les rochers.

Ils restèrent sans rien dire un bout de temps.

On pourrait tout simplement l'abandonner, suggéra Scully.

On pourrait, dit le jeune.

Allez au diable tous les deux, dit Grease. Allez au diable.

Le chien se blottit contre le jeune et ils se réchauffèrent l'un l'autre.

La lune décroissante se leva et affaiblit le scintillement des étoiles. Ils dormirent sous cette clarté et écoutèrent dans leurs rêves les hurlements interminables et lugubres des loups. Parfois le chien aboyait pour leur répondre et parfois il geignait.

Au matin Grease et le contrôleur s'assirent à l'écart. L'homme au visage de fouine était agité.

Tu ne vas pas me laisser ici n'est-ce pas ?

Ne t'en fais donc pas, Grease.

Ce ne serait pas bon pour toi non plus.

Scully et moi on pourrait avancer plus vite sans toi. Pour ça il a raison. J'aurais pu marcher aussi vite que Joe John si j'avais voulu.

Il lui reste une cartouche. Si tu t'en vas avec lui qui penses-tu qu'il abattra ?

Tu te dis que si on reste ensemble il est possible qu'il tue un des deux mais pas l'autre.

Je ne pense pas qu'il abatte personne si on reste ensemble. Il sait qu'il ne lui reste qu'une cartouche pour deux.

Je ne pense pas qu'il ait l'intention de nous tuer.

Moi ? Non. Toi ? Peut-être. Tu penses qu'un homme comme Scully réfléchit avant de tuer ? Ou bien qu'il tue sans réfléchir ?

Je ne sais pas.

Je ne sais pas non plus. C'est pour ça qu'on devrait rester ensemble.

Le jeune se nettoya sur des touffes de mousse et se leva. Je te l'ai déjà dit : Je reste avec vous jusqu'à ce qu'il n'y ait plus personne.

Alors d'accord, dit Grease.

Ben d'accord.

Ils revinrent au campement. Scully était appuyé contre un boulder un brin d'herbe entre les dents. Il souriait d'un air fier et déplaisant.

Je vous fais peur à tous les deux. Pas vrai ? demanda-t-il.

Ils levèrent le camp et le contrôleur appela Rex. Le chien remonta du lac où il était allé boire. Il faut juste que tu te rappelles une chose, dit le jeune.

Quoi ? demanda Scully.

Si on abandonne Grease…

Je suis capable de continuer, geignit Grease.

Si on abandonne Grease et que tu gaspilles ta dernière cartouche sur moi…

Ouais ?

Alors tu devras apprendre à nourrir le chien de tes propres mains.

Je ne nourris pas ce chien.

Il a vu ce qui m'est arrivé, dit Grease. Ce n'était pas joli.

Si tu ne nourris pas le chien il va devenir fou. Et le jour où Rex deviendra fou c'est ce jour-là qu'il commencera à se dire que tu sens pas mal bon la viande à chien. Ça devrait te donner à réfléchir.

Ils avançaient lentement le sac sur le dos. Le chien bondissait à côté d'eux puis il prit la tête et courut devant.

Hé, les gars, dit Scully. Je veux que vous sachiez.

Quoi ?

Je n'ai pas l'intention de vous abattre. Ni l'un ni l'autre.

Ouais. Comme tu n'avais pas l'intention d'abattre Jeeter, dit Grease.

Jeeter me tombait sur le citron. Pour Jeeter l'idée m'a paru bonne.

Tu aimes tuer le monde, Scully ?

J'ai aimé tuer Jeeter. Il me tapait sur les nerfs depuis trop longtemps.

Ce sont des choses qui arrivent, dit le jeune.

Ils continuaient d'avancer de peine et de misère.

À la fin de cette pénible journée la douleur criblait leurs os. Ils avaient les pieds blessés et gourds les poumons oppressés et leurs cœurs battaient d'une coupable appréhension. Avant le repos de la nuit le chien partit chasser les loups. Il traversa à la course une fondrière couverte de mélèzes et d'épinettes noires et grimpa sur une terrasse rocheuse. Le jeune le rappela mais le chien continua. Les hommes grimpèrent tant bien que mal derrière lui.

Aucun n'était capable de courir. Ils entendirent la bataille et les cris et les grognements apeurés. Quand ils émergèrent au sommet d'une butte les loups s'enfuirent en bondissant puis étonnés s'arrêtèrent pour les regarder puis s'enfuirent en bondissant de nouveau avec de longues et hautes foulées. Le chien restait invisible. Les hommes grimpèrent dans les rochers pour le repérer et se guidèrent sur le bruit d'un rauque halètement. Le jeune trouva le chien le premier. Il s'était fait massacrer dans la bagarre et saignait de partout et ne voulait plus se relever. Le jeune s'agenouilla et toucha la seule oreille indemne de la bête. Le chien geignit dans la clarté déclinante.

Grease et Scully arrivèrent.

Scully ricana. Voilà qui change les choses, dit-il.

Martin Bishop se leva. Le chien tressaillait à ses pieds. Abats-le, dit le jeune.

Scully secoua la tête. Je ne gaspille pas ma dernière cartouche sur un chien en train de crever, dit-il.

Le jeune leva doucement la tête et perçut derrière les visages de ses compagnons les stries rouge sang du soleil couchant. La lumière jetait un reflet satiné sur la roche du sol et le cœur du jeune s'emplit de la beauté de cette taïga qui s'étendait aux confins du monde. Tu abats ce chien ou bien c'est un de nous deux que tu devras abattre, dit-il.

Ne me pousse pas, dit Scully.

Grease ramassa une grosse pierre. Abats le chien ou bien on te fracasse le crâne, dit-il.

Abats un de nous deux et celui qui reste te fracasse le crâne, Scully. Je t'en fais la promesse solennelle.

Comment savoir que vous ne le ferez pas si j'abats ce chien ?

On ne le fera pas. C'est tout.

On n'a aucun problème avec toi, Scully, à part ce que tu peux faire avec cette dernière cartouche.

Je ne veux pas la gaspiller pour un chien. Voilà. Il est en train de crever de toute façon. Attendez dix minutes.

Abats le chien, Scully. Tu perds du temps.

L'homme réfléchit aux choix qui s'offraient à lui. Les trois fugitifs étaient debout sur le plateau et leurs ombres étaient longues sur le sol. Le jeune clignait des yeux dans le soleil et attendait. Grease frappait deux pierres l'une contre l'autre et elles résonnaient et son rythme était le rythme des patrouilles qui les avaient pourchassés en un autre temps et en un autre lieu. Les deux hommes rendaient Scully de plus en plus nerveux. Le silence de l'un et l'inquiétant tapage de l'autre le mettaient hors de lui.

Abats ce chien toi-même, dit Scully. Il présenta le fusil au jeune.

Le jeune tendit les mains et prit l'arme. Abats-le, murmura Grease.

Ouais, dit Scully. Abats ce chien. On va voir si tu en as le courage.

Pas le chien, dit Grease, et Scully le regarda. Puis Scully regarda le jeune et le jeune tenait le fusil pointé vers lui.

Hé, dit Scully.

Tire, implora doucement Grease.

On va à Hay River, leur déclara le contrôleur. On fera rapport aux policiers. On va faire ce qui est bien. On leur parlera de Fisk et du couque et de tout ce qu'ils ont fait.

Tu es incapable de laisser souffrir ce chien, dit Scully. Je te connais. Tu ne peux pas.

On fera rapport, dit le jeune. Je veux ma paie au complet.

D'accord, dit Grease parce que le jeune avait pointé l'arme vers lui aussi.

Alors on se comprend bien tout le monde.

Et à propos de Jeeter ? demanda Scully.

Je n'en parlerai pas.

Moi pareil, ajouta Grease.

Et moi pas plus, dit Scully qui était d'accord avec les autres.

Alors on est d'accord ? demanda le jeune.

Certain, dit Grease. Pour moi c'est d'accord. Je n'ai rien contre l'idée d'aller chercher ma paie.

L'idée d'aller chercher ta paie et de faire ce qui est bien te pose un problème, Scully ?

Aucun problème.

Alors j'ai ta parole ?

Tu as la mienne, dit Grease. Scully ? Donne-lui ta parole.

Et alors ? lui demanda Martin Bishop.

Je te donne ma parole. Mais tant que tu tiens ce fusil tu n'en as pas vraiment besoin. Pas vrai ?

Ta parole ne vaut rien, Scully ?

Scully fixa le jeune un bout de temps puis cracha par terre entre eux. Tu pourrais gager ta vie sur ma parole, dit-il.

Je vais te dire quelque chose. C'est entre nous. Tu n'as pas à te tracasser que j'aille raconter que tu as tué Jeeter. Rapport que tu ne l'as pas tué.

Scully et Grease froncèrent tous les deux les sourcils. Ils avaient du mal à suivre sa logique.

Si je suis retourné la première nuit c'était pour enterrer Jeeter.

Tu n'as pas fait ça.

Si.

Pourquoi ? demanda Grease.

Parce que je crois que ce sont les vivants qui doivent enterrer les morts. Alors je suis retourné. Et j'ai éloigné de nous la patrouille. Donc ça aussi je l'ai fait. Je n'ai pas trouvé Jeeter où on l'avait laissé. Je l'ai retrouvé dans les buissons où il avait rampé.

Rampé ? Que veux-tu dire ? Il était mort.

Il respirait encore.

Qu'est-ce qu'il a dit ?

Qu'est-ce que tu penses qu'il a dit ? Ton coup de feu lui a arraché la bouche, Scully.

C'est ce que je pensais avoir fait.

C'est ce que tu as fait. Il était mourant comme le chien ici. Alors je l'ai tué pour mettre fin à ses souffrances. Voilà pourquoi je ne compte pas parler de Jeeter.

Les deux hommes le regardèrent fixement sans parler ni bouger pendant un bout de temps.

Puis Scully sourit. Comment tu as fait ? demanda-t-il.

Ça ne te regarde pas, dit le jeune.

Tu n'as pas tué Jeeter. Jamais de la vie.

Ben si.

Jamais de la vie.

Je te le dis.

Alors comment ?

Le jeune resta sans rien dire un bout de temps. Il regarda lui aussi Scully droit dans les yeux et cette fois sans détourner le regard. J'avais une barre à riper.

Ouais. Je m'en souviens.

Je me suis mis debout au-dessus de lui, dit le jeune avec calme. Sous la clarté de la lune. Il faisait un gargouillis. Il n'avait déjà plus de visage. Je ne pouvais pas le laisser mourir ainsi.

J'aurais dû lui chatouiller les pieds, dit Scully en ricanant pour lui tout seul. Puis il se tut et le jeune le fixa des yeux. Qu'est-ce que tu as fait ?

J'ai levé la barre.

Vraiment ?

Et je la lui ai enfoncée dans la gorge puis je l'ai levée une autre fois et je la lui ai enfoncée dans la poitrine au centre du cœur. Après il n'a plus réagi.

Scully esquissa un sourire. Alors tu es un jeune assassin, dit-il.

Martin Bishop le regarda de nouveau. Puis il dit : D'accord. Maintenant on va continuer de marcher et je ne veux pas qu'on se dispute en route. Je suis fatigué des disputes. Compris ?

Les hommes hochèrent la tête et leurs longues ombres s'étiraient loin sur ce pays.

Le jeune baissa le fusil. Il plaça la gueule du canon contre l'oreille indemne du chien puis appuya sur les deux détentes. La cartouche atteignit la cible.

La tête et la cervelle du chien éclaboussèrent le roc et les bottes du jeune.

Puis il lança le fusil vers le soleil couchant.

D'accord, dit-il. Maintenant je vais enterrer ce chien.

Des loups hurlaient.
Le jeune se réveilla et écouta leurs cris sur l'immensité du vide de ce ciel et de ce pays. Il avait souffert de solitude après le départ de sa mère de la ferme familiale. Il s'était sentit seul à cette époque et avait souffert de solitude une autre fois quand il avait appris qu'elle était morte dans un autre pays. Sur les rives du Grand Lac des Esclaves il se sentait totalement diminué et transformé. Il n'éprouvait plus de chagrin pour les autres.

Martin s'assit pour soulager une douleur soudaine. Grease à son tour se redressa et vint vers lui. Le jeune regardait le ciel au loin vers l'ouest.

Je ne sais pas, dit Grease. Tu parles trop. Tu prends des risques.

Il ne fera pas d'esclandre.

C'est ton opinion.

Il tiendra parole.

Pourquoi ? Tu penses qu'il a de l'honneur ou quelque chose du genre ?

Le jeune haussa les épaules. Je pense qu'il est plutôt stupide. Grease secoua la tête et le regarda avec de l'admiration dans les yeux. Tu nous as tirés du pétrin, dit-il.

Jusqu'ici.

Jusqu'ici. Je suis navré. Je ne suis pas capable d'aller vite. Je suis faible. Je suis fatigué. Je suis épuisé.

Tu aurais besoin d'une bonne nouvelle pour te redonner des forces.

Ouais. C'est vrai.

Alors regarde derrière toi.

Grease regarda. Quoi ? dit-il. La lune qui se lève ?

Regarde autour, Grease. L'homme au visage de fouine regarda et vit la lune étroite et pâle et par-delà le dernier quartier de lune il entrevit un rougeoiement plus haut que son regard. Il tourna très vite la tête vers cette autre lumière.

Martin. Qu'est-ce que c'est ?

Hay River, dit le jeune.

Hay River ?

Ça doit.

On y est. On y est presque. Scully ! Réveille. On y est ! C'est Hay River. Et c'est comme un soleil qui se lève !

Scully se réveilla. Les trois hommes étaient debout et bien vite ils se mirent à danser sur la lande éclairée par la lune. Ils tournèrent bras dessus bras dessous dans l'air froid et chantèrent à tue-tête comme des ivrognes et après leur charivari contemplèrent l'horizon au-dessus duquel rougeoyaient les lumières d'une ville. Les craqués avaient hâte au lendemain.

Laissez rouler vers moi les beaux jours, dit Scully.

La liberté, ajouta Grease.

Ils restaient bouche bée devant ce rougeoiement qu'ils entrevoyaient.

Je me sens comme Moïse quand il regardait la Terre promise, dit Martin Bishop.

Moïse n'a jamais pu y mettre les pieds, dit Grease.

Mon papa disait que la guerre la famine la maladie et la misère attendaient tous ceux qui avaient fait le voyage jusqu'au pays où ruissellent le lait et le miel. Il disait que c'était pour ça qu'il voulait vivre sur une terre aride dure à travailler. Sur une terre de même un homme peut avoir sa part de chance, croyait-il.

Je ne pense pas que Hay River soit un pays où ruissellent le lait et le miel, dit Scully. Mais de la bière ça ferait mon affaire.

J'ai une petite amie là-bas, leur dit Martin Bishop.

Grease poussa un cri.

Comment s'appelle-t-elle ? demanda Scully.

Nicole Granger. Ben. Elle n'est peut-être pas encore tout à fait ma petite amie.

Mais tu as bon espoir.

Et c'est pour ça que Hay River est pour moi un pays où ruissellent le lait et le miel.

C'est pour ça que tu voulais tellement y arriver, dit Scully. C'est pour ça que tu nous as fait prendre ce chemin-ci.

Possible, dit le jeune. Les trois rirent de voir les choses sous cet angle-là.

Ils restèrent sans rien dire un bout de temps.

Ils gardaient les yeux fixés sur le rougeoiement.

Il nous reste encore bien du chemin, se plaignit Grease.

On y arrivera, prophétisa Martin Bishop.

Les deux hommes le crurent.

VINGT-QUATRIÈME ET VINGT-CINQUIÈME JOURS

Tôt dans la matinée ils découvrirent la dépouille du premier d'entre eux. Ils le reconnurent à ses vêtements. Il était mort de faim ou s'était laissé tomber là pour mourir hagard et désespéré. Le jeune insista pour qu'ils lui creusent une tombe. Il avait été le premier des craqués. Celui qu'ils n'avaient jamais connu. Celui qui avait vécu dans le bois sans aucun compagnon. Ils creusèrent la tombe avec les mains. Ils utilisèrent de grosses branches pour pousser le mort dans la fosse et sur le lac non loin de la rive un bateau tournait. Ils observèrent le bateau. Le jeune dit : Enterrez le corps.

On devrait peut-être se cacher.

Vous avez entendu ce que j'ai dit.

Ils remplirent le trou et le jeune entassa des pierres sur le tertre.

Quelqu'un veut-il prononcer quelques mots ?

Ça fait un bout de temps qu'il est mort, fit remarquer Scully. Il ne nous entendra plus maintenant.

Je crois que ce sont les vivants qui doivent enterrer les morts, dit le jeune. C'est peut-être leur unique chance de faire quelque chose de bien.

Ils continuèrent de marcher.

Le bateau de pêche patrouilla le long de la côte un bout de temps comme s'il guettait la laborieuse progression des trois hommes et ils observèrent le bateau. Ils ne firent aucun geste pour demander du secours. Après un temps le bateau jeta l'ancre et un canot pneumatique s'en détacha. Un vieil homme solitaire et ridé rama jusqu'à la rive et les craqués embarquèrent. Ils transportèrent ce qu'il leur restait de nourriture à bord du bateau et l'offrirent en guise de paiement pour le transport.

Je ne vais rien vous faire payer du tout, dit le pêcheur. Pour qui me prenez-vous ? M'a tout l'air qu'on vous a déjà fait payer pas mal jusqu'ici.

Prenez. On n'en veut plus. À partir de maintenant je mange de la viande, proclama Scully, et les trois voyageurs rirent et savourèrent la bière que le pêcheur leur avait donnée à partager.

Ils étaient assis sur le pont arrière et parcouraient sur l'eau les derniers milles de leur voyage. Le moteur était grincheux. Il crachouillait mais la petite embarcation tenait le coup et ils continuaient. Fermer les yeux s'endormir et avancer quand même était leur plus grand luxe.

Comment se fait-il que ce bateau de pêche ne sente pas le poisson ? demanda Martin Bishop. Il est vieux mais ça se voit que vous le gardez en bon état.

C'est un bon vieux rafiot, admit le capitaine. Je ne pêche pas beaucoup. Trop dur et trop de problèmes. Pas assez de poisson pour mes vieux os. Je transporte surtout du monde. Des chasseurs. Des pêcheurs sportifs. Des Indiens qui n'ont pas de bateau. Du monde du genre.

Les hommes restèrent silencieux un bout de temps à respirer l'air froid.

Ben si vous êtes un traversier faut qu'on vous paie, dit Martin Bishop.

L'homme haussa une épaule.

Gentil à vous de nous avoir pris, lui dit Grease.

On est dans le Nord ici, dit le vieil homme. Les gens sont fins.

De la manière que vous nous avez attendus et que vous êtes venu nous chercher avec votre dinghy on dirait presque que vous saviez qu'on allait venir.

Ai entendu dire que vous viendriez peut-être, admit le marin.

Comment ça ? demanda Scully prêt à se battre de nouveau.

J'ai embarqué un des vôtres avant vous. Il a dit que vous viendriez dans le coin. S'appelait Joe John.

Les trois se détendirent et sourirent et crurent qu'on les avait sauvés.

Hay River était en vue. Le jeune fixa la ville du regard comme si c'était une apparition. Peut-être ne filerait-il pas tout droit à la police. Il se dit qu'il pourrait téléphoner à Nicole Granger et lui raconter son histoire et recevoir sa sympathie et que ça suffirait pour mettre un baume sur son amertume et son dégoût.

New York City, dit Grease.

Ils rirent. Scully dit : Pas tout à fait mais ça fera pareil.

La ville perdait de sa splendeur à mesure qu'ils approchaient. Elle ressemblait maintenant à un bourg miteux et délabré. Un sentiment de défaite supplantait le bonheur de leur arrivée comme s'ils ne pouvaient remporter par eux seuls aucune victoire sans en payer le prix. Ils étaient étrangement cafardeux en débarquant sur le quai. Ils remercièrent le capitaine puis se traînèrent sur la terre ferme épuisés courbés perclus de douleur et découragés. Personne ne prononçait le moindre mot.

Au bout du dock ils passèrent devant une panoplie de filets et plus loin le jeune hésita. Je dois téléphoner à quelqu'un, dit-il.

Tu as un dix-sous ? demanda Grease.

Il appelle la police, dit Scully. Il va le faire.

Tu m'as donné ta parole. Je pourrais.

Tu avais un fusil à ce moment-là. Tu m'as contraint.

Tu as donné ta parole, Scully.

Ça n'aurait aucune valeur au tribunal.

Tu m'as dit que je pouvais me fier sur ta parole.

J'ai changé d'avis.

Je te l'avais dit, dit Grease.

Et toi ? demanda le jeune à l'homme au visage de fouine.

Si tu as un dix-sous tu peux appeler.

Je vais demander dix cennes au capitaine.

Le jeune fit demi-tour sur le quai craquant rongé par les intempéries et mendia dix sous au vieux pêcheur. Quand il revint Scully était parti sans dire au revoir et marchait déjà vers la ville.

Aussi bien, dit Grease.

Ben je ne te demanderai pas de respecter ta parole s'il ne respecte pas la sienne.

Vraiment ?

Vraiment. Mais je veux te remercier d'être resté.

Je veux te remercier de m'avoir tiré de là.

Ben c'est ensemble qu'on a réussi.

Que vas-tu faire maintenant ? On pourrait peut-être continuer ensemble.

Le jeune regarda la masse indistincte de la ville puis de nouveau l'eau et son paisible clapotis.

Mieux vaut qu'on se sépare, dit-il. J'ai décidé de téléphoner d'abord à ma petite amie.

Grease éclata d'une sorte de rire bourru. Elle n'est pas encore ta petite amie. Penses-tu qu'elle le deviendra quand elle te verra l'air ?

Ben. C'est une fille d'un genre assez spécial.

Grease lui tapa l'épaule. Elle te remettra d'aplomb.

Je l'espère.

Ils marchèrent un peu vers la ville.

Et la police ? demanda Grease. Et ta paie ?

Le jeune resta silencieux un bout de temps. Je pensais. Il faudra que j'y réfléchisse un peu plus, dit-il. Je l'ai tué tu sais. Je ne l'ai pas juste dit. J'ai dû tuer Jeeter moi-même. Je ne pouvais pas le laisser continuer à souffrir.

J'imagine que c'est ce que tu devais faire.

Ben je l'ai fait. Et je n'ai pas particulièrement envie de l'expliquer à personne.

Tu veux mon avis ? Va voir ta petite. Laisse-la te remettre d'aplomb. Ne lui raconte rien sauf des mensonges. Après oublie tout le reste.

Toi, que vas-tu faire ?

Je n'en sais rien pour le moment. D'abord je veux me faire payer une bière. Ensuite je déciderai. Peut-être qu'ils ne me laisseront pas vivre sur le bien-être par ici. Peut-être qu'ils me jetteront dans un bus pour le Sud.

Peut-être, dit Martin Bishop.

Ils étaient arrivés à la première rue et cela semblait l'endroit propice pour se séparer.

Bonne chance, dit Martin Bishop.

Oublie tout ça, le jeune. Suis ta route.

Ben je vais y penser.

Penses-y. Penses-y comme il faut.

Ben j'y penserai.

Il se firent un geste d'au revoir et partirent chacun de son côté sans qu'aucun des deux ne sache ce qui l'attendait.

Martin Bishop trouva le numéro de téléphone et l'adresse de Nicole Granger dans l'annuaire. Il marcha un bout de temps et repéra la rue puis flâna près de sa maison en espérant l'entrevoir. Ou mieux. Il espérait qu'elle le voie la première et arrive en courant. Des passants le remarquaient. Il présuma qu'il avait l'air à leurs yeux d'un marginal et le produit de circonstances inconnues dont ils n'avaient pas la moindre envie de savoir quoi que ce soit. Il ne pouvait risquer d'aller tranquillement sonner à la porte de la jeune fille et de s'y présenter en épave héroïque et digne d'elle tout à la fois. Il devait téléphoner d'abord et s'expliquer. Il composa trois fois et raccrocha trois fois avant la première sonnerie. Puis il composa de nouveau et attendit.

Une femme répondit. Ce n'était pas Nicole Granger. Il demanda à lui parler. La femme lui demanda de la part de qui. Il dut y réfléchir. Martin, finit-il par répondre. Martin Bishop. La femme s'éloigna et il entendit marmonner en arrière-fond et le bruit d'une radio ou d'une télévision. Il imagina les commodités simples de cette maison et leur évocation fit naître une sorte d'envie en lui mais il ne savait pas de quoi.

Nicole vint à l'autre bout du fil. Elle dit : Martin ?

Tu te souviens de moi, dit-il.

Certain. Tu sais conduire maintenant ?

Ben l'autre jour j'ai fait toute la route et je suis arrivé vivant.

Ah ouais ? Félicitations. C'est plutôt bizarre. J'aurais parié que tu n'y arriverais pas.

Il ne savait comment réagir à ses taquineries et ne dit rien.

Où es-tu ? demanda-t-elle.

Je suis à Hay River. Écoute. Nicole. J'ai quelque chose à te dire.

Quoi ?

Il attendit un bout de temps.

Martin ?

Ben j'ai eu des problèmes dans le bois. Les choses ne se sont pas trop bien passées.

Tu as perdu ton travail ?

Pas exactement. Ben. Je suis toujours sur la liste de paie mais ça c'est une autre histoire.

Alors quoi ?

Il se tut de nouveau. Il savait ce qu'il valait mieux taire mais il avait envie de tout raconter et entendre la voix de Nicole lui donnait envie de pleurer. Il devait se maîtriser.

Mon petit Martin ? Tu vas bien ?

Ben, dit-il. Pas vraiment.

Qu'est-ce qu'il y a ? Elle semblait gentille et le timbre éraillé de sa voix lui faisait du bien. Il crut ne s'être pas trompé en disant qu'elle était sa petite amie.

J'ai pensé à toi, dit-il.

Ah ouais ?

Ouais.

Comment ça se fait ?

Il voulait lui raconter qu'il avait vécu dans le bois et qu'il avait été un bouffeur d'ordures et lui raconter qu'il avait tué un homme avec sa barre à riper et qu'il avait été pourchassé comme une bête et qu'il avait pourtant survécu et lui raconter qu'on l'avait battu et qu'il avait l'air d'une loque et pouvait-il venir et vivre dans sa maison un bout de temps ou dans le garage ou dans la cabane à outils dans le fond du jardin mais ces mots-là n'allaient pas de soi et il ne savait par où commencer ni ce qu'il devait dire ni ce qu'il valait mieux taire.

Je ne sais pas, dit-il.

Je veux dire. Est-ce que c'est parce que je sais bien conduire ou bien parce que tu penses que je suis riche ou bien pourquoi ?

Elle le taquinait et cela seul suffisait pour qu'il l'aime. Il dit : Nicole, et il eut envie de pleurer. Des larmes lui montaient aux yeux. Il lutta contre ses larmes.

Quoi ? Tu as des problèmes, mon petit Martin ?

Il souhaitait pouvoir redevenir un garçon ordinaire et lui donner rendez-vous et lui demander peut-être de sortir avec lui s'il pouvait trouver le courage de le lui demander. Il ne voulait vraiment pas s'ingérer avec tout le déséquilibre de son être dans la vie de Nicole mais il avait besoin de la voir.

Écoute. Il faut que je te quitte. M'man est après moi. Elle déteste quand les garçons téléphonent. Peux-tu me rappeler plus tard ? Elle doit sortir bientôt. Dans une heure à peu près. Peux-tu me retéléphoner à ce moment-là ?

Certain, dit Martin Bishop.

Tu es certain ?

Ouais.

Tu promets ? Elle riait de nouveau d'un petit rire aérien.

Ouais. Certain. Je promets.

Alors d'accord. Faut que j'y aille.

O.K.

O.K.

Au revoir.

Au revoir, mon petit Martin.

Au revoir.

Il entendit le clic de son récepteur et la tonalité puis il raccrocha et eut envie de pleurer. Il voulait se coucher et pleurer. Il se rendit compte qu'il était plus affamé que tout ce qu'il pouvait imaginer et qu'il avait froid et qu'il était épuisé et brisé et qu'il avait compté sur elle pour manger se reposer avoir un abri et maintenant il devait attendre et ne savait pas s'il en serait capable. Il marcha jusqu'à un banc et s'y assit et pleura et se crut souillé et rayé de l'univers des garçons et des filles et de l'univers des hommes et des femmes et de l'univers des humains. Il avait participé à l'assassinat d'un homme et le monde n'avait aucune pitié pour les minables de son espèce. Je veux ma paie, décida-t-il. Fisk et Prud'homme étaient responsables de ce qui lui était arrivé. Il voulait réparation et voulait un salaire en poche et ce serait le tribut versé pour sa souffrance la compensation pour sa misère le dédommagement pour toutes les choses auxquelles il avait dû renoncer. Il ne se présenterait pas en vaincu à la porte de Nicole Granger. Il reviendrait victorieux et blanchi et ne permettrait pas qu'elle le voie dans sa ruine et sa déchéance. Je veux ma paie, résolut-il. Le jeune se leva et marcha dans la ville.

Des siècles et des siècles plus tôt il avait amené Lomacki à Hay River. Il avait arpenté la rue principale et observé les gens pour regarder comment ils reculaient leurs véhicules. La ville et la rue et les gens dans la rue semblaient avoir radicalement changé. Le vocabulaire du temps s'était étrangement altéré. Le discours des dernières semaines avait démodé le langage de sa vie antérieure autant que s'il était passé d'un fuseau horaire à un autre dans lequel les horloges continueraient de marquer le même temps mais où toutes les choses auraient vieilli et se seraient émaillées de la patine de l'âge sans que rien du reste semble avoir changé. Martin Bishop lui-même se sentait vieilli.

Des hommes et des femmes le regardaient. Il quitta la rue principale pour une avenue plus tranquille. Il avait l'air d'un vagabond, pensait-il, et ce qu'il pouvait voir de lui-même était vraiment navrant. Ce qu'il n'en pouvait voir il le devinait. Il était aux yeux des autres un déchet d'humanité. Il pressa le pas le regard rivé au sol comme pour n'insulter personne et ne vouloir offenser aucun citoyen respectueux des lois. Il se rendit compte pendant qu'il marchait qu'il ne se dirigeait pas vers le poste de police comme il l'avait pensé mais revenait vers la maison de Nicole Granger.

Et cette fois elle était dehors sur la pelouse.

La jeune fille le vit avant qu'il ne rebrousse chemin. Elle jeta un rapide coup d'œil à sa maison puis se retourna de nouveau et lui fit un signe du menton. Il passa devant la façade et quand il atteignit la limite de la propriété se précipita dans l'allée. Nicole le rejoignit sur le côté de la maison et releva la porte du garage. Martin Bishop entra et resta debout près du pick-up qui y était stationné.

Tu es dans un piteux état, dit-elle. Qu'est-il arrivé, mon petit Martin ?

C'est une longue histoire.

J'imagine.

J'ai besoin d'une place où me laver.

As-tu mangé ?

Il y a bien longtemps.

M'man doit sortir. Cache-toi dans la soupente jusqu'à ce qu'elle soit partie. D'accord ?

La cachette satisfaisait Martin Bishop. Un espace de rangement couvert de contreplaqué occupait la moitié de la surface sous le toit et une échelle était aménagée sur un mur. Il y grimpa. Il se glissa derrière une pelle à neige puis s'étendit et ferma les yeux.

Nicole Granger l'appela d'en bas. Tu es correct, Martin ?

Ouais, dit-il. Parfait.

Je ne te vois pas du tout. Tu es bien caché.

Merci. C'est bien.

Je reviendrai quand m'man sera partie. Elle va venir prendre le camion.

O.K. je ne grouillerai pas.

Essaie de ne pas sentir trop mauvais, dit-elle.

Elle referma la porte jusqu'à terre et le garage fut plongé dans l'obscurité complète. Martin Bishop attendit. Il s'assoupit dans le noir. Il dormit et laissa ses rêves l'envahir. Il se réveilla en sursaut quand la porte du garage se rouvrit. Il entendit quelqu'un monter dans la camionnette puis allumer le contact et appuyer sur l'accélérateur pour pousser le moteur. La camionnette sortit du garage en marche arrière et la porte resta grande ouverte. Puis il entendit un bruit de pas.

Mon petit Martin ? appela doucement Nicole Granger. Descends de là.

Le jeune se lava dans la maison puis mangea du rosbif froid et lui raconta son équipée. Nicole compatit avec lui.

On doit te cacher ailleurs, dit-elle, si jamais quelqu'un venait à ta recherche.

Je serai correct.

On doit te cacher ailleurs.

Il retourna dans la soupente du garage et la cachette était sûre même s'il se demandait s'il pourrait supporter l'obscurité complète.

Je ferai semblant de travailler ici. Je trouverai une excuse. Monte avec moi, dit-il.

D'accord, dit-elle.

Il monta le premier et elle le suivit. Ils s'assirent ensemble à sa place derrière la pelle à neige. Il osa lui passer un bras autour des épaules. Elle eut un sourire furtif et se blottit contre lui.

Je pensais que tu ne reviendrais jamais, dit-elle.

Je voulais revenir, dit-il.

Il ne parlaient presque pas. Il s'assoupit et elle se colla contre lui et sa mère stationna le pick-up dans le garage. Ils attendirent tous les deux et l'entendirent sortir de la camionnette et refermer la porte. Ils se retrouvèrent dans le noir. Nicole Granger alors l'embrassa et le jeune la serra contre lui et embrassa son corps invisible dans l'obscurité. Elle pouffa de rire à côté de lui. Il sourit dans le noir et elle suivit la trace de son sourire du bout des doigts.

M'man va me chercher, dit-elle. Je suis encagée.

Que veux-tu dire ?

Je n'ai pas la permission de sortir de la maison.

Pourquoi ?

Oh j'ai eu un paquet de problèmes, Martin. C'est ainsi que ça marche.

Elle eut de la difficulté à retrouver l'échelle dans le noir et le jeune l'aida. Elle descendit en tâtonnant le long du mur et parvint au plancher. Elle dut pousser fort pour entrouvrir la porte du garage. Il la vit se glisser sous l'ouverture étroite. Quand elle referma la porte elle lui laissa un pouce de lumière.

Il s'efforça de dormir.

Nicole Granger revint plus tard et ouvrit grand la porte. Il n'osa pas dire un mot avant qu'elle ne parle mais elle restait silencieuse près de l'établi au niveau du dessous. Puis elle sortit et dit sans élever la voix : Je t'ai mis à manger et une boisson gazeuse sur l'établi, Martin. Je reviendrai quand je pourrai. Cette fois elle laissa la porte ouverte plus haut. Il se faufila jusqu'au bas de l'échelle puis mangea et but avant de regrimper.

Elle revint plus tard et il émergea de son sommeil. Nicole dit : Descends, Martin. M'man est partie chez la voisine.

Il descendit. Ils se sentaient timides l'un près de l'autre et elle lui avait apporté un autre soda et une pointe de gâteau à la vanille nappé dans un glaçage à la fraise. Il le mangea avec une délectation telle que les larmes lui montèrent aux yeux.

Tu es tellement maigre, dit-elle.

Il haussa les épaules. J'ai perdu un peu de poids j'imagine.

Comment s'appelait le contremaître ? Celui qui t'a battu ? demanda-t-elle.

Fisk. C'est un homme cruel.

Ouais.

Il ne s'était jamais trouvé ainsi en présence d'une fille et c'était différent de la compagnie des hommes. Il avait mal partout et le désir qui l'avait habité avait perdu de son intensité ces derniers jours.

Je crois que je devrais y aller. Je reviendrai après le souper.

Elle prit le plateau en partant.

Plus tard dans la soirée il y eut du brouhaha. Le jeune écouta crispé dans le noir. Quelqu'un remonta la porte du garage et il entendit la voix de Nicole Granger qui hurlait et la voix de sa mère qui la houspillait. Il entendit qu'on emmenait la jeune fille contre son gré. La mère criait et la traînait vers la maison puis tout redevint calme. Dans la maison la mère continua de la disputer.

Le jeune se sentait mortifié jusqu'aux os. Il ne pouvait ni parler ni s'enfuir. Aucune liberté ne s'offrait à lui. Une voix qu'il reconnut demanda tranquillement : Où es-tu, contrôleur ?

Le jeune resta sans bouger dans sa cachette et s'efforça de retenir son souffle.

Tu ne vas pas m'obliger à grimper là-haut n'est-ce pas ?

Il expira l'air retenu dans ses poumons. Je ne retourne pas avec toi, dit le jeune. Va-t'en et laisse-moi tranquille.

Tu sors de là et on discute, dit Fisk.

Le jeune émergea de sa cachette mais ne descendit pas l'échelle. Il était debout au-dessus du contremaître avec la tête juste sous le faîte du toit.

Bonsoir, petit contrôleur. Ça fait un bail.

Le jeune le regarda. Il avait peur d'être battu encore une fois et son cœur lui pompait déjà l'adrénaline dans le sang. Il se raidit et attendit le moment où il devrait se déchaîner.

Maintenant, mon gars, tu as négligé tes responsabilités. Pas vrai ? dit Fisk. Les autres hommes qui étaient avec lui dans le garage opinèrent comme pour confirmer que le contremaître avait raison. Tu m'as fait perdre mon temps et semé la pagaille dans mes affaires et tu as démanché mes rails sans aucune espèce de bonne raison à part tes crises de mauvaise humeur.

Ce n'est pas exactement comme ça que je…

Si tu as le moindre bon sens tu te la fermes maintenant, mon gars. Le contremaître enleva sa casquette et essuya la sueur sur le bandeau intérieur. Il la remit et leva les yeux. Je ne te demande qu'une chose. Viens-tu sans faire d'histoires ou bien es-tu décidé à me faire des problèmes ? Parce que si tu me cherches tu vas me trouver.

Le jeune fut surpris d'avoir le choix. Il n'était pas sûr de ce qu'il préférait – un autre passage à tabac ou être de nouveau chassé dans la forêt boréale.

Tu vas me renvoyer dans le bois ?

Le contremaître secoua légèrement la tête. M'a te dire de quoi, dit-il. Là j'ai besoin de tous les hommes disponibles. Je dois rattraper le temps que tu m'as fait perdre. Bon. Viens-tu sans faire d'histoires ou bien je dois t'obliger à descendre de là ?

Je ne sais pas ce que tu attends de moi.

Ne pose pas de questions. Contente-toi de venir.

Tu as déjà attrapé Grease. Pas vrai ? Grease et Scully.

Peut-être que oui peut-être que non. Je te l'ai dit. Ne pose pas de questions.

Le jeune regarda le contremaître. Est-ce que je serai payé ? demanda-t-il.

Pareil que tous les autres. Si tu ne veux pas venir sans faire d'histoires alors je vais devoir t'amener de force. Et je ne vois pas quel bien ça pourra faire à personne. Maintenant. J'ai une seule question à te poser et j'attends une réponse franche.

Le jeune debout attendait.

Où est mon chien ?

Qu'a dit Scully ? Et Grease ?

C'est à toi que je le demande.

Je l'ai abattu, dit Martin Bishop.

Tu as abattu mon chien sans aucune espèce de bonne raison ?

Des loups l'ont attaqué. Ils l'ont mis en pièces. Après je l'ai abattu. J'ai tué ton chien pour son bien, Fisk.

Le contremaître et le contrôleur se regardaient droit dans les yeux.

Ben c'est ce que j'ai fait, dit le contrôleur.

Tu m'as sans doute épargné la contrariété d'avoir à le faire moi-même, dit Fisk.

Peut-être.

Viens-tu sans faire d'histoires ou non ? demanda le contremaître.

Je ne travaille plus pour toi, Fisk.

Tu penses ça ?

Tu ne peux pas m'obliger.

Non ?

Le contremaître dégaina son couteau de chasse et l'arme scintilla dans la lumière du soleil qui se découpait à travers la porte. On ne parle pas d'une bagarre ici, mon gars. On est plus nombreux que toi. Maintenant, petit, tu viens ou bien tu risques d'avoir un terrible accident.

Le contremaître le fixait des yeux.

Mort ou taillé en morceaux tu ne sers à personne, dit Fisk.

Est-ce que je suis toujours sur la liste de paie ? demanda le contrôleur au contremaître.

C'est toi la personne qui s'occupe de tout ça, lui dit Fisk.

D'accord, dit-il.

D'accord quoi ?

Je reviens.

Très bien, dit Fisk. Le couque sera ravi. Il a insisté pour qu'on te ramène vivant.

Martin Bishop descendit l'échelle et un des hommes de Fisk lui attrapa le biceps et l'entraîna vers un pick-up. Le contrôleur se laissa conduire sans opposer de résistance. À l'arrière du pick-up un autre homme lui attacha les chevilles. Fisk monta et prit le volant. Les autres hommes s'assirent à côté de Martin Bishop et étendirent les jambes le long de leurs fusils de chasse. Le jeune vit le visage de Nicole Granger dans le cadre de bois d'une fenêtre de la cuisine. Elle criait et il voulait l'appeler aussi.

Aux limites de la ville ils s'engagèrent dans un chemin de terre et le jeune se dit qu'ils allaient l'exécuter. Il regarda le ciel comme si Lomacki et un grand grizzly et son propre père y habitaient et le regardaient de là haut. Il y avait une autre camionnette sur le côté du chemin. Scully et Grease en descendirent et grimpèrent dans le pick-up à côté du jeune. On leur attacha les chevilles aussi. Les deux camionnettes démarrèrent.

Tu vas payer pour tout ce qui arrive, dit Scully.

Laisse le jeune tranquille, dit Grease.

Toi aussi, Grease. Tu vas payer toi aussi.

Tu as presque réussi, dit Grease. Scully et moi on était foutus. On est allés tout droit boire un coup et c'est là qu'ils nous attendaient.

Je ne veux même pas entendre ce que vous racontez, dit Scully.

Martin Bishop ne disait pas un mot. Il observait la sérénité du ciel boréal. Ils quittèrent la ville et prirent la route du camp de la rivière Buffalo d'où ils avaient si récemment réussi à s'échapper. Le jeune se sentait pris dans un cercle. Un cercle qui lui semblait devoir durer toujours. Il était content d'avoir pleuré plus tôt parce qu'il n'aurait pas supporté de nouvelles larmes.

Plus tard pendant le trajet il regarda Grease et lui dit : C'est toi qui t'es rappelé son nom n'est-ce pas ?

Grease ne répondit pas et Scully sourit d'un air plutôt satisfait.

Les craqués firent le voyage jusqu'au camp à l'arrière de la camionnette. Ils arrivèrent peu après midi. Les ouvriers revenaient du chantier. Ils regardaient les trois hommes attachés les uns aux autres accablés de honte et terrassés par un sentiment de défaite et adoptant sans rien dire le même comportement comme des animaux par induction sympathique. Fisk ordonna d'enchaîner les chevilles des prisonniers et d'attacher les chaînes avec des cadenas et de river des selles de rail aux chaînes. Enchaîner les captifs devint sur-le-champ un sport et prétexte à rire et à camaraderie pour les nombreux hommes attroupés. Les craqués ne pouvaient avancer sans traîner les pieds et traîner derrière eux le cliquetis de l'acier. Les ouvriers du chemin de fer que l'on avait tirés de leurs bas-fonds de leurs prisons et de leurs maisons de fous se moquaient d'eux et y prenaient beaucoup de plaisir.

Ces hommes ne mangent pas dans ma cuisine, décréta le couque quand il les vit. Fisk fut d'accord avec le diktat de Prud'homme.

On doit nous nourrir, exigea Martin Bishop. Fisk donna son assentiment à ce diktat-là aussi.

Vous serez nourris.

Ils attendirent sous un ciel nuageux pendant que les hommes prenaient leur lunch. Martin Bishop cria en direction de la cuisine : On doit être nourris aussi.

Plus tard le couque arriva avec une marmite et des assiettes et servit à chaque prisonnier sa portion.

J'ai mis mon art culinaire à contribution pour créer une nouvelle concoction en votre honneur, récita-t-il. Un ragoût digne des caves et des petits malins de votre espèce. Je suis persuadé qu'il vous tiendra en bonne forme pour vos labeurs. Je veux vous encourager, vous les craqués, à renoncer à votre vie d'oisiveté et à vous rendre utiles à vos frères les hommes. Nous vous convaincrons de racheter votre existence dilettante. Je baptise mon nouveau plat Suprême de pâtée à cochons à la Prud'homme.

Les hommes regardèrent le brouet fétide. C'était un liquide jaune et verdâtre pareil aux suppurations vomies par certains malades.

Tu ne peux pas nous faire manger ça, dit Martin Bishop.

C'est de l'excellente pâtée à cochons, répondit le couque. Elle est tout ce qu'il y a de plus parfait sur terre. Vous allez la manger ou bien je vous donnerai des crottes de rat comme dessert.

Scully se pinça le nez et goûta. Il fit la grimace et avala puis concéda une fois remis que la pâtée du couque était de la nourriture et qu'elle était relativement mangeable. L'obèse continua de les surveiller l'air menaçant jusqu'à ce que chaque homme ait avalé sa part.

J'aurai plus de temps pour préparer votre souper. J'ai quelque chose de spécial en tête. Je le baptise Délice d'eau de vaisselle à la Prud'homme.

Il se pencha avec difficulté et tira Martin Bishop par les cheveux. Quatorze hommes pour relever cette bécosse. Voilà combien il en a fallu. Je ne supporte pas les espaces clos. Je n'oublierai jamais ton infamie, mon garçon. J'ai une âme de gratteux et j'exige l'exact paiement de ce que tu me dois. Le prix de ma souffrance augmente. Nous te casserons, mon garçon. Nous te déclarons tout de go que nous nous vouons à ton avilissement sur terre. Quand tu n'en pourras plus et que tu aspireras à une expiation plus douce tu devras implorer à genoux et alors seulement je réfléchirai à quelque ultime acte de contrition avant de te laisser la paix.

Tu n'arriveras pas à me faire supplier, Prud'homme.

C'est peut-être pourquoi nous sommes ici, mon garçon. C'est peut-être pourquoi nous avons été placés sur cette terre. Pour le découvrir.

Prud'homme se redressa péniblement. Vous devriez être plus sélectifs dans le choix de vos compagnons, vous deux, dit-il à Scully et à Grease. Le couque regarda de nouveau le jeune. Des indignités te seront infligées, l'avisa-t-il, puis il se retourna et s'éloigna avec sa marmite vide et les assiettes sales qui s'y entrechoquaient.

Les prisonniers travaillaient à la voie ferrée avec la ferme et inébranlable volonté d'endurer. Une chaîne cadenassée les attachait les uns aux autres et chacun maniait une masse à crampons dans le vent boréal et ils fixaient les crampons que la machine laissait de côté.

C'est toi le responsable de tout ça, se lamenta Scully, et il tira sa jambe d'un coup sec pour gêner le jeune.

Tu préférerais manger des ordures et dormir dans la forêt ? demanda le jeune.

Je préférerais être un homme libre et je le serais si je n'étais pas resté collé à tes talons.

Change de disque, dit Grease.

Et toi aussi tu es à blâmer, dit Scully. Nous ralentir. Tu n'étais pas capable de porter ta charge de nourriture. Il fallait qu'on la porte pour toi. On aurait dû t'abandonner.

Calcule-le comme tu veux, Scully. Peu importe comment tu expliques les choses. Tu es un perdant.

Et pas toi je suppose ?

Je sais à qui la faute.

À qui ?

Devine.

À moi ?

À moi, dit Grease. C'est ça la différence entre nous. Moi je n'accuse personne d'autre que moi d'être responsable de mon malheur.

Ouais. Eh bien tu es un pauvre type, Grease.

Le jeune resta silencieux un bout de temps. Sa masse pilonnait l'air transparent et le crampon tintait et c'était une musique à ses oreilles et cette musique retentissait dans le jour et sur ce pays comme un joyeux carillon.

Ils posaient du rail et leur progression était impressionnante. Ils continuèrent pendant l'heure du souper et au retour des ouvriers Fisk leur apporta leur part de Délice d'eau de vaisselle à la Prud'homme. Martin Bishop la mangea sous l'œil du contremaître. Délicieux, dit le jeune.

Pourceau bouffeur d'ordures, dit Fisk.

Est-ce qu'il en reste ?

Retourne travailler.

Ils se remirent au travail. Le jeune avait trouvé son rythme. Il balançait sa masse et devint rapidement le meilleur de la gang capable de soutenir la cadence de la lourde cramponneuse devant lui qui en enfonçait quelques-uns. En plus de son propre travail il faisait aussi la moitié de la tâche assignée à Scully et à Grease. Sa masse battait l'air et par moments Fisk regardait et semblait admirer ce qu'il voyait.

Les ouvriers quittèrent le chantier pour le repos de la nuit. Fisk en désigna un pour garder les craqués jusqu'à ce qu'ils aient assujetti tout le rail disposé ce jour-là. Ils travaillaient éclairés par une draisine. Le jeune continuait de manier la masse sans ralentir même si son corps était épuisé et si le mépris lui ravageait l'esprit.

Grease s'écroula sur ses genoux et se mit à bredouiller tout bas. Le gardien lui donna un coup de pied. Le jeune dit : Si tu lui donnes un autre coup de pied je te fends le crâne avec ma masse.

Dûment convaincu le gardien garda ses distances et Grease parvint à se relever. Scully dit d'une voix de nouveau remplie d'admiration : Ça c'est parler.

Leurs ampoules s'étaient ouvertes et leurs mains saignaient et la détresse des damnés soulevait les muscles de leurs bras et de leurs épaules. Le jeune continuait de travailler et les autres marchaient derrière lui incapables de soulever leur masse et s'ils y parvenaient incapables d'assener un coup sur les têtes des crampons. Ses deux compagnons regardaient et le jeune termina le travail qui leur avait été assigné. Ils se tournèrent alors vers leur gardien. Le jeune dit : Maintenant quoi ?

Vous déposez vos masses.

Puis quoi ?

Puis j'ai mes ordres.

Quels ordres ?

Je vous enchaîne à la voie ferrée.

Ne faites pas ça, monsieur, murmura Grease.

Hé, bonhomme. Fous-nous la paix, plaida Scully. Laisse-nous nous enfuir dans le bois. Tu dois.

Le gardien regarda le jeune. Le jeune dit : Fais-le.

Faire quoi ? demanda le gardien.

Enchaîne-nous.

Les craqués jetèrent leurs masses un peu plus loin et s'assirent sur la voie. L'homme cadenassa leurs chaînes à l'acier du rail.

Tu dois nous laisser fumer un coup, dit Scully.

L'homme leur passa à chacun une cigarette et l'alluma puis leur laissa généreusement tout le paquet et des allumettes.

Ils étaient plongés dans la nuit. Ils fumaient dans l'éternité du noir. Le gardien démarra la draisine et le seul bruit de quelque importance pour eux fut celui de son cacophonique départ. Ensuite la nuit se fit plus profonde et ils fumèrent. Quand ils eurent terminé ils posèrent la tête sur le rail qui leur servirait d'oreiller. Puis côte à côte dans leur épuisement mutuel les craqués dormirent.

Ils se réveillèrent ensemble des profondeurs conjuguées de leurs rêves et de leur sommeil agité comme si les chaînes qui liaient leurs chevilles unissaient aussi leurs cœurs et leurs esprits.

Un ours, dit Scully d'une voix rauque.

Sans doute, murmura Grease.

Chut, avertit Martin Bishop. Ils attendirent.

La créature était dans le bois. Elle approchait et pataugeait dans le noir. Ils attendaient.

Les ours ne se promènent pas dans le bois la nuit, leur rappela le jeune.

Carcajou. Belette. Martre. Loup, dit Grease.

Le pire c'est le carcajou, dit Scully.

Es-tu capable d'attraper la masse, Scully ?

Non.

Peux-tu essayer au moins ?

Non.

Essaie, Scully, l'exhorta Grease, et la crapule s'étira jusqu'au bout de ses chaînes mais la masse la plus proche était hors de portée.

Je vous l'avais dit.

Quand l'animal émergea il s'avéra que c'était un bipède. Les craqués ne savaient pas s'ils devaient en être soulagés ou avoir encore plus peur.

Il nous voit, dit Grease.

Qui vient ? demanda le jeune à voix haute. L'homme continuait d'avancer vers eux. Il gravissait le talus et les craqués ne dirent plus un mot redoutant de nouvelles brimades et d'autres misères.

Je vous ai apporté des bines, leur dit l'intrus. Il dut s'approcher encore avant de laisser voir son identité et plus près encore avant qu'ils ne puissent détecter son humeur.

Herm. Hé, vieux frère. C'est toi.

Salut, Herm. Tu as réussi. Tu es vivant.

Je vous ai apporté des bines.

D'accord ! Herm ! On n'est pas au bout de nos peines, Herm.

Comment vas-tu, Herm ? demanda le jeune, inquiet de l'apparence du vieux. L'homme semblait plus maigre. Son corps s'était émacié. Ses joues s'étaient creusées davantage et sa démarche ralentie et son dos voûté. Dans le noir il avait l'air d'un être brisé défait os par os et avec les muscles atrophiés. J'avais peur que Scully ne t'ait abattu.

Scully a abattu un homme, dit Herm. Je l'ai vu.

Nous étions tous là, dit Grease.

Je ne l'ai pas tué, dit Scully. Le jeune s'en est chargé.

Je vous ai apporté des bines.

Ils défoncèrent la boîte contre le rail et mangèrent les haricots froids et les trouvèrent très nourrissants.

Il faut que je retourne, dit Herm.

Où ?

Construire ma maison.

Pourquoi n'es-tu pas venu avec nous ? demanda Grease. Pourquoi as-tu rebroussé chemin, Herm ? Tu ne t'en es pas mieux tiré pour autant.

Scully a tué Jeeter d'un coup de fusil. Scully a dit que je serais le suivant, dit Herm. Je l'ai cru.

C'était une farce, dit Scully.

Tu le lui as dit ? demanda le jeune.

Je faisais des farces.

Je l'ai cru, dit Herm. Scully allait m'abattre comme il a abattu Jeeter.

Pourquoi parle-t-il de moi comme si j'étais absent ?

Ça va, Herm ? s'enquit le jeune en posant la main sur le coude du quatrième homme.

Je dois retourner dans ma forêt.

Relaxe. C'est la nuit, Herm.

Scully pourrait venir.

Ils restèrent sous le ciel sans rien dire un bout de temps. Grease passa les cigarettes et les quatre s'allumèrent. Herm avait l'air content de passer ce moment de répit avec eux.

Sais-tu qui on est, Herm ?

Je construis ma cabane pour l'hiver, dit Herm.

Tu ne peux pas rester ici cet hiver.

Je dois être prêt parce que la neige s'en vient.

Il est devenu fou, dit Scully.

Ici le soleil ne brille pas l'hiver, Herm, lui rappela le jeune avec douceur. Il fait quarante sous zéro la plupart du temps. Il n'y a rien à manger.

C'est mon pays, dit Herm. Je suis venu et maintenant je reste.

Sais-tu qui je suis, Herm ? demanda le jeune en lui tenant le coude.

Certain. C'est toi qui consignes le temps. Je t'ai apporté des bines.

Toi il te reconnaît, se lamenta Scully. Moi ? Je suis invisible.

Herm regarda Scully droit dans les yeux. Tout le monde sur le pont, dit-il. Tout le monde sur le pont. Abandonnez le navire. Je répète. Abandonnez le navire. Tout le monde sur le pont.

Scully sifflota et fit un geste circulaire du doigt autour d'une de ses oreilles.

Herm sauta sur ses pieds. Abandonnez le navire, cria-t-il. Mettez les canots à la mer.

Relaxe, Herm, dit Grease. On est loin de cette merde d'océan.

Herm alors s'écroula sur les genoux et s'agrippa au rail d'acier. Consignes-tu ce temps-là, contrôleur ? Le consignes-tu ?

Je le consigne, dit le jeune.

Abandonnez le navire, dit Herm en se relevant.

Il fit demi-tour et se dirigea vers le bois.

Tâche de ne pas te noyer, lui cria Scully en éclatant de rire sans aucun respect. Hé, Herm ! N'oublie pas ton gilet de sauvetage.

Scully a abattu Jeeter, dit Herm sans se retourner.

C'est toi que j'aurais dû abattre ! cria Scully.

Laisse-le tranquille, dit Grease.

J'aurais dû l'abattre, dit Scully à ses compagnons. Ainsi le contrôleur aurait pu l'achever d'un coup de barre de fer dans le cœur.

Ferme-la, l'avertit le jeune.

Tu vas me la casser ?

Le jeune ramassa la selle de rail qu'il traînait aux chevilles. Je vais te fracasser la figure avec ça, dit-il.

Relaxe, dit Scully. Je ne voulais rien dire de spécial.

Hé, Herm, cria le jeune à la silhouette maintenant disparue dans le bois. Merci pour les bines !

Ils finirent leurs cigarettes. Ils finirent ce qui restait de haricots et le jeune jeta la boîte dans le bois.

Ça ne vous ferait rien de vous lever, les gars ? demanda Grease.

Pourquoi ?

J'ai besoin de pisser.

Ils se levèrent tous les trois et chacun son tour pissa. Puis ils se recouchèrent sur la voie et appuyèrent leurs têtes sur le rail d'acier. Grease péta.

Les bines, dit Grease.

Heureusement qu'on n'est pas en-dedans, dit Scully.

Heureusement, acquiesça Martin Bishop.

C'était bon de revoir ce vieil Herm, dit Grease.

Ben. Il a plutôt l'air fichu.

J'ai des petites nouvelles pour toi, mon gars.

Lesquelles ?

On est tous fichus.

Les ouvriers revinrent au chantier. Le couque vêtu de son tablier blanc les accompagnait. Il portait un chaudron. Déjeuner, dit-il aux craqués. Un plat que j'ai baptisé l'Original Gruau de Prud'homme. Du pain rassis trempé dans l'eau et du porridge rance et grumeleux. Goûtez. Vous aimerez.

Les craqués firent la grimace mais le jeune y plongea la paume. Il sortit un motton de gruau du chaudron et l'avala. Mmmm, dit-il. Délicieux. Tu t'es surpassé, couque.

Tu ne me donneras pas le plaisir de te voir souffrir ?

Non.

Alors tes souffrances augmenteront et les souffrances de tes compagnons aussi.

On n'a rien fait nous autres, se lamenta Scully.

Ta gueule, Scully, dit Grease.

Tu devrais écouter Scully, déclara Prud'homme. Il sait comment va le monde. Si vous frappiez ce garçon et discipliniez ses vilaines habitudes vous trouveriez peut-être que votre sort s'améliore. Mais si vous continuez de le ménager je n'aurai pas le choix. Je devrai vous infliger des indignités.

Tu es un malade, couque, dit Martin Bishop.

Ne provoque pas ma colère, mon garçon. Tu ignores ce qui pourrait s'ensuivre. Tu ignores les forces que cela pourrait libérer. Maintenant mange. Mangez tous les trois, pourceaux. Nous ne voulons pas que vous nous creviez entre les pattes avant le temps. Nous tenons au plaisir de choisir nous-mêmes le jour de votre mort.

Les trois hommes s'enfournèrent le gruau dans la bouche et avalèrent. Ils eurent chacun son tour quelques haut-le-cœur mais vinrent quand même à bout de la cochonnerie.

Mettez ces bouffeurs d'ordures au travail, cria Fisk de loin.

Détachez-les, ordonna le couque. Et il dit aux craqués : Debout.

Ils se levèrent. Le gardien qui les avait surveillés le soir précédent se courba devant eux et le soleil étincelait sur son crâne chauve. Il détacha leurs chaînes du rail.

Descendez le talus pour votre caca du matin, leur dit le couque.

Les trois craqués se penchèrent et ramassèrent les selles de rail qui alourdissaient leurs chevilles puis baissés descendirent le talus. Grease tomba et Martin Bishop l'aida à se relever.

C'est assez loin. Maintenant allez-y tous les trois. Faites votre caca.

Les hommes défirent leurs pantalons et s'accroupirent de concert et au bout d'un temps se soulagèrent les intestins. Les ouvriers du chemin de fer postés plus haut les observaient.

Jetez-leur un rouleau de papier, ordonna Prud'homme. Quelqu'un leur en lança un tout de suite.

Torchez-vous le derrière, répugnants animaux, dit Prud'homme. Les hommes s'essuyèrent puis se relevèrent et se rhabillèrent.

Vous êtes une honte, décréta le couque. Les craqués gravirent tant bien que mal le talus de pierres concassées.

La journée de travail des ouvriers du chemin de fer s'organisait et le jeune attendait assis sur la voie ferrée sans regarder Prud'homme même s'il savait que le couque le fixait d'un air attentif et sans pitié. Il finit alors par lui donner la satisfaction de sa colère. Je veux savoir pourquoi, dit le jeune. Explique-moi juste ça.

Que veux-tu savoir, mon garçon ? demanda le couque.

Pourquoi tu nous fais ça ? Nous ne t'avons rien fait.

Rien ? M'enfermer dans une bécosse renversée ! Ce n'est rien pour toi ?

Ben tu le méritais. Après ce que tu as fait.

Je ne méritais rien de ce genre-là et tu ne mérites pas de réponse à ta question. Mais je vais répondre quand même. Je suis un homme généreux et quand tu me poses une question je te donne une réponse. Prenez acte, dit-il aux deux autres enchaînés de chaque côté du jeune. Je suis un homme généreux.

Dis-moi pourquoi tu fais tout ça, couque, dit le jeune, et il y avait du défi dans sa voix.

Le couque s'écrasa lentement sur le rail en face de lui. Je vais te raconter une histoire, Bishop. Il y a peut-être des choses que tu devrais connaître à mon sujet. Il y a des millions d'années quand les dinosaures se promenaient encore dans ces bois le monde m'a fait cuisinier militaire. Ce n'est pas le métier que j'aurais choisi. On m'a montré la cuisine et on m'a dit de cuisiner. Et puis cette armée s'est roulée sur le ventre et a roulé son ventre sur la peau du monde. J'ai nourri ce ventre. Et maintenant je suis couque au chemin de fer et ça aussi va passer. J'aspire à la guerre, mon garçon, mais les armées d'aujourd'hui ont perdu l'envie des batailles. Ici c'est une ruée vers l'or où il n'y a pas d'or. Et la prochaine guerre sera une guerre où il n'y aura pas de bataille. Juste un flamboyant carnage sous un ciel plombé. C'est ce que je prophétise ici ce matin.

Le jeune fixait le regard oblique du couque et sa bouche pincée et s'efforçait de le voir tel qu'il avait peut-être été quand il était un jeune pas très différent de lui. Il pouvait l'imaginer en uniforme les cheveux en brosse servant le brouet à même les chaudières mais était incapable de l'imaginer plein de jeunesse d'espoir et de promesses.

Dans la vie tout ce que j'ai à faire c'est traîner près des terrains minés des rivières damnées des forêts coupées à blanc et du pétrole siphonné du roc et tout ce que j'ai à faire dans la vie c'est cuisiner. Je vous demande bien pardon, m'sieurs dames. J'aurai mon heure. J'insiste. J'ai une furieuse envie de guerre parce que la guerre est mon temps légitime et j'attends que cette armée se reforme et avant qu'elle se reforme je dirai ce que j'ai à dire. Nous attendons tous la conflagration, mon garçon, l'heure de notre libération. Nous croyons tous dans nos cœurs fervents au retour d'un âge barbare. Que le monde bâtisse ses cités ! Nous les saccagerons. Que le monde construise ses sociétés ! Nous les anéantirons. Que le monde emprisonne ses délinquants ! Ils deviendront nos recrues pour les luttes à venir. Je suis un prophète de malheur, mon garçon, et ce n'est pas difficile d'en être un.

Grease et Scully n'avaient jamais entendu parler Prud'homme aussi longtemps sur ce ton et leurs regards se promenaient du corps pachydermique du couque au jeune puis de retour au couque tout en se demandant quel péché ils avaient bien pu commettre dans leur vie pour justifier qu'ils se retrouvent en telle compagnie.

Le couque mit le jeune au défi : Montre-moi une paix durable, mon garçon. Je n'en ai pas encore vu. Montre-moi un homme d'affaires renégat qui se voue au bien-être des autres. Montre-moi un politicien renégat qui lutte contre son intérêt personnel. Montre-moi un prêtre renégat qui sacrifie son propre bon Dieu sur un autel. Montre-moi un médecin renégat qui mutile les gens en santé et guérit les malades de leur désir légitime de se plaindre. Quand tu m'auras montré tout ça je te montrerai une armée qui se prévaut de paix. Je prie pour cette guerre, mon garçon. J'attends les signes avant-coureurs. Je cuisinerai pour cette armée encore. La paix n'est qu'une pause entre les batailles. Un gratouillis au cul du temps. La paix est la pause qui donne la chance de se réapprovisionner de se reproduire et d'entraîner de nouvelles recrues aux disciplines de la guerre. Exactement comme je t'entraîne, mon garçon. Je t'informe. Je te prépare à la guerre mondiale qui éclatera bientôt.

La paix peut durer, dit le contrôleur.

C'est ce que tu prophétises n'est-ce pas ?

Je suis le contrôleur. C'est moi qui consigne le temps. Je sais ce qu'est le temps. Et ce temps n'est pas celui de la guerre.

Tu es peut-être celui qui consigne le temps, réfléchit le couque. Et c'est peut-être la raison pour laquelle tu dois être détruit. Ta destruction libérera peut-être le monde et le laissera redevenir un champ de bataille. Peut-être est-ce le signe que nous attendons.

Tu sais ce que je pense ?

J'écoute.

Je pense que quelqu'un t'a fait du mal. Et maintenant tu veux que je souffre ce que tu as souffert. J'ignore pourquoi. Et c'est pour cela que je te le demande. Peut-être tu fais tout ça pour soulager ta souffrance. Le malheur s'ennuie tout seul, m'a enseigné mon papa, et il avait sans doute raison. Il m'a enseigné qu'aucun être n'était plus dangereux que celui à qui l'on a fait du mal et tout le monde sait que c'est vrai.

Fisk arriva d'un pas nonchalant et réclama les craqués mais le couque leva la main et le contremaître continua sans eux. Il appela de nouveau par-dessus son épaule. J'ai du rail à poser. On n'a pas le temps d'écouter tes niaiseries, Prud'homme.

Donne-moi une minute, Fisk. Tu tireras plus de ces hommes que tu ne l'imagines.

Tu es un débile, couque. J'en suis sûr maintenant.

Vaudrait mieux te rappeler que c'est encore moi qui te nourris.

Continue de me nourrir, cria le contremaître en poursuivant son chemin.

Tu sais ce que je pense ? demanda le couque.

J'écoute, dit Martin Bishop.

Le malheur s'ennuie tout seul. Je te le concède. Mais laisse-moi te dire ce que ça signifie pour vrai. Ça signifie que tu ne pourras jamais connaître ma souffrance à moins que je ne te l'inflige.

Ben. Je ne pense pas que tu devrais.

Je persiste à tenter de t'éduquer. Si je ne le fais pas ce sera quelqu'un d'autre. Parce que nous sommes une armée qui désire furieusement la guerre.

Tu penses qu'il n'y a pas d'échappatoire ? Pour personne ?

Il n'y a pas d'échappatoire. Nous sommes tous pognés dans la même galère.

Alors il faudrait qu'on s'y mette tous ensemble pour régler les choses.

Tu veux qu'on s'y mette tous ensemble ?

Ben. Il le faudrait.

Dans ce cas je vais te dire de quoi. Je serai un démon renégat et je reprendrai tes idéaux à mon compte et les chérirai dans mon cœur et lutterai pour leur donner leur juste place sur cette terre.

Ben.

Mais toi tu seras le jeune renégat. Tu muselleras tes idéaux et y renonceras. Tu parcourras cette terre en diable à peine déguisé et feras le mal partout où tu verras la bonté. Tu infligeras la douleur partout où tu verras la beauté et sèmera le désordre partout où tu verras la justice. Je suis prêt à me défaire de moi si toi aussi tu te défais de toi. Marché conclu ?

Le jeune regarda le couque dans sa démence et son désarroi.

Marché conclu, petit contrôleur ?

Ben je ne peux pas conclure ce genre de marché, dit le jeune.

Oui tu peux. Tu peux et tu le feras. Tout le monde a fait ce marché. Je l'ai fait moi-même. Et c'est pourquoi je sème la dissension parmi les hommes et calomnie l'espèce. Parce que j'ai conclu ce marché-là. Nous étions tous d'accord. Que quelqu'un d'autre soit le bon. Je me compterai moi-même au nombre des pervers. La seule chose qui me différencie de tous c'est que je le reconnais. C'est tout. Tu concluras ce marché, mon garçon. Maintenant ou plus tard en temps et lieu. Tu laisseras la bonté régner en d'autres royaumes en d'autres temps et en d'autres lieux et ces lieux te seront lointains et perdus. Et tu erreras sur la terre et feras le mal selon ton bon plaisir.

Non.

Oui tu le feras.

Ben non.

Tu ne le feras pas ?

Je ne le ferai pas.

Alors il est sûr que tu mourras, dit Prud'homme. C'est aussi simple que ça.

Pourquoi ne me laisses-tu pas tranquille ? se plaignit le jeune.

Parce que tu peux me sauver, mon garçon. Tu peux me libérer. Tu peux me montrer qu'un changement est possible. Je n'entreprendrai pas de me changer moi-même à moins que quelqu'un ne me montre qu'un changement est possible. Tu dois changer. Tu dois faire vœu de répandre le mal et d'être pour toujours une crapule débridée assoiffée de guerre. Alors je serai libéré et j'irai vers la paix des bonnes intentions. Mon discours aujourd'hui t'informe que je suis disposé à ce que nous échangions nos vœux. Je suis disposé à conclure ce marché. Peu importe le mal que tu feras – peu importe le tort – peu importe l'abjection que tu propageras ou encourageras – j'y apparierai de la bonté. Conclus ce marché, mon garçon. Sauve-moi de mon ego douloureux. Rien d'autre ne m'amènera à faire le bien. Seulement la promesse de ta turpitude. Deviens le Malin. Honore la mort. Instaure la calomnie. Déshonore qui est honnête. Pervertis qui aspire à la paix au bonheur ou à la satisfaction à moins que cette paix ce bonheur et cette satisfaction ne soient conquises sur le malheur des autres. Souille-toi toi-même. Condamne la bonté. Censure le discours vrai. Houspille l'intégrité. Châtie le pauvre. Cravache le vertueux. Pleure sur la bonne fortune des généreux et insulte leurs bienfaits. Fais cela pour moi, mon garçon. Fais cela pour moi et je changerai. Sinon je m'acharnerai. Je concocterai de savoureux repas avec de la chair de vierges et les servirai aux puissants. Je désacraliserai les fêtes. Je ferai de Noël une bacchanale et de l'Action de grâce un temps de famine. L'Halloween sera réputée pour ses délicieuses lames de rasoir plantées dans des pommes glacées empoisonnées et pour Pâques je farcirai les cachets d'aspirine d'arsenic et remplirai de poux les œufs en chocolat. Par pur caprice. Sans rime ni raison. Je n'ai pas le temps d'avoir l'esprit révolutionnaire. Je me contenterai de détruire. Et si quelqu'un en un autre temps me demande comme tu me le demandes aujourd'hui : Pourquoi ? Je répondrai qu'un simple vœu d'un garçon nommé Martin Bishop aurait pu me sauver mais qu'il a préféré l'égoïste chemin de sa droiture et de son arrogance et que c'est son choix qui a perdu le monde. Tout dépend de toi, Martin Bishop. Agis ou meurs.

Tu es un vieil imbécile complètement pété, Prud'homme. Fous le camp. Je suis fatigué de tes discours de détraqué. Je ne t'écoute plus.

Prud'homme se hissa sur ses jambes. Il baissa les yeux vers le jeune. La mort attend, dit-il.

Ouais ouais, dit le contrôleur.

Ouais ouais, dit le couque. Tu verras. La mort attend. Je te l'ai déjà dit. Je le répète. Nous ne pouvons laisser ton triomphe nous ridiculiser. J'aspire à la guerre et tu as choisi d'être l'ennemi. Sais-tu ce que cela signifie ?

Le jeune resta silencieux.

Sais-tu ce que cela signifie, mon garçon ?

Je ne te parle plus. Espèce de fou.

Sais-tu ce que cela signifie d'avoir choisi d'être l'ennemi ? Cela signifie aussi que tu as choisi la guerre. Et c'est la genèse de ta destruction.

Dégage. D'accord ?

Je te souhaite une bonne journée, Bishop. Tu seras toujours pour moi celui qui aurait pu me sauver mais qui a refusé.

Le couque s'éloigna précédé de son ombre que projetait devant lui le soleil levant.

Maintenant je sais pourquoi Jeeter l'appelait le yâble, dit Grease. J'ai déjà rencontré des siphonnés dans ma vie mais lui il a le pompon. Il l'emporte haut la main.

Il n'est pas si fou qu'il n'en a l'air, expliqua le jeune.

Comment ça ?

Il recrute.

Qui ?

Vous pour commencer.

Il ne réussit pas trop bien, déclara Grease. Pourquoi me recrute-t-il ?

Ben. Lui seul peut te le dire.

Vous n'avez pas remarqué ? leur demanda Scully.

Quoi ?

Personne ne nous a jamais parlé de Jeeter.

Joe John a dû leur raconter une histoire.

Ouais ? Alors où est Joe John ?

Comme je disais, fit remarquer le jeune, Joe John a dû leur raconter une histoire. Une assez bonne histoire pour lui valoir la liberté.

Il nous a vendus. Et de un.

Oui il nous a vendus.

Vous savez quoi ? demanda le jeune à ses compagnons enchaînés l'un à sa jambe gauche et l'autre à sa droite.

Quoi ? demanda Scully.

Prud'homme n'est pas le diable.

Je n'ai jamais dit qu'il était le yâble, dit Scully.

Il parle comme un yâble, insista Grease.

Ce n'est pas lui. Ce n'est pas celui-là le diable.

Alors qui ?

Si ça ne dépendait que de Fisk et de Prud'homme on ne poserait pas de rail. On ne nous donnerait pas de nourriture.

Alors qui ?

Super.

Qui c'est ?

Le superviseur Stratton. Il va se pointer bientôt.

Pourquoi se soucie-t-il de nous maintenant quand il ne s'en est jamais soucié avant ?

Parce qu'il veut savoir à qui j'ai parlé et ce que j'ai dit. Il sait que je sais des choses. Il veut me garder où il peut m'avoir à l'œil. C'est pour ça qu'on ne nous renvoie pas dans le bois. J'en suis sûr.

Tu rêves. J'ai remarqué ça. Tu es porté à rêver.

Vous verrez. Il va se pointer.

J'attends, dit Grease. Que veux-tu que je fasse d'autre.

On leur tendit leurs masses à crampons et ils titubèrent le long des rails et quand une tête de crampon dépassait branlante dans le soleil ils assenaient des coups de marteau.

Han ! grognait Martin Bishop, et il assenait un autre coup. Han !

DU VINGT-SIXIÈME JOUR
À L'APRÈS-MIDI
DU TRENTE-SIXIÈME JOUR

La gang continua de poser du rail pendant les jours froids et dans des blizzards inattendus et les craqués travaillaient aux côtés des autres. Le couque ne leur rendit plus visite et Fisk les laissa plutôt tranquilles. Un jour qu'il neigeait de nouveau prématurément pour la saison on les ramena au camp et ils purent dormir dans des couchettes les chevilles libres et juste leurs poignets enchaînés l'un à l'autre.

Les pourceaux bouffeurs d'ordures ne mangent pas dans ma cantine, dit le couque. Ils n'y mangèrent pas. Des aides-cuisiniers leur apportaient d'acceptables restes de table et d'autres hommes leur laissaient de la nourriture. Ils mangeaient et étaient nourris. Les jours passaient et ils n'avaient plus de nouvelles de Herm. Le jeune attendait aussi la venue du superviseur mais il ne se montra pas. La ligne progressait vers Pine Point. Les hommes travaillaient et le bout de la voie était tout proche. Fisk demanda le départ des machines. Des hommes éparpillèrent des crampons comme des semences sur toute la longueur du rail qui restait à poser et Fisk rassembla les ouvriers.

Les hommes attendirent dans le froid qu'il s'adresse à eux.

Amenez-moi le contrôleur en avant, ordonna Fisk.

On s'écarta pour laisser le passage. Le jeune et ses deux compagnons auxquels il était enchaîné s'avancèrent d'un pas trébuchant.

Enlevez-lui ses chaînes, dit le contremaître.

Que se passe-t-il, Fisk ?

Tu as volé mon chien et tu l'as tué, dit Fisk.

Le jeune haussa les épaules. J'ai fait ce que j'avais à faire. C'est tout.

Je respecte ça, dit le contremaître.

Tu quoi ?

Fisk éleva la voix et s'adressa aux ouvriers du chemin de fer assemblés sous une nappe de nuages gris ardoise. À compter de maintenant c'est une équipe de canton qui s'occupera de ce rail. Elle réparera ce que vous autres, bande d'idiots, avez posé tout croche. Nous avons assujetti cinquante-deux milles de rail en cinquante-deux jours sans qu'aucun de vous nous ait été particulièrement utile. Maintenant vous avez la possibilité de toucher votre dernière paie. Des bus viendront vous sortir d'ici demain matin. S'il y en a parmi vous qui pensent mériter cette paie ils n'auront qu'à faire la file à l'extérieur de mon bureau à notre retour au camp. Chacun aura trente secondes pour exposer son cas.

Il y avait dans le discours du contremaître des nouvelles d'importance. Ils s'en allaient et ils avaient des chances d'être payés.

Tout homme qui voudra encaisser son chèque pourra l'encaisser. On apporte du cash pour ça. Tout homme qui change son chèque au camp pourra s'acheter du whisky et de la bière parce que ce soir, leur dit Fisk, et l'onde de choc se réverbéra sur les hommes assemblés, ce soir on va s'amuser. On va faire la fête.

En cinquante-deux jours ces hommes n'avaient jamais poussé aucun cri incongru – aucun son libre et pur. Certains étaient au chantier depuis le début des travaux et ils ne s'étaient jamais réunis pour fanfaronner ni partager le moindre moment de plaisir. Maintenant certains criaient des hourras et d'autres se laissaient gagner par la bonne humeur et bien vite ils se sentirent embarrassés et applaudirent leur contremaître et sa bienveillance.

Le whisky ne sera pas bon marché, les avertit Fisk. On est trop haut dans le Nord pour ça.

À cet instant de leur vie n'importe quel prix aurait été une aubaine. La mise au point de Fisk les fit rire de nouveau.

Ils n'en croyaient pas leurs oreilles. Ils étaient joyeux et l'émotion leur faisait tourner la tête et se sentir bizarres même s'ils n'étaient qu'entre eux.

Fisk leva la main. Le jeune attendait toujours.

Il reste cent verges de crampons à poser. Cent verges de crampons et damer les traverses. Après ce sera fini. Nous allons le contrôleur et moi cramponner ces cent verges. C'est une course, annonça Fisk. Les ouvriers applaudirent de nouveau.

Le jeune le regarda d'un air froid.

Tout ceci, dit Fisk en montrant les chaînes. C'étaient les affaires.

Une ruée vers l'or où il n'y a pas d'or, dit le jeune comme pour se moquer de lui.

C'est juste. J'avais mes affaires à surveiller.

Si tu le dis, Fisk.

Fisk alors s'adressa directement à lui. J'ai entendu dire que tu voulais forger de toutes pièces contre moi une accusation de meurtre juste parce que cet ivrogne de Lomacki est tombé d'une falaise. Que t'attendais-tu que je fasse ? Démonter ce mensonge ? Mais maintenant. Ici. Je te donne une chance, petit contrôleur. Tu es habile à manier la masse. Je t'ai vu. Tu prends un rail et je prends l'autre. Un crampon de chaque côté pour chaque selle de rail. Le premier qui termine gagne.

Je gagne quoi ?

Ta liberté. Tu prends le bus demain.

Je veux ma paie, exigea le jeune.

Tu auras ta paie, dit Fisk.

Mes amis veulent leur paie aussi.

Pousse mais pousse égal.

Qu'est-ce qu'il y a ? Tu penses n'être pas capable de me battre ?

Le contremaître sourit. D'accord. Si tu gagnes vous serez payés tous les trois.

Et si je perds ?

Vous perdez votre paie.

Martin Bishop regarda la nuée de témoins. Tous ces gens diront que j'ai joué ma paie et que je l'ai perdue. Je ne serai plus capable de t'accuser de vol.

Qu'est-ce qu'il y a, petit ? Tu penses n'être pas capable de me battre ?

Le jeune était peu disposé à envisager cette fâcheuse conjoncture. Grease lui donnait des conseils dans une oreille et Scully dans l'autre.

De toute façon on ne sera pas payés, dit Scully. Essaie de le battre.

Tu peux gagner, l'encouragea Grease.

Mais si je perds je ne pourrai plus rien dire. Je ne pourrai plus le dénoncer. C'est ce qu'il veut. Ne plus m'avoir dans les jambes.

Accepte de te battre, réclama Scully. Gagne ou perds. C'est la vie. Si tu ne relèves pas le défi je me charge personnellement de te péter la gueule et de te casser les os.

Hé, petit, conseilla Grease. Tu as une chance.

J'attends, lui dit Fisk en continuant de sourire.

Pari tenu, dit le jeune.

Messieurs ! annonça Fisk à la foule. Faites vos jeux. Nous avons une course.

Ils se préparèrent à la compétition. Le jeune choisit dans une série de masses à crampons celle qui lui convenait le mieux. Il regarda Fisk se mettre torse nu et ses muscles l'intimidèrent. La carrure de son adversaire le désavantageait et il se chapitra pour garder une cadence régulière. Il était moins costaud que Fisk. Son espoir résidait dans sa précision sa dextérité et son endurance.

Les ouvriers plaçaient leurs paris. Fisk acceptait l'argent de quiconque pariait contre lui. Vous allez être payés ce soir, messieurs. Ne soyez pas avares de vos dollars.

On retarda le début de la course pour terminer la comptabilité. Le jeune attendait tranquillement et se réjouissait de se mouvoir sans entraves. Libéré de ses chaînes aux poignets la masse lui paraissait légère dans les mains et il se sentait envahi de cette confiance que fait naître la liberté.

Ensuite ils s'alignèrent pour commencer la course.

Est-ce qu'il y a des règles ?

Te penses-tu dans une salle de bar ? Bien sûr qu'on a des règles. Tu dois enfoncer chaque crampon jusqu'à ce que sa tête touche le rail.

D'accord. Moi aussi j'ai une règle. Il est interdit de se nuire l'un l'autre.

D'accord.

Pas même se toucher.

J'ai dit d'accord. Maintenant moi je frappe à gauche alors je prendrai le rail de gauche. On descend la voie côte à côte. Tu choisis un de tes gars pour me suivre. Cinq traverses en arrière. Un de mes gars te suivra. Si ton gars dit que j'ai mal enfoncé un crampon en cours de route je retourne l'enfoncer. S'il a tort c'est son crâne que j'enfonce. Tu fais pareil.

Grease ? demanda Martin Bishop par-dessus son épaule. Veux-tu te débarrasser de tes chaînes ?

Grease était d'accord. Le contremaître fit un signe de tête pour qu'on lui enlève ses chaînes. Puis il choisit un de ses ouvriers pour surveiller la progression du contrôleur. Le jeune tenait sa masse et prenait de profondes inspirations.

On dirait que tu es prêt, contrôleur.

Je suis prêt. Je vais te flanquer une raclée, Fisk.

Tu penses ? On verra. À trois on y va. Un, dit Fisk.

Deux, dit Martin Bishop.

Trois, dirent-ils ensemble.

En une seconde le jeune avait enfoncé quatre crampons. Il se redressa sans chaînes et sans entraves et ses bras assenaient de grands coups dans l'air froid et la masse tinta sur le crampon et il la balança de nouveau et le crampon était posé. Il frappa un autre coup parfait sur le crampon suivant. Il rit de la joie de l'instant puis se concentra et cogna un autre grand coup.

Il ne regardait pas son adversaire mais sentait sa présence à côté de lui et se dit qu'il soutenait sa cadence. Ils se déplaçaient le long de la voie et leurs masses virevoltaient et par moments leur rythme était identique. Les crampons tintaient alors en même temps. Ils ressemblaient à une machine céleste venue prendre possession de ce pays. Par moments le rythme était différent et chaque homme entendait la musique des coups de l'autre. Martin assena un autre coup et sa masse bruissa dans l'air et dévia sur le côté du crampon. Le lamento de la foule attesta de la vigilance et de la passion des spectateurs. Le jeune donna un autre coup et cette fois il atteignit le but. Le contremaître à son tour cafouilla. Son coup frappa le rail avec une violence telle qu'elle aurait pu disloquer les bras d'un homme moins fort que lui. Il sacra d'avoir raté et frappa de nouveau. Et les deux concurrents progressaient.

Leurs masses battaient l'air et leurs souffles haletants soulevaient leurs poitrines.

Scully hurla au jeune qu'il gagnait mais ce très mince avantage fut éphémère. À mi-chemin il était à peine capable de lever son outil. Il dut s'arrêter pour respirer et apaiser la violente explosion de ses membres. Il regarda de côté. Fisk s'était arrêté aussi et respirait à grandes goulées. Les deux hommes sourirent et reprirent la course. Il restait quinze verges. Le jeune gagnait d'une traverse mais l'incontrôlable rébellion de ses bras était une contagion qui se propageait dans tout son corps. Leur rythme avait ralenti. Le contremaître se rapprochait et le jeune avec la sueur qui lui coulait dans les yeux et la douleur dans ses membres avait du mal à enfoncer ses crampons. Il manqua un autre coup et cette seule erreur permit à Fisk de le rattraper.

Pendant les dix dernières verges le contremaître frappa quatre coups quand le jeune n'en frappait plus que trois et son désir d'aller plus vite lui fit manquer des crampons. Il frappait et gardait le rythme et maintint ce rythme même quand il se retrouva second. Il restait à Martin Bishop trois traverses et six crampons quand le contremaître gagna la course. La foule applaudit le vainqueur et gémit sur le vaincu et ceux qui perdaient de l'argent se lamentaient d'avoir choisi le mauvais héros.

Les deux hommes étaient debout haletants et pliés en deux. Le contremaître déclara après un moment de répit : Vas-y. Continue. Tu dois terminer la voie.

Le jeune recula et balança de nouveau sa masse. Il ne savait pas si c'était une punition un blâme ou le début de ses problèmes dans ce pays. Il assena un grand coup et terminant la voie planta le dernier crampon de l'embranchement vers Pine Point du Chemin de fer du Grand Lac des Esclaves et c'était en soi tout un exploit.

Le jeune s'assit dans la douleur et la désolation. Il roula sur lui-même et le visage dans le creux de son coude se coucha sur le talus. Son corps n'avait jamais connu de douleur aussi atroce ni son être une telle déprime.

Un moment donné le contremaître se pencha sur lui et lui parla d'une voix calme.

Tu as gagné quelque chose ici aujourd'hui, petit, dit Fisk.

Le jeune se tourna un peu. Quoi ? demanda-t-il.

Tu penseras peut-être que ça ne vaut pas grand-chose mais on ne sait jamais. Cela pourrait avoir une certaine valeur pour toi. Là d'où je viens cela vaut quelque chose.

Quoi ? Le jeune leva les yeux vers Fisk dans l'attente d'une autre de ses sempiternelles brimades.

Tu as gagné l'estime de ton contremaître, dit l'homme. Le jeune vit qu'il était sérieux. Il se releva et le contremaître lui tendit la main.

Tu m'as cassé la gueule, rétorqua Martin. Tu m'as affamé. Tu m'as pourchassé dans le bois. Tu m'as mis des hommes aux trousses pour qu'ils me coupent le poil du cul. Tu m'as fait vivre avec des pétés et tu t'attends maintenant à ce que je te serre la main ?

Tu es passé au travers, expliqua Fisk. C'est ce qui compte. Un jour tu oublieras ce qu'on t'a fait subir. Comment c'était exactement. Mais ce dont tu te souviendras toujours c'est d'être passé au travers.

Ben je ne te serre pas la main.

Alors ne me la serre pas. Je dis juste que je suis disposé à te la serrer n'importe quand. La main du contremaître restait tendue et comme si sa propre main décidait toute seule le jeune sentit la sienne se tendre. Il savait qu'il le voulait et qu'il avait besoin de ce contact et aussi de cette commémoration. Il serra la main de Fisk.

Maintenant tu sais, dit Fisk. Tu as gagné quelque chose ici aujourd'hui.

Leurs mains se séparèrent.

Et ma paie ? demanda le jeune.

Tu l'as perdue. Frette net sec.

Ben, dit le jeune. Je suppose que c'est ça.

La bonne humeur perdura sur le site du camp. La bande d'hommes qui faisaient la queue pour argumenter du bien-fondé de leur paie était turbulente. Tous aspiraient à la liberté toute proche et savaient qu'ils auraient bientôt dans leurs poches les fonds accumulés de semaines de dur labeur. Le couque rôdait dans les parages. Les hommes recevaient leur dû et la file diminuait rapidement. Grease Scully et le contrôleur observaient de loin. Le couque s'approcha d'eux d'un pas traînant.

Pourquoi n'êtes-vous pas enchaînés ? demanda-t-il.

Fisk nous a libérés.

Ne pensez pas que vous allez manger dans ma cantine. Cela n'arrivera pas.

Je veux juste prendre le bus, dit Scully.

Toi et moi. Tous les deux, dit Grease.

Je veux ma paie, dit le jeune. Mais je l'ai perdue. Frette net sec.

C'est ce que j'ai entendu, dit Prud'homme. Son gros ventre se secoua de joie. Stupide gamin. Gaspiller au jeu l'argent que tu as durement gagné. Tu es un impénitent fauteur de troubles mais ça je le sais depuis un bout de temps.

Où est Super ? demanda le jeune. D'habitude c'est lui qui apporte les chèques.

Tu connais Super. C'est un tire-au-flanc pensionné. Il est toujours en mouvement.

Il a peur de me regarder dans les yeux, dit le jeune.

Tu t'accordes trop d'importance, dit le couque.

C'est lui qui est derrière tout ceci. Je le sais.

Tu accordes trop d'importance à Super. Tu ne m'en accordes pas assez. Venez avec moi, les gars. J'ai quelques chèques à vous faire endosser là-bas.

Ils dépassèrent la file d'ouvriers qui argumentaient pour obtenir leur paie. Fisk s'emportait contre chaque homme et prétendait qu'ils étaient tous des nuls et confirmait leur nullité du fait qu'ils étaient prêts à accepter un salaire pour rétribuer leur fainéantise et leur paresse. Les hommes écoutaient ses tirades et encaissaient leur dû. Ils échangeaient sur-le-champ leur chèque à la caisse que tenait Fisk comme un banquier et les hommes lui remettaient trois jours de paie pour chaque bouteille de whisky qu'ils achetaient. D'autres avaient droit à une déduction supplémentaire pour leurs dettes de jeu. Le couque fit gravir aux craqués les quelques marches qui menaient à la roulotte du contremaître. À l'intérieur il étala les chèques qu'ils avaient gagnés pendant l'été. Chaque homme signa.

Vers la fin tu as abandonné, maintint Scully. Tu as fait exprès de perdre, contrôleur. Tu aurais pu le battre si tu avais essayé plus fort. J'aurais ma paie

Exact. J'ai fait exprès de perdre.

C'est toi qui aurais dû te battre contre lui, Scully, dit Grease. Tu y serais encore.

Va te faire foutre.

Les enfants. Les enfants. Ne soyez pas maussades. Ça suffit, insista le couque. Ce soir est un soir de réjouissances. Demain vous serez libres. Ce n'est pas l'heure des récriminations. Ce n'est pas le temps de la malveillance même si ce temps sera bien assez vite sur nous. Réjouissez-vous. Divertissez-vous.

Pourra-t-on prendre le bus demain ? lui demanda Scully.

Vous avez renversé la bécosse quand j'étais dedans et vous vous attendez à ce qu'on vous récompense par un bus pour le Sud ? Non, monsieur. C'est à pied que vous partirez d'ici. Nous vous domperons quelque part sur le bord de la route.

Tu ne peux pas faire ça, dit Martin Bishop.

Regarde-moi aller.

D'accord, dit le jeune. Dompe-nous. Et regarde comme ça m'est égal.

Prud'homme regarda le jeune comme si aucune pensée ne lui rongeait l'esprit ou ne méritait qu'il s'y attache. Tu crois vraiment pouvoir endurer n'importe quelle indignité que je t'infligerai ?

Le jeune frotta ses bottes sur la carpette qui avait servi naguère de lit au chien. Il détestait cet homme et savait que son ennemi accueillait sa haine comme une bénédiction dans son cœur. Je crois que j'en suis capable, dit-il.

Que cela soit dit ! Que ce soit prophétisé ici ce soir ! L'indignité à laquelle tu résisteras sera celle qui marquera ta défaite.

Ta place est à l'hôpital psychiatrique, dit le jeune.

Ils ne m'accepteraient pas si je voulais y aller, dit le couque d'un ton moqueur. Mais toi. C'est une autre histoire. Quand j'en aurai fini avec toi il est probable que tu en martèles les portes pour supplier d'y être admis.

Pourquoi devons-nous souffrir à cause du jeune ? se lamenta Scully.

La ferme, dit Grease.

Tu vas me casser la gueule ?

Tu souffriras, Scully, parce que tu ne t'es pas amendé, dit le couque. On t'a chassé chez les craqués à cause de tes vols. Ta nature criminelle t'a permis de t'intégrer aux craqués sans aucune difficulté. Es-tu venu me voir avec une confession, Scully ? M'as-tu révélé les détails de tes méfaits ? M'as-tu montré un cœur repentant ? M'as-tu demandé le pardon de tes péchés ? Tu ne t'es pas amendé. Et toi, Grease. Ta loyauté envers ce garçon te sied mal. Tu l'as trahi à Hay River. C'était la trahison ou la mort mais pourquoi lui redevenir loyal maintenant ? Te sens-tu coupable ? Penses-tu qu'il te pardonnera ? Regarde-le. C'est évident. Ce garçon te méprise. Ta loyauté est malencontreuse. À cause d'elle tu restes dans le pétrin. Que puis-je faire pour toi, Grease, si je ne reçois rien en retour ? Scully est un vil barbare qui doit se repentir. Mais toi, Grease. À ta loyauté tu dois opposer la trahison chaque fois. Tu dois apprendre à être logique avec toi-même.

Tu sais ce que tu es, Prud'homme ? demanda le jeune.

Dis.

Un escroc. Tu n'es pas prophète. Tu joues au dur mais ce ne sont que des paroles en l'air. Tu n'es même pas d'abord et avant tout cuisinier. Tu es un minable arnaqueur. Tu es un voleur.

Prud'homme eut un mince sourire. Il fit taire Scully qui voulait absolument dire quelque chose et se frotta le menton. Je l'ai déjà mentionné et je vais me répéter, mon garçon. Tu es ici pour être détruit. Qui sommes-nous pour nous opposer au Destin et t'épargner ? Cela ne peut se faire. Tu es ici pour être jeté bas des dédaigneuses hauteurs où tu te tiens. C'est une prophétie prescrite, j'imagine, depuis le début des temps immémoriaux.

Ne fais pas l'escroc avec moi, dit le jeune.

C'est ce que je prophétise ici ce jour. Et ce n'est pas difficile à prophétiser. C'est inscrit dans la nature même de ce lieu. Si nous t'honorons nous nous condamnons. Nous prends-tu pour des imbéciles ? Si nous te discréditons et assistons à ta destruction nous ne serons pas détruits. Nous serons juste qui nous sommes et ce que nous sommes. Tu es celui qui revendique la vérité la justice la bonté et la mansuétude. Tu es celui qui juge du bien et du mal. Nous sommes minables et condamnés. Mais cela n'est vrai que si tu t'élèves au-dessus de nous. C'est ta droiture qui nous condamne et nous rend minables. Nous ne pouvons permettre que cela dure un seul jour de plus. Nous ne le pouvons pas. C'est la nature du lieu. Ainsi va ce monde. C'est ainsi que nous vivons. Il faut t'y habituer.

Le jeune était debout. Il regardait un point derrière son tortionnaire et c'était un jour sur un calendrier. Il était déterminé à ne plus argumenter ni discuter avec ce cerveau fêlé et réprima sa furieuse envie de s'indigner contre le couque et de lui crier des insultes. Prud'homme dit : Tes amis se promèneront sans être attachés. Tu seras enchaîné à un arbre. Je veux savoir où te retrouver quand je me sentirai enclin à infliger des indignités à ton âme pitoyable et à ta chair vulgaire et déplaisante.

On cuisina ce qui restait dans le garde-manger et les plats furent apportés et consommés à l'extérieur. C'était une fête vorace et le whisky coulait à flots. Les ouvriers du chemin fer allumèrent des feux de joie au centre du camp et c'était à celui qui construirait le plus gros et le plus brillant. Les flammes atteignaient les cimes des arbres et dansaient et flamboyaient et la fumée montait vers le ciel. Les hommes riaient et hurlaient sous la lune dont le quartier se levait. Ils se lancèrent dans des concours de force et des combats d'endurance. Quelques bagarres éclatèrent. Il y eut une compétition de chaussettes remplies de pommes de terre crues. Chaque concurrent devait serrer la main gauche de son adversaire et avec sa main libre lui assener des coups de chaussette. Chaque adversaire à son tour cognait sur le crâne de l'autre jusqu'à ce qu'un seul reste conscient et les autres prenaient des paris. Puis les vivats diminuèrent. Les hommes dansèrent et chantèrent et un tel concert au-dessus de la forêt sauvage n'avait jamais été entendu sur ce contrefort voûté du monde.

À la lueur des flammes Martin Bishop regardait danser les fêtards et leurs terribles cris résonnaient dans ses oreilles et leur exultation atteignait à l'extase. Des hommes s'isolaient et communiaient avec la paix de leur bouteille. D'autres préféraient rester ensemble pour célébrer la joie de leur imminente dispersion. Fisk avait vendu toute sa réserve de whisky et il riait de bon cœur de la hauteur des flammes et du déchaînement de ces asociaux. Le couque se promenait dans la cohue pour prophétiser et pousser la fête vers de nouveaux paroxysmes. Dans la poussière et les cendres qui retombaient et dans le tohu-bohu et la clarté du feu Martin Bishop perçut une silhouette familière qui le dos voûté venait vers lui.

Il attendit. L'homme s'assit par terre à côté de lui.

Le superviseur Stratton souleva les chaînes du jeune et les laissa retomber. Tu es dans le pétrin, dit-il. À boire ?

Non merci, dit le jeune.

Tu devrais boire un coup. Te distraire l'esprit.

C'est toi le responsable de tout, l'avisa Martin Bishop.

Tu m'as déçu, mon gars. J'avais cru que tu ferais de l'excellent travail dans le coin.

Tu es responsable de cette corruption.

Super but un coup à même sa bouteille et rit d'un rire ivre et joyeux. Si c'était moi le responsable j'aurais fait plus d'argent.

Tu aurais pu tout arrêter. Tu n'as pas fait ton travail.

Hé écoute. C'est moi celui qui lui ai dit de ne pas te renvoyer dans le bois. C'est moi qui ai insisté pour qu'on te nourrisse. C'est moi qui ai dit qu'on ne pouvait plus se permettre de te laisser semer la pagaïe et qui leur ai dit de tirer la ligne. Alors cesse de me raconter des niaiseries.

Tu n'es pas au courant de la moitié de ce qui s'est passé, dit le jeune mais le superviseur n'écoutait pas.

Cinquante-deux milles de rail en cinquante-deux jours et je dois te dire quelque chose – c'est du maudit bon travail pour cette région du monde. Du maudit bon travail. On a posé cinquante-deux milles de rail avec une équipe minable composée de déchets de la société. Des ivrognes. Des fous. Des criminels et des marginaux. Des vagabonds. Et on a réussi, mon gars, on a réussi. On a réussi avec nos couilles. Ce n'était pas une colonie de vacances. Ça tu ne l'as jamais compris. C'était une ruée vers l'or. Pure et dure. Et il fallait avoir les couilles de faire le travail comme il devait être fait.

Le jeune n'écoutait plus. Il s'essuya la bouche et se reposa le dos contre l'arbre auquel il était attaché.

Je suis navré pour tes chaînes, mon gars. Mais tu devais apprendre qui est le patron. Ça a toujours été ton problème. Le superviseur prit une autre lampée. Ça a toujours été ton problème, dit-il.

Va-t'en. Fiche le camp d'ici, dit Martin Bishop.

Que dis-tu ?

Tu m'as entendu. Dégage. De l'air.

Le superviseur se leva titubant dans la clarté de la lune. Il porta la bouteille à ses lèvres et but une rasade.

On a réussi, mon gars. Mange de la merde. On a réussi.

L'homme s'éloigna d'un pas traînant et le tourbillon des fêtards le happa et le poussa dans l'œil du cyclone et de la fête.

Des hommes arrachaient leurs chemises et dansaient autour du feu comme s'ils courtisaient les flammes.

Des hommes le pénis à l'air aspergeaient le sol d'urine.

Des hommes se battaient et se faisaient des croche-pieds ou se boxaient et se suppliaient les uns les autres de s'aider à se relever. La fête était diffusée sur toute la taïga et la horde sauvage tenait les animaux aux aguets et le jeune était persuadé que le déchaînement de cette nuit faisait rentrer sous terre les arbres et les plantes.

Les pieds des hommes martelaient le sol. La chaîne qui lui liait les chevilles et les poignets tintait au rythme de leur danse que le jeune sentait tournoyer dans ses genoux et dans ses hanches. L'énorme corps de Prud'homme se frayait un chemin zigzagant pour s'extirper du joyeux raout et de la célébration charnelle. La silhouette criminelle de Scully suivait affaissée un pas derrière lui comme enchaînée à l'ombre du couque dans la lueur des flammes. Ils s'approchèrent du jeune et il attendit qu'ils parlent.

Remets-le sur ses pattes, dit Prud'homme. Scully s'empressa d'obéir. Il lui détacha les fers des jambes. Traîne-le loin de cette fête merdique, dit le couque. Le jeune suivit tant bien que mal Scully qui le tirait. À la lisière de la forêt Prud'homme agrippa Martin Bishop par les cheveux. Scully s'est repenti, dit le couque. Il a révélé la nature de ses crimes et tant qu'à faire la nature des tiens aussi. Tu t'es présenté sous un faux jour, mon garçon, et ce soir je compte examiner la nature de ton abjection.

Qu'est-ce que tu lui as dit, Scully ? demanda le jeune. La crapule lui assena un coup de poing sur la mâchoire.

Ferme-la, dit Scully.

T'ai-je dit de faire ça ? demanda le couque. T'ai-je donné la permission de taper ce garçon ?

Scully se retourna penaud. Non, monsieur, dit-il.

Alors d'accord. Tu ne tapes pas ce garçon sans ma permission.

Ouim'sieur.

Alors d'accord. Tu peux le taper maintenant si tu veux.

Qu'est-ce qu'il t'a promis, Scully ?

Je prends le bus demain.

Assomme-le et cessez vos bavardages.

Scully donna un coup de poing sur la bouche du jeune. Du sang lui jaillit des lèvres.

T'ai-je dit de le faire saigner ? dit le couque d'une voix autoritaire. Je ne supporte pas la vue du sang. Tu es un imbécile, Scully. Tu es brutal. Que je ne t'y reprenne plus à le blesser.

Non, monsieur.

Alors d'accord. Je vais chercher ma lampe de poche. Tu le gardes ici jusqu'à ce que je revienne et ne le frappe plus. On ne peut pas te faire confiance.

Le couque s'éloigna d'un pas pesant. Le jeune s'affaissa sur ses genoux.

Que fais-tu, Scully ? Que lui as-tu promis ?

Ta gueule.

Tu crois qu'il va tenir parole ?

J'ai dit ta gueule.

Le jeune s'essuya la bouche sur l'épaule de sa chemise. Que lui as-tu raconté, Scully ?

T'occupe.

Ils attendirent. Le jeune avait peur. Il était aux aguets et sa respiration était oppressée.

Le couque revint avec une lampe de poche. Il dit à Scully : Prends la tête. Tu le suis, mon garçon. Si tu t'arrêtes je m'assieds sur toi.

Les trois hommes pénétrèrent dans le bois. Il y avait là des hommes malades et d'autres perdus dans leur ivresse et d'autres qui se débattaient et gémissaient dans la nuit distillée et provoquaient leurs partenaires en leur criant des grossièretés. Les trois continuèrent. Ils descendirent vers la longue berge. Le bruit des festivités décrut. Le jeune entendait dans son dos la respiration sifflante du couque et il suivait Scully qui suivait le chemin de son faisceau de lumière. Ils arrivèrent au bord de la rivière. Le couque réclama un arrêt. Ils étaient essoufflés et profitèrent pour s'asseoir du confort des boulders sous la clarté des constellations.

J'ai entendu des histoires, dit le couque. J'ai entendu des rumeurs de guerre. J'ai entendu murmurer que le temps se lève où le barbare quittera sa retraite et les tanières où il se cache pour envahir ce pays. Il ne craindra personne. Il s'avancera et se pavanera sur ce pays pour que tout le monde l'adore de nouveau.

Étouffe et crève, dit le jeune.

Parce que les temps nous sont advenus où même les justes pécheront. Les gens honnêtes ne diront plus la vérité et les menteurs décideront de la marche du monde. Et ce sera un signe. Les méchants confesseront leurs actions les plus scélérates et les plus loyaux amis trahiront leurs camarades. Debout, messieurs ! Debout ! Tenez-vous droit. Marchez !

Parce que je crois qu'un signe attend sur la route de nos aventures. Les temps de l'espérance nous adviendront bientôt.

Ils traversèrent la rivière. La torche électrique et une lune en berceau éclairaient leur chemin.

Le jeune voulait savoir : Qu'as-tu fait, Scully ? Qu'est-ce qui t'a pris ? Qu'as-tu fait ?

Le prisonnier devra se taire, dit le couque. Ils escaladèrent péniblement la pente sur l'autre rive. Le gros couque avait le souffle court et ralentissait la marche. Ils continuèrent d'avancer.

Tu es un perdant, Scully. Tu ne sais pas ce que tu as fait.

Sa parfaite confession vaut à Scully de voyager demain en première classe. Continuez d'avancer, messieurs. Le moment du règlement de mes comptes attend.

Ils continuèrent de grimper. Scully les conduisit à l'endroit que connaissaient les craqués. Là où le grizzly gisait écrasé dans sa tombe et où gisait le corps de Jeeter dans son dernier repos.

Creuse, ordonna le couque, et il s'assit sur un rocher.

Scully creusa avec ses mains et le couque l'éclaira de sa lampe de poche.

Ils entendaient le bruit de sa respiration et celui des pierres qu'il enlevait et jetait sur le côté.

Il y a des outils, dit le couque, et il promena le faisceau de sa lampe. Scully récupéra une pelle de bourrage que les craqués avaient volée des semaines plus tôt quand ils posaient du rail la nuit.

De la puanteur émanait du sol. Le couque promena sa lampe sur la tombe profanée et le cadavre en décomposition lui apparut. Le couque se hissa sur ses pieds et se dandina vers la fosse. Il fixa la forme couchée là dans sa détresse et sa puanteur et dit : Voici le signe que j'attendais. Scully a confessé qu'il avait tiré sur cet homme. Il a confessé aussi qu'il connaissait l'identité de celui qui lui a transpercé le cœur. Puis Prud'homme cria : Qui a transpercé le cœur de cet homme, Scully ? Dis-le-nous maintenant.

Moi, répondit Martin Bishop avant que Scully ne puisse répondre à sa place.

Tu admets donc avoir une âme méprisable d'assassin qui transperce les cœurs ?

Je n'avais pas le choix. Je suis navré. D'accord ?

Non ! Non. Non. N'aie pas de remords. Rejoins-moi dans ma croisade, mon garçon. Bientôt nous serons ensemble dans le temps de la guerre.

Étouffe.

Scully, dit le couque. Va-t'en d'ici. Déguerpis. La lune t'éclairera.

Il fait encore trop noir, dit Scully.

Va !

Le jeune ne regarda pas Scully quand il disparut furtivement dans le bois. Il surveillait Prud'homme et ses yeux déments. Le couque se retourna et régurgita les trophées de ses agapes nocturnes. Quand les haut-le cœur cessèrent de lui soulever le ventre il s'excusa. Excuse-moi, mon garçon. La vue d'un corps en décomposition me fait toujours cet effet-là. J'ignore pourquoi. Puisque le spectacle me plaît tellement.

Le contrôleur détourna les yeux.

Le couque se réinstalla sur son boulder et tira la chaîne qui liait les chevilles du jeune. Viens, dit-il.

Quoi ? demanda le jeune.

Montre-moi ta nature ignoble. Mon garçon. Montre-moi ton cœur noir et ta noirceur et ton esprit vicieux. Montre-moi. Avilis-toi ici ce soir. Montre-moi le jeune qui a harponné le cœur de cet homme et abattu un chien et qui les a tués avec mépris et dégoût. Montre-moi ce dégoût.

Tu es fou. Je ne te parle pas.

Tu as entendu ces hommes dans les buissons ? Tu sais ce qu'ils faisaient ? Nous ne leur ressemblons pas toi et moi. Nous rêvons de belles femmes qui nous éconduisent et on nous laisse nous débattre dans le bois pour gagner notre vie et languir de batailles. Non. Nous n'agissons pas par plaisir. Ni pour trouver de la compagnie ni par amour ni pour le sexe. Et pas plus pour satisfaire notre nature tordue et ses agissements pervers. Pas toi et moi, Martin. Nous faisons ce que nous faisons pour la guerre. Je te propose le meilleur marché que je puisse te proposer.

Le jeune resta silencieux.

Je te propose un marché, Martin.

Quel marché ? demanda le jeune.

Je te montrerai ma tendresse. Je me coucherai à côté de toi avec pitié. Et tu me montreras l'ordure de ton esprit. Ton cœur se débattra avec fureur. Tu me montreras ta méchanceté et l'odieux de ton être qui pue comme ce cadavre là-bas et je recevrai ta répugnante obscénité avec gentillesse.

Le couque posa sa main sur la cheville du jeune et le jeune le repoussa d'un coup de pied.

Souviens-toi, dit Prud'homme, l'indignité à laquelle tu résisteras sera celle qui marquera ta défaite. Si tu ne résistes pas je te promets d'être tendre comme un agneau. Rejette-moi. Résiste-moi.

Et je déploierai une violence que même ton cœur abject ne connaît pas. Alors c'est toi qui seras le tendre. Tu miauleras. Tu pleureras. Tu supplieras et gémiras et cela ne fera naître aucune sympathie en moi. Montre-moi ta violence, Martin. Montre-moi ton dégoût. Enlève tes vêtements comme les damnés devant les flammes. Révèle-moi la nudité de ta haine. C'est l'un ou l'autre, Martin, et tu sais ce qui est préférable. Décide maintenant.

Le couque s'écrasa sur lui de tout son poids. Le jeune se débattit avec toute la violence de sa rage. L'obèse dit : Oui oui, Martin, lutte contre moi. Lutte contre moi, mon petit ver de terre. Le jeune sentait sa vie suffoquer sous le poids du couque. Il lutta plus fort et frotta la chaîne qui lui liait les poignets en travers de la gorge de l'homme et réussit à le repousser.

Non, Martin, tu ne comprends pas. Je veux m'approcher de toi avec tendresse. Je te montrerai ma bonté si tu me montres ta colère. Je te montrerai la douceur de mon esprit si tu te dresses devant moi comme le diable incarné. Sois l'hôte du diable en personne, Martin. Laisse-le t'habiter. Si tu refuses c'est en moi qu'il habitera. Tu sais ce qui est préférable, Martin. Ne résiste pas. Laisse-le venir te rendre visite. Sois vicieux pour moi, Martin. Fais des choses vicieuses.

Le couque se précipita sur lui et la vitesse de son élan renversa le jeune. Il était prisonnier sous le poids. Le couque lui lécha le cou et gémit et murmura : Ne te bats pas contre moi, Martin. Montre-moi l'ordure de ton cœur. Montre-moi cette méchanceté qui a planté son pieu dans le cœur de Jeeter. Oh s'il te plaît, Martin. S'il te plaît. Sois méchant pour moi. Sois méchant. Ne me force pas, Martin ! Ne me force pas ici ce soir.

Le couque était à genoux et son visage s'emplit de dégoût. Il grognait au-dessus du jeune et lui saisit les cheveux aux tempes et lui pétrit la tête contre la terre. Le jeune savait que sa dernière heure était arrivée et il savait aussi qu'il lutterait jusqu'au bout. Le couque s'écarta de lui comme pour se déshabiller. Le jeune rampait sur le sol et le couque éclata de rire.

Pas de pitié maintenant. Aucune pitié maintenant. Si tu veux être une petite chose douce et gentille je te punirai par-delà tout ce que tu peux imaginer. Tu ne m'as jamais accordé assez d'importance. Tu m'as tourné en ridicule, mon garçon ! Et ce soir j'assouvirai la vengeance que j'attendais.

Le couque avait enlevé sa chemise et ôtait ses pantalons. Le jeune était étendu vaincu près de la tombe où l'ours et le cadavre de l'homme exhalaient une odeur putride. Le couque apparut nu sous la lune et dans le faisceau de la lampe de poche tombée à terre. Il s'approcha du jeune. Il tourna autour de lui et le releva triomphalement en lui tirant les cheveux. Le jeune virevolta et la pelle de bourrage qu'il brandissait frappa l'énorme couque sur le côté du visage. Le gros homme s'écroula.

Martin Bishop s'éloigna en rampant. Le couque se redressa sur les genoux en gémissant et pressa la main sur le côté de son visage. Les rivières se rempliront de sang, dit-il. Les cœurs déterrés des morts continueront de battre. C'est ce que je prophétise ici ce soir.

Le couque se releva. Il alla se chercher un outil et brandit une barre à riper en direction du jeune.

Je te badigeonnerai les organes avec tes propres excréments. Je nourrirai mes hommes avec ta cervelle. Je te terrasserai et t'enfoncerai les yeux quand tu seras encore en vie. Je te détruirai, contrôleur.

Le jeune haletait sur le sol. Il ne parlait pas et attendait le prochain assaut. Le corps monstrueux de Prud'homme était devant lui avec la barre brandie et dans la lumière de la lampe de poche tombée à terre la queue du couque raidie se dressa. Le jeune décida de frapper le sexe exposé. Il serra la pelle et attendit.

Dépose ça, dit une voix.

Le jeune pivota. Le couque leva les yeux.

Une silhouette était apparue dans le dos du jeune. L'homme s'approchait et Martin Bishop dit alors son nom. Fisk.

Dépose ça, couque, conseilla le contremaître.

Le cerveau de Prud'homme semblait bloqué comme s'il ne parvenait pas à comprendre l'intrusion.

Dépose ça, couque, ou je te pète la gueule.

Ce jeune m'a attaqué, insista le couque, et le ton de sa voix avait changé. Il m'a frappé avec une pelle et m'a fait mal. Je saigne, Fisk.

Pose ça à terre, Prud'homme, ou c'est moi qui t'envoie à terre.

Le contremaître et le couque attendaient sans rien dire dans la lumière de la lampe de poche avec le jeune étendu sur le sol entre eux.

Ce garçon est ma paie, dit le couque d'une voix plaintive. Il est ma récompense.

Je compte jusqu'à deux, dit Fisk. Un, dit-il.

Je vais m'habiller, annonça le couque avec solennité.

Bon début, dit Fisk.

Tu me protégeras pour qu'il ne me fracasse pas la tête. C'est un craqué. Un bouffeur d'ordures et un jeune meurtrier. Il a sans le moindre remords tué un ami d'un coup au cœur.

Contente-toi de t'habiller, couque. Et décampe.

Je suis content que tu sois venu me sauver, Fisk, dit Prud'homme. Ce jeune m'aurait tué comme il a tué l'autre. Toi et moi nous avons eu nos différends. Nos désaccords. Mais ensemble nous avons triomphé, Fisk. Tu as tes récompenses – ta part du gâteau et ta précieuse voie ferrée posée à un rythme d'enfer. Moi ? J'ai mes récompenses aussi – ma part du gâteau et ce jeune. Ce jeune est à moi, Fisk. Je l'ai revendiqué. On ne m'en privera pas.

Mets-le-toi où je pense, dit Fisk.

Tu as pris tout le butin et tu ne m'as rien laissé.

Couque. File ou crève.

Tu t'es laissé attendrir par ce garçon, Fisk. Il est un danger pour toi. Tu es devenu mou dans ta tête parce qu'il est habile à manier une masse à crampons. Tu penses qu'il est le garçon que tu étais jadis. Bien j'ai des petites nouvelles pour toi. C'est un jeune assassin. Son cœur est plus noir que le tien n'a jamais été. Il a fait des choses que tu n'aurais jamais faites.

Je n'ai pas l'intention de me répéter, Prud'homme.

Le couque parlait en s'habillant. Il continua de marmonner tout seul quand il s'engagea dans le sentier pour quitter la corniche. Ce n'est pas fini, dit-il, et son gros corps s'évanouit dans le bois et dans la nuit.

Fisk aida le jeune à se relever. Il alluma sa torche et ils regardèrent tous les deux la tombe profanée.

Tu l'as vraiment tué ? demanda Fisk.

Qui te l'a dit ?

Grease. Tu l'as tué ?

Ben je devais. Comment se fait-il que tu sois venu ?

Grease me l'a dit.

Dit quoi ?

Que le couque t'emmenait ici.

Comment se fait-il que tu sois venu ?

Le contremaître secoua la tête et éclata d'un rire bref. Je n'ai jamais vu personne planter des crampons aussi bien que toi. Tu es presque aussi bon que moi. Je te l'ai dit. Tu as gagné mon estime et ça a une certaine valeur. Maintenant veux-tu venir avec moi et participer à la fête ? Il doit bien y avoir une clé quelque part. On t'enlèvera le reste de tes chaînes.

Il faut d'abord que j'enterre Jeeter, dit le jeune. Je l'ai déjà enterré une fois mais on dirait bien que je vais devoir l'enterrer de nouveau. Quelques-uns de tes outils traînent dans le coin.

Je vois ça.

Côte à côte les deux hommes pelletèrent des roches et de la terre sur la tombe ouverte.

Je veux savoir quelque chose, insista le jeune.

Quoi ?

C'est toi qui as tué Lomacki ?

Jamais. C'est quelqu'un de ta bande. Ou bien Lomacki est tombé tout seul de cette falaise pendant la nuit.

J'ai toujours eu plus peur de toi que du couque, dit le jeune.

Petit gars brillant, dit le contremaître. Mais tu as pris des risques en me faisant enrager à ce point-là. Une chose par contre n'était pas brillante. Tu ne devrais jamais te promener dans le bois tout seul avec le couque. Tout le monde comprend ça. Tu aurais dû le comprendre aussi.

Ben maintenant je le comprends.

À l'aube le camp était dans un état de désolation extrême. Des hommes étaient éparpillés sur le sol là où ils s'étaient écroulés ivres morts ou assommés par des chaussettes bourrées de pommes de terre. D'autres le visage noirci de cendres s'étaient couchés près des feux et leurs vêtements portaient des marques de brûlures d'étincelles. Les feux fumaient dans le quadrilatère où les hommes allongés dormaient. Une légère brise attisait les braises et soufflait la fumée jusqu'aux arbres.

Certains hommes bougeaient et pérégrinaient vers le bois pour se soulager ou s'installaient dans les bécosses souillées de vomi. D'autres titubaient dans leurs rêves insomniaques et erraient dans les décombres comme des ombres désœuvrées. La plupart dormaient en travers de la couchette sur laquelle ils s'étaient fortuitement effondrés.

Le couque émergea de son garde-manger. L'escalier craqua sous son poids. Puis Grease et Scully en émergèrent à leur tour. Ils descendirent voûtés les marches derrière lui transportant chacun un ballot d'effets personnels du chef. Ils le suivirent quand il contourna l'extérieur de la cantine jusque dans le carré du camp qu'ils traversèrent pour la dernière fois. Le couque examina les dégâts dans le petit matin nauséeux. Il s'arrêta pour pontifier pendant que Grease et Scully attendaient patiemment derrière lui.

Ces hommes ont désespérément besoin de guerre. Ils aspirent à se battre. Ils gaspillent leur vie dans cet endroit minable. Ce pays n'a pas de couleur. Pas de pétulance. Ce pays manque de sang.

Il se tourna vers Grease et Scully. Dites adieu. Vous ne reviendrez plus jamais ici. Peut-être nos chemins se recroiseront-ils dans une tranchée ou sur un champ de bataille. Nous ne pouvons espérer moins. Priez pour que le malheur nous arrive, messieurs. Tournez les yeux vers le ciel et mendiez la miséricorde de l'affliction. On ne construira jamais assez de voies ferrées. On ne creusera jamais assez de mines n'abattra jamais assez de forêts ne démolira jamais assez d'édifices pour que nos pareils soient capables de survivre sans le réconfort et la beauté de la guerre. Oh Seigneur. Permets que mon peuple se lève armé de nouveau. Permets-lui de faire tonner ses canons de lancer ses grenades et d'enfoncer ses baïonnettes dans le ventre d'ennemis de la même espèce que lui. Il n'y a pas de plus grand amour. Le plus grand amour d'un homme c'est le bon combat qu'il livre à son ennemi. Il n'y a pas de vérité. Juste des mensonges. Il n'y a pas de paix. Juste la bataille.

Martin Bishop se dirigea vers la porte du wagon-dortoir dans lequel il avait trouvé refuge à l'écart des festivités. Il écouta le discours de Prud'homme et le regarda continuer suivi du lent cortège des deux craqués. Il se demanda quelle initiation avait subie Grease pour faire maintenant partie de la tribu du couque.

Les trois hommes gravirent péniblement la pente vers le plateau du terrain de stationnement et les deux craqués derrière le couque respectaient la singulière cadence du pas de parade de leur chef. Le jeune revint à la couchette qu'il avait trouvée. Il comptait se reposer un peu et laisser le soleil monter plus haut dans le ciel. Puis il partirait à la recherche de Herm. Des bus transporteraient bientôt tout le monde vers le Sud et il fallait sortir Herm de là.

Le jeune se reposa les yeux et mit une sourdine à ses rêves dévastateurs. Il replia son bras sur son front. L'épuisement régnait en maître dans ses os. Il avait peur de ne plus pouvoir bouger et de ne plus avoir assez de force pour effectuer le voyage vers le Sud. Il conjura les yeux de Nicole Granger et se dit qu'il pourrait rester dans la région un bout de temps et tâcher de la retrouver. Elle était trop jeune pour quitter la maison familiale mais il pourrait trouver un logement pas trop loin. Et plus tard il pourrait acheter son propre camion. Et ils feraient des tours de camion. Et le temps passé avec elle serait, croyait-il, un baume sur le cauchemar des derniers jours.

Il dormit.

Le jeune entendit entrer deux hommes mais ne put se réveiller assez vite pour réagir. Ils étaient déjà sur lui. Ils le tirèrent du lit. Ils le traînèrent vers la porte et neutralisèrent sans difficulté toutes ses tentatives de résister. Dehors ils le jetèrent à terre et le bâillonnèrent. Martin Bishop aperçut quelques ouvriers qui regardaient la scène mais aucun n'intervint ni ne se porta à sa défense. Les hommes lui lièrent les poignets. Ils le relevèrent sans ménagement et le conduisirent rapidement à travers le camp. Quand il trébuchait ils le traînaient jusqu'à ce qu'il retrouve l'équilibre.

Il savait où ils l'amenaient. Ils escaladèrent la pente vers le plateau du terrain de stationnement où le couque les attendait. Jetez-le à l'arrière, dit le couque.

Dans la benne du camion ses assaillants le lièrent solidement à un rail d'attache. Le jeune parvint à se retourner et à s'asseoir. Grease et Scully étaient avec lui dans le camion mais ils n'étaient pas attachés.

Le couque paya ses deux sbires en argent liquide et ils regrimpèrent à l'arrière du camion. Je n'ai pas confiance en ce jeune, dit Prud'homme à Grease et à Scully. Il ignore ce qu'est la liberté. Il s'empresserait de retourner à toute vitesse à son existence inutile. Vous lui enlèverez son bâillon quand on arrivera sur la route mais gardez-le attaché pour le moment.

Le couque monta dans le camion. Il était seul dans la cabine. Le moteur s'alluma et le camion recula d'un coup sec puis démarra en trombe et s'évada vers la grand-route. Le couque roulait à fond de train. Les hommes cramponnés à l'arrière étaient sauvagement secoués et Martin Bishop endurait la tourmente. Il était content d'avoir dormi avec ses bottes. Il se disait qu'il aurait à marcher longtemps avant la fin de la journée.

Grease lui enleva son bâillon.

Merci.

Pas de quoi.

Merci pour la nuit passée aussi. J'ai appris que c'est toi qui as averti Fisk.

Averti de quoi ? demanda Scully.

De rien, dit Grease.

Tu es un homme mort, fit remarquer Scully. Est-ce que tu le savais ? Tu es un homme mort.

Ils continuaient de rouler. Le camion fonçait à tombeau ouvert. Les deux hommes installés contre les sacs de jute du couque s'agrippaient à la rambarde. Le jeune rebondissait au fond de la benne où il était étendu. L'heure passait et la poussière dans leur sillage oblitérait les lieux où ils avaient été. Ils prenaient les virages à tombeau ouvert et leur estomac se soulevait quand ils bondissaient par-dessus les crêtes des collines. Ils continuaient de rouler sans cesse et sans cesse et l'inhospitalière taïga ne leur faisait pas de cadeau et maintenant dans la poussière qui tourbillonnait autour d'eux elle les congédiait sans aucun ménagement.

Le couque arrêta le camion sur un promontoire.

Le moteur grommela et se tut.

Le jeune sentit son cœur s'emplir de peur. Le couque émergea de la cabine un couteau de chasse à la main.

Descendez, pourceaux bouffeurs d'ordures, décréta Prud'homme. Les hommes passèrent par-dessus la rambarde et pour le jeune les mains attachées dans le dos ce ne fut pas facile mais il réussit quand même et sauta à terre. Le couque s'approcha de lui et le fit pivoter sur lui-même. Il coupa la corde de ses poignets.

Martin Bishop se frotta ses mains et roula ses épaules.

Vous n'êtes que des touristes. Alors je vous débarque ici. Vous admirerez le paysage. Les chutes sont un peu plus loin. De là vous continuerez à marcher.

Le jeune s'attendait à de nouvelles invectives mais le couque ne lui adressa pas la parole. Il retourna au camion. Il démarra le moteur et partit les laissant dans la poussière.

Ils restèrent sans rien dire un bout de temps. Puis Scully poussa un grand cri. On est libres ! On est libres ! On est enfin libres !

Il ne nous reste qu'à marcher, dit Grease.

Les bus passeront plus tard. Tu verras. Ils nous prendront. Alors allons-y, dit Grease. Les trois hommes se mirent en route.

Ils atteignirent les chutes Alexandra peu après et décidèrent de s'y reposer un moment. Ils franchirent une clôture et s'approchèrent aussi près que possible. Le jeune avait le regard rivé sur les trombes d'eau qui se déversaient par-dessus cette falaise depuis, semblait-il, le début des temps et qui continueraient de déferler encore pour l'éternité. La musique de cette force et l'envoûtement de cet ordre immuable lui pacifiaient l'esprit. De la hauteur où il se trouvait il promena son regard sur la taïga et c'était un morne territoire dont seul le temps voyait la beauté et prolongeait la mémoire. Le jeune ne pouvait regarder ces forêts boréales rabougries sans un sentiment d'intemporalité comme si rien n'avait jamais commencé ou ne finirait jamais comme si les étoiles même dans cet univers intemporel n'étaient plus ces petites piqûres de lumière. Contempler la taïga c'était scruter les âges du monde. Le jeune figé dans sa fatigue et sa délivrance avait l'impression là de n'avoir plus ni forme ni existence.

On ferait mieux d'y aller, cria Scully dont la voix portait plus haut que le bruit de la cataracte.

Pas de presse, lui cria Grease.

Il est temps, brailla Scully.

Le jeune leva les yeux. Je retourne, leur dit-il. Il s'étira et se remit lentement debout puis regarda le pays de nouveau.

Ils lèvent le camp aujourd'hui. Tu n'as pas de raison de retourner.

On ne peut pas laisser Herm, dit Martin Bishop.

Les trois hommes écoutaient sans rien dire le vacarme des eaux et regardaient loin plus bas la vaste forêt.

Qu'est-ce que tu attends ? brailla Scully.

Martin Bishop posa une question mais sa voix se perdit dans le tonnerre de l'eau et les rugissements du vent. Il se retourna et vit alors que c'était à Grease que Scully s'adressait.

Ce n'est pas à moi de le faire, cria Scully. Ce n'est pas prévu comme ça. Il faut que ce soit toi.

Le jeune échangea un coup d'œil avec Grease. Il s'avança d'un pas. L'appréhension lui envahit les os et son sang se figea dans ses veines. Pourtant malgré l'urgence du moment son œil enregistrait la scène et ses gestes restaient froids. Il vit le regard étrange de Grease et les tressaillements de sa paupière agitée d'un tic nerveux. Il remarqua que Scully surveillait Grease et que sa bouche s'était entrouverte. Il tenta de les contourner mais Scully fut assez rapide pour lui bloquer le passage. Martin Bishop sentit les bras de Grease le ceindre et le piéger. L'haleine de l'homme était chaude et empestait sous son oreille. Grease le terrassa. Le jeune se débattit et se releva mais Grease le souleva de terre et grogna et le souleva de nouveau et sacra et l'amena au bord de la falaise. Scully aidait son complice maintenant. Le jeune battait des jambes et donnait des coups de pied à ses deux agresseurs. Un bruit guttural s'éleva dans la poitrine de Grease et le jeune regarda vers le bas du précipice où on le jetait. Il tomba et heurta la paroi du canyon et glissa et heurta de nouveau la paroi et rebondit et s'écroula dans les pierres. Les deux hommes descendirent en courant les gradins rocheux pour s'emparer à nouveau de lui. Le jeune s'était relevé. Il courait. Scully lui bloqua la route.

C'est toi ou moi, dit le jeune. En-dessous il y avait le roc et après le gouffre et les plus hautes chutes de l'hémisphère et l'éternelle intemporelle cascade de l'eau et de la vie et de la mort.

C'est nous deux, dit Scully.

On a un plan, dit Grease derrière lui. Le jeune se tourna à demi pour garder l'œil sur ses deux assaillants.

Ce devait avoir l'air vrai, dit Scully.

De quoi parles-tu ?

Il surveille, dit Grease.

Le couque, dit le jeune.

Le couque, confirma Scully.

Ici il ne peut pas nous voir, dit le jeune.

C'est juste.

C'est pourquoi tu dois te cacher, dit Grease. Tout de suite. Il va venir s'assurer que tu es mort.

Cache-toi, le pressa Scully. Je ne sais pas combien de temps il te reste.

Où ? s'exclama le jeune.

Scully s'avança jusqu'au bord du précipice.

Le jeune l'observait.

Descends un peu, dit la crapule. Cache-toi dans un renfoncement de la falaise.

Je vais tomber, objecta le jeune.

Grease s'approcha et jeta lui-même un coup d'œil. Ça marchera, dit-il. Tu n'as pas d'autre choix. Le couque ne pourra pas aller te chercher.

Le jeune ne bougeait pas.

Descends vite avant qu'il arrive. Sinon je suis certain qu'il trouvera un moyen de nous tuer tous les trois.

Ben, dit le jeune.

Bien quoi ? demanda Grease.

Ben j'ai le vertige.

Les deux hommes le dévisagèrent un moment. Scully nerveux regardait le chemin par où ils étaient venus et il entendit un bruit de camion. Grease éclata de rire pour lui tout seul.

On n'a pas de temps pour le vertige, dit Grease. Il faut que tu descendes.

Descends ou je te jette en bas, menaça Scully. Je ne risque pas ma peau si tu ne risques pas la tienne.

Le jeune entendait le camion qui se rapprochait. Ben, dit-il. D'accord. Martin Bishop s'avança avec une extrême prudence jusqu'au bord de la falaise et immobile regarda vers le bas. Le monde se mit à tournoyer sur son axe. Je ne peux pas, dit-il.

Tu dois, le pressa Grease.

En haut le moteur du camion s'était éteint.

Je te pousse dans le vide, l'avertit Scully.

Le jeune se mit à genoux. Il trouva un appui où poser le pied et descendit. Il se retourna et se colla le visage contre le rocher et descendit encore un peu. Il allait mourir là, croyait-il. Il croyait aussi qu'il mourrait s'il essayait de ne pas mourir. Alors il descendit encore un pied puis l'autre et la paroi s'accommoda de son mouvement et il trouva d'autres appuis où poser le pied et d'autres prises pour les mains et il descendit.

Il suivit une crevasse et entendit le couque en haut crier sur le rebord d'où les hommes l'avaient poussé.

S'est-il envolé ? demanda le couque.

Non, monsieur, dit Scully.

D'ici il n'a certainement pas pu tomber jusqu'en bas des chutes.

On est descendu et on l'a poussé de nouveau, dit Grease.

Ah ouais ?

Ouais, dit Grease.

C'est toi qui l'as poussé, Grease ?

Ouais, dit Grease. Je l'ai poussé.

Tu as commis ta trahison ?

Ouais. Je l'ai trahi.

Je descends vérifier ça.

Le jeune douloureusement conscient du roc au-dessus de lui et du monde en-dessous de lui se colla contre la paroi de la crevasse. La gravité l'aspirait vers le bas. Il s'arc-bouta contre le roc et descendit un pouce à la fois et s'implora de garder son calme quelques instants encore et descendit puis perdit pied puis retrouva une prise. Et son cœur, croyait-il, l'avait quitté sa vie l'avait quitté et il volait dans les nuages.

Il se remit à descendre et atteignit une étroite corniche. Il s'y aventura et se détournant de la falaise regarda l'immensité de la taïga cependant que dans son corps déferlait la violence de la cataracte.

Le couque parla. Il était juste au-dessus de lui. Tu es là, mon garçon ?

Le jeune demeura silencieux. Il entendit un bruit brusque et rapide de pas qui couraient sur les rochers et en déduisit que Grease et Scully avaient pris la fuite.

Regarde à tes pieds, mon garçon. Vois ce que je t'offre. Le monde entier. Il t'appartient. La terre entière t'appartient. Le vaste ciel. Le firmament par-dessus. Tout est à toi. Il te suffit de triompher.

Le jeune demeura silencieux.

Parle-moi, mon garçon. Je sais que tu es là.

Le jeune resta muet.

Ne fais pas ton timide.

Le cœur de Martin Bishop battait à tout rompre et il parla comme par bravade. Grease et Scully se sont enfuis, cria-t-il. Tu ferais mieux de les poursuivre.

Pas de problème, dit Prud'homme. Je suis prophète, petit contrôleur. Je savais ce qu'allaient faire ces deux sinistres individus. Je prendrai le bus quand il passera et pour le camion j'ai déjà averti la police qu'on me l'a volé. Penses-tu qu'ils iront loin ces deux-là ?

Le jeune s'efforçait de regarder vers le haut et non le fond du gouffre.

Si tu me veux, défia-t-il, descends et attrape-moi.

Bien essayé, dit le couque. Mais tout ce que je voulais je l'ai. J'ai vu l'avenir. Je n'ai besoin de rien d'autre dans la vie à part un vague espoir de guerre. Mais toi, mon garçon, c'est une autre affaire. Si tu t'échappes d'ici tu ne seras qu'un médiocre de plus qui vieillira se ramollira pliera et se soumettra aux lois de la contingence. Quelle pitié ! C'est une honte. Il ne te reste maintenant qu'une chose à faire pour toi-même. Tu t'es placé sur un piédestal et après ces jours tumultueux ta vie te semblera inutile et insignifiante. Sais-tu ce qu'il te reste à faire ?

Quoi ?

Le sais-tu ?

Non. Quoi ?

Saute.

Tu devras descendre et me pousser, dit le jeune. Je ne saute pas.

Saute, mon garçon. C'est ton seul espoir. Survivre ne te rendra pas service. Regarde devant toi, Martin. Regarde le monde. Tout est à toi. Regarde bien. Nous sommes au sommet de la terre ici. Elle s'offre à toi pour que tu la prennes. Et si tu te décides à sauter ton esprit errera sur cette terre à jamais. Tu deviendras l'une de ces figures légendaires du Nord dont les gens parlent et qu'ils admirent pendant des générations. Moi-même je chanterai tes louanges et te rendrai gloire. Si seulement tu te décides à sauter. Je te le promets. Finis-en avec l'insignifiance des hommes et joins-toi au grand vide. Vole, Martin. Tourbillonne. Abandonne-toi au temps et saute. Sois libre. Sois vrai Saute et je te concède la victoire. Si tu t'accroches à cette paroi pour toujours ou si tu tombes je t'aurai vaincu et je t'aurai anéanti. Et je serai le vainqueur. Mais je suis de ton bord. J'ai envie de perdre pour une fois. Je déteste voir un jeune aller si loin puis perdre sa valeur juste parce qu'il vieillit se banalise et devient inutile. Saute, Martin. Rachète-toi. Proclame ta victoire. Affirme ton caractère sacré. Ne te tracasse plus de rien. Libère-toi. Triomphe. Saute, mon garçon. Saute.

Le jeune promena son regard sur l'immensité et la permanence de cette terre et fut tenté de sauter. Il se sentait assez las pour quitter sa corniche et se laisser aller au vent à l'inviolable déferlement des eaux et à l'infinie pérennité de l'espace sur ce balcon du monde. Il avait dans son vertige et son inquiétude du mal à distinguer le haut du bas. Il lui serait aussi facile de se cramponner à l'air qu'au roc. Il croyait regardant au loin voir la courbure même de la terre et plus loin encore comme s'il avait déjà pris son envol et sa vie tremblait comme si la pierre sur laquelle il prenait appui avait perdu sa solidité. Le jeune se sentit basculer et la pression du roc meurtrissait ses membres car c'était la falaise qui le poussait de cette corniche dans le vide au-dessus de la terre. Il se serra plus fort contre la paroi avec tout ce qui lui restait de sa faible force et continua d'endurer.

J'attends le bus, dit le couque. Il ne viendra pas de si tôt. Pendant que nous attendons tu pourrais bêtement tomber et ce serait vraiment dommage. Quelle honte ! Il vaudrait mieux que tu sautes. Saisis le jour. Quand le bus arrivera j'y monterai avec tous les autres bons soldats de ce royaume et tu ne seras pas l'un des nôtres. Si tu n'es pas tombé et si tu n'as pas sauté tu resteras seul ici et si tu parviens à t'en sortir ton existence sera futile à jamais. Tu as vécu tes meilleurs jours. Qui se soucie que tu survives ? Tu ne revivras plus jamais comme tu as vécu ici. Ta force et ta détermination ne seront plus qu'un souvenir. Tu ne seras qu'un souvenir. Rien de plus. Quelles ambitions seront tiennes sinon d'inutiles projets et de vaines bêtises ? Tu es un orphelin. Personne ne t'aime, mon garçon. Saute, Martin. Tu es trop pur pour mourir de vieillesse quelque part ailleurs. Meurs ici et maintenant parce que ce jour est un jour exemplaire. Les temps nous sont advenus. Sois indulgent envers toi-même, mon garçon. Et pour changer fais quelque chose pour me plaire.

Le couque ensuite garda le silence et le jeune aussi. Ne sachant si Prud'homme était toujours là il n'osait pas se montrer. Escalader la falaise serait déjà bien assez hasardeux sans le couque pour lui lancer des pierres ou arrivé en haut lui assener des coups. Le jeune attendit. Tout était tranquille et seul le bruit de l'eau était impitoyable et de mauvais augure. Les heures passaient et Martin Bishop collé à la pierre et assailli d'interminables crampes souffrait. Il se désengourdissait les muscles et remuait sa dent branlante avec la langue. Promenant son regard sur la taïga qui s'étendait au loin il avait presque plus envie de sauter dans le vide que de refuser au couque cette ultime satisfaction.

Dans l'après-midi le jeune entendit le tapage et le grondement rebelle d'un moteur de bus mais rien ne lui permit de déceler si le couque était parti ou non. Il écouta avec attention par-dessus le bruit de l'eau et eut l'impression que le véhicule après s'être arrêté redémarrait. Il l'écouta partir et attendit.

Prud'homme était peut-être encore au-dessus de lui plus décidé à le faire mourir qu'à profiter d'un moyen de transport. Le jeune attendit et endura. Il cria pour provoquer le couque et ses mots tremblèrent dans la vacuité de l'air. Il ne pouvait plus attendre. Le mugissement de la chute lui grondait aux tempes. Les gestes lents et mal assurés il se hissa hors de son refuge et entreprit d'escalader la paroi. Le jeune atteignit le haut de la falaise et sur le rebord se releva. Il était seul.

Il scruta les alentours pour détecter l'ennemi.

L'agresseur qui le jetterait dans le vide.

Personne ne s'avança.

Les arbres et les rochers restaient immobiles. Aucun ne bougea pour l'envoyer revoler dans les nuages. La terre ne le bascula pas dans le vide comme il l'avait craint.

Il était seul.

Il promena les yeux sur ce pays du début du monde et contempla cette forêt oubliée dans le temps et regarda dans le ciel glisser ce soleil et dans cette réalité que scrutait son regard il était seul. Vivant. Désespéré. Et rempli d'allégresse.

3

OSSEMENTS L'HIVER

Au bord de la rivière Buffalo en contrebas des débris d'un camp de chemin de fer abandonné le dernier des craqués construisit une cabane pour passer l'hiver. Parce qu'il avait décidé de rester. Il avait décidé de passer le reste de ses jours retranché du commerce des hommes et dans l'absolue déférence qu'il éprouvait pour ce pays sauvage de tenter sa chance dans le vent boréal. Il se construisit un abri sur la berge juste sous le pont du chemin de fer comme un troll de conte de fées et y vécut dans le voisinage des ours hibernés. Il se nourrit des monceaux de déchets laissés par les ouvriers. Mais au contraire des ours son corps n'était pas préparé à une aussi longue hibernation et l'homme devait mourir cet hiver-là. Quand le mauvais temps s'installa sur la taïga son rêve de vie solitaire ne résista pas aux rigueurs du froid. L'ardeur de sa rage contre les humains de sa tribu ne fut pas suffisante pour éclairer les jours les plus noirs de l'hiver où le soleil ne brillait que quelques minutes. C'est là qu'il mourut. Et le jour où il mourut la glace était un cristal sur la rivière et sur le pont au-dessus de lui un train passa le ventre gonflé du zinc et du plomb accumulés depuis si longtemps dans le ventre de la terre et qu'elle laissait aller maintenant et abandonnait à l'univers des hommes pour leur prospérité leur munificence et leurs illustres entreprises. Dans le noir de ce jour fuyant les ténèbres et le froid fuyant les forêts sauvages de la taïga le train roulait vers le Sud vers la Prairie gelée et des royaumes plus proches du soleil et pendant que ce train roulait sur ses rails l'homme dans son domaine boréal mourut tout à fait pacifié. Il allait rester longtemps couché gelé dans le temps. Observateur vieilli d'une gang de poseurs de rail et de leur morose réalité près d'un grand lac du Nord et d'un chemin de fer qui portait le même nom – ce nom qu'il croyait être le sien propre – il mourut paisiblement. Il mourut rassasié de solitude et d'affection. L'homme ne rendit pas le souffle dans sa cabane parce qu'il ne voulait pas déranger son fidèle compagnon. Il préféra se glisser dans le froid le plus extrême. Il creusa la neige avec ses mains et arracha les pierres et s'étendit dans la tombe même de Lomacki parce que telle était la tournure de son désespoir et tel son besoin de n'être pas seul au moment de franchir le voile du voyage inconnu. Il se blottit contre ces ossements et dans le réconfort et les bras de ce corps décomposé dormit dément sacrilège et sans remords parce que jusque dans la mort il était comme il l'avait été dans la vie l'un des craqués.

Personne ne parlerait plus de Herm ni de son compagnon dans cette tombe. L'homme se consola à l'idée que le chemin de fer au-dessus et le lac plus loin avaient de son vivant pris leur nom parce qu'il était un Grand Esclave et allongé là il ferma les yeux et cessa de sourire et dans un geste d'amour étreignit d'un bras son compagnon tandis que de l'autre il ramenait des pierres sur leurs deux corps et dans cette passion fervente et sa tristesse il ferma les yeux et mit terme à sa vie et doucement se laissa geler jusqu'à la mort.

Des mineurs chassant l'ours découvriraient ces ossements et s'étonnant du mariage de ces deux squelettes se demanderaient quelle avait bien pu être leur histoire. La main d'un des hommes pointait hors des pierres comme tendue vers le ciel et le firmament comme pour respirer par le bout des doigts un dernier souffle d'air. C'est ainsi que le jeune le disposa. Après s'être éveillé il avait constaté son départ de la cabane et avait suivi ses traces dans la neige. Le jeune scella la tombe avec d'autres pierres et dressa vers le haut ce bras raidi comme une balise en commémoration de cet homme. Il laissa les cadavres dans l'union de leur étreinte et ne dérangea pas leur repos. Il s'agenouilla devant la tombe. Les morts avaient fini par enterrer les morts et il avait assez vécu pour en être témoin. Le jeune se découvrit du nombre des vivants.

Martin Bishop revint à la cabane et se drapa dans la peau de grizzly étendue sur leur paillasse. Il avait déterré l'ours et écorché lui-même l'animal géant puis enterré Jeeter pour une troisième fois et l'ours pour une quatrième. Il n'avait pas réussi à tanner la peau parfaitement et la chair pourrie qui y restait attachée avait gelé et pendillait. Il s'enveloppa tout le corps dans la peau du grizzly et se l'attacha puis grimpa la pente enneigée et glacée jusqu'à la voie ferrée. Titubant dans le froid et déterminé à ne pas abandonner il continua de marcher entre les rails content d'une certaine façon que Herm ait finalement rendu l'âme et l'ait libéré. Il ne voulait pas attendre un jour de plus pour sauter dans le prochain train. Il ne prendrait pas ce train. Il préférait marcher le long des rails comme un animal tiré trop tôt de son hibernation et l'air était clair et le soleil boréal frôlait la cime des arbres et il marchait d'un pas pesant comme un esprit sorti de sa tanière et avec la tête ensanglantée du grizzly penchée dans le vent léger sans cesse et sans cesse il continua de marcher.

Il continua de marcher.

De marcher.

Le jeune continua de marcher.

LEXIQUE

Achaler (v. t.) : déranger, agacer.
Action de grâce (loc. n.) : fête ayant lieu le 2e lundi d'octobre.
Bébelle (n. f.) : objet, affaire.
Bécosses (n. f. pl.) : latrines, toilettes.
Bine (n. f.) : haricot, fève (de l'anglais *bean*).
Bines, dans la graisse de (loc. adv.) : dans la confusion, l'hébétude.
Boulder (n. m.) : rocher, grosse pierre d'origine morainique (mot anglais).
Boulechitte (n. f.) : mensonge (de l'anglais *bullshit*).
Brûlot (n. m.) : petit insecte dont la morsure provoque une sensation de brûlure.
C'est ça qui est ça (loc.) : c'est bon, c'est fini.
Cenne (n. f.) : cent, centième de dollar.
Chaudière (n. f.) : seau.
Chum (n. m.) : copain.
Coquerelle (n. f.) : cafard, blatte.
Correct (adj.) : bien.
Couque (n. m.) : cuisinier (de l'anglais *cook*).
Domper (v. t.) : décharger, jeter, abandonner.
Écrapoutir (v. t.) : écraser.
Fin (adj.) : gentil, attentionné.

Frette net sec (loc. adv.) : brusquement, d'un coup.
Gang (n. f.) : groupe, équipe, bande.
Gratteux (n. m., adj.) : avare, grippe-sou.
Gravelle (n. f.) : gravier, ensemble de petits cailloux qui revêt une route.
Grouiller (v. int.) : bouger, s'agiter.
Gruger (v. t.) : ronger.
Jaser (v. int.) : bavarder, échanger des propos.
Job (n. f.) : travail, boulot.
Ligne, tirer la (loc. v.) : fixer une limite (calque de l'anglais *to draw the line*).
Lisse (n. f.) : rail, traînée, trace.
Niaiser (v. t.) : faire marcher, abuser.
Pogner (v. t.) : attraper.
Pomper (v. t.) : faire enrager, exciter.
Poquer (v. t.) : frapper, heurter, marquer.
Pousse mais pousse égal (loc.) : il ne faut pas exagérer.
Revoler (v. int.) : jaillir, être projeté en arrière.
Sacrer (v. int.) : émettre un juron.
Tarla (n. m.) : niais, étourdi, incapable.
Traite, se payer la (loc. v.) : s'offrir un luxe, se faire plaisir.
Vadrouille (n. f.) : serpillière, balai à franges.

TABLE DES MATIÈRES

MIXTE
Papier issu de
sources responsables
FSC® C003309
www.fsc.org

10/18, une marque d'Univers Poche,
est un éditeur qui s'engage pour
la préservation de l'environnement
et qui utilise du papier fabriqué à partir
de bois provenant de forêts gérées
de manière responsable.

Imprimé en France par CPI

N° d'impression : 3029427
X06864/01